KNAUR ✸

Von Marina Boos ist bereits folgender Titel erschienen:
Jules Welt – Das Glück der selbstgemachten Dinge

Über die Autorin:
Marina Boos wurde 1981 in Baden-Württemberg geboren. Mittlerweile lebt sie mit ihrer Familie sehr dörflich am Rand der Elfringhauser Schweiz. Nach ihrem Studium arbeitete sie für mehrere Jahre in öffentlichen Bibliotheken. Dort kümmerte sie sich um Naturwissenschaften, Technikprobleme, Schüler und ein riesiges Regal mit Koch-, Bastel- und Handarbeitsbüchern. Sie spinnt und webt nicht nur Wörter zu Geschichten, sondern auch Wolle zu Schals und Decken.

Marina Boos

Jules Welt

Vom Glück der
winterlichen Dinge
Ein Kreativ-Roman

Besuchen Sie uns im Internet:
www.knaur.de

Originalausgabe Oktober 2016
Knaur Taschenbuch
© 2016 Knaur Verlag
Ein Imprint der Verlagsgruppe
Droemer Knaur GmbH & Co. KG, München
Alle Rechte vorbehalten. Das Werk darf – auch teilweise –
nur mit Genehmigung des Verlags wiedergegeben werden.
Redaktion: Antonia Zauner
Umschlaggestaltung: Franzi Bucher, München
Layout, Satz und Umbruch: Michaela Lichtblau
Druck und Bindung: CPI books GmbH, Leck
ISBN 978-3-426-51968-4

2 4 5 3 1

Kapitel 1

Wandlung ist notwendig wie die Erneuerung der Blätter im Frühling.

Nachdenklich betrachtete Jule das naturfarbene Stück Stoff in ihren Händen, ein altes, nicht besonders feines Stück Bauernleinen, handgewebt. Es war der letzte Meter des Stoffballens, und sie wusste noch nicht, wie er sich wandeln sollte.

Ob van Gogh diese Weisheit beim Anblick einer leeren Leinwand eingefallen ist? Der wusste ja immerhin schon mal, dass er etwas malen würde.

Sie brummte und überlegte weiter. Dabei zwirbelte sie mit dem Zeigefinger eine Strähne ihres schokoladenbraunen Haares, zog sie dann in die Länge und ließ sie los. Sie schnurrte sofort in ihre ursprüngliche, leicht lockige Form zurück. Jule schnappte sich die Strähne erneut und wickelte sie wieder um ihren Finger. In Gedanken versunken, ließ sie schließlich von ihrem Haar ab und griff zu ihrer Tasse, atmete den sanften Duft von Honig, Orangen, Kardamom und Pfeffer ein und spürte sofort eine tiefe Ruhe über sich kommen. Diesen Glüh-Met hatte sie extra für heute Abend komponiert und war von ihren üblichen Zutaten abgewichen, um etwas Neues zu versuchen.

Für Jule bedeutete warmer Met eine sanfte Wärmequelle von innen, eine erste Einstimmung auf Weihnachten, ein langsames Ritual.

Aus dem letzten Schluck schmeckte sie schließlich die anregende Schärfe von Ingwer, Chili und Cayennepfeffer heraus. Wohlige Wärme floss durch ihren Körper. Andächtig lehnte sie sich zurück und schloss die Augen.

Zwei Wochen noch. Dann geht die Adventszeit los, dann passt ein Hauch Zimt sehr gut in meine Gewürzmischung. Nur so eine leichte Ahnung, die den Met nicht dominiert und die anderen Gewürze nicht erschlägt.

Einen Augenblick später spürte sie Gertas Hand auf ihrem Arm. »Ist alles in Ordnung? Worüber grübelst du?«

Jule wandte sich ihrer Freundin zu, die neben ihr saß. Auf Gertas Knien lag ein weiteres Stück Leinen aus dem Stoffballen, eingefasst in einen Stickrahmen. Mit groben Stichen und dickem Garn entstand unter Gertas geschickten Fingern eine weihnachtlich geschmückte Tanne.

»Machst du einen Tischläufer, Gerta?«

»Platzsets.«

Jule rollte ihr Leinenstück zusammen und legte es beiseite. »Ich muss mal Inspiration schnuppern, das wird sonst nichts.«

Sie quetschte sich an zwei Spinnrädern vorbei und stromerte durch ihr kleines Café Lindenblüte. Jules liebevolle Renovierung hatte aus dem alten Gasthof ein modernes, gemütliches Café gemacht, in dem sich Dorfbewohner, Kreative und Touristen gleichermaßen gerne trafen.

Auf dem Weg zur Kaffeemaschine dachte sie an die Stube der ehemaligen Schankwirtschaft – es fiel ihr sehr schwer, denn nichts erinnerte mehr an die dunkle, verrauchte »Alte Linde«. Selbst das Reststück der wuchtigen Theke passte sich perfekt in das Café ein. Jule hatte die Theke in Kirschholzoptik gewachst und in einen Nebenraum mit offenem Durchgang versetzt. Nur die Zapfhähne unter der Glashaube des Kuchenregals waren noch original. Tische und Stühle hatte sie gemeinsam mit ihrem Cousin Ole abgeschliffen und mit demselben Antikwachs wie die Theke behandelt. Die Vorhänge vor den Doppelfenstern waren aus zart gewebtem, gebleichtem Leinen mit handgestickten Lindenblättern. Aufgehängt waren sie an den Ästen ebenjener alten Linde, die neben dem Haus stand und die der Schankwirtschaft einst ihren Namen gegeben hatte.

Mit die schönste und praktischste Dekoration waren die zwei Webstühle der Handarbeitsgruppe – der größere stand in der Nähe der Kellertür, der kleinere im Wintergarten.

An den Wänden waren Zitate und Wörter zu lesen, die Jule über die Jahre gesammelt hatte. Ab und zu nahm sie Weisheiten aus dem Gästebuch mit auf – beispielsweise das Zitat von van Gogh, das ihr gerade noch durch den Kopf gegangen war. Anfangs hatte es Jule einfach nur gefallen. Mit dem Stück Bauernleinen bekamen van Goghs Worte plötzlich eine Bedeutung.

Mir wird schon noch einfallen, was ich daraus machen kann.

Sie füllte zwei Thermoskannen mit Kaffee und schenkte sich selbst etwas Met nach. Es war überwältigend, wie voll die Lindenblüte an diesem Mittwochabend im November war. Die Handarbeitsgruppe hatte zum Vorbereitungstreffen für den Weihnachtsmarkt geladen, und viele Freiwillige waren gekommen. An allen Tischen der Lindenblüte wurde gewerkelt, die zwei Webstühle klapperten, Nähmaschinen surrten, Klöppel wurden von geschickter Hand geschwungen, Stricknadeln und Spinnräder arbeiteten im Takt. Bewundernd schaute Jule zu, wie Mützen und Schals entstanden, Geschirrtücher und Kinderkleider, Vogelhäuser und Weihnachtsbaumschmuck. Über einem Tisch lag eine Wachstischdecke, denn dort filzten fleißige

Hände im heißen Seifenwasser aus Schafswolle lange, bunte Schnüre.

In einer ruhigen Ecke entstanden mit Hilfe eines kleinen Gasbrenners Glasperlen für Schmuck. Hier werkelten vier Damen und Herren der Bürgerinitiative, die sich erst im Frühjahr gegründet hatte. Leider hatte ihr erstes Ziel darin bestanden, Jule, die »Auswärtige«, an der Eröffnung ihres Cafés zu hindern. Mittlerweile waren die Missverständnisse zwar weitgehend aus der Welt, doch Jule fühlte sich noch immer nicht allzu wohl in ihrer Gegenwart. Andererseits hatte sich die Bürgerinitiative den Handarbeiterinnen angeschlossen, um Geld für ihr neues Projekt, ein Kulturzentrum für das Dorf, zu sammeln, und dagegen konnte sie schlecht etwas einwenden. Vielleicht trug es ja auch dazu bei, dass sich einige der Gräben, die der Streit im Dorf aufgerissen hatte, endlich schlossen. Trotzdem schlug Jule unauffällig einen großen Bogen um den Tisch und kam zu einer alten Dame, die in gemächlichem Tempo eine Spitzenborte klöppelte. Und in diesem Moment schlug endlich der kreative Geistesblitz zu: Solche Borten hatte sie doch beim Entrümpeln gefunden. Sie steckten in einem Karton im Keller mit der Aufschrift: »Irgendwann an irgendwas annähen?« Die harmonierten gut mit dem Bauernleinen.

Jule mäanderte noch für ein paar Minuten durch den Raum, füllte Thermoskannen und Wasserkrüge nach und setzte sich dann wieder zu Gerta.

»Es ist toll, wie viele Leute euch unterstützen.«

Gerta schmunzelte. »Das ist jedes Jahr so. Die Stände für das Kunsthandwerk sind die größten und schönsten auf dem Weihnachtsmarkt. Ach, was sage ich: Im weiten Umkreis!« Sie strich sich über den Dutt, als könnte irgendetwas die Härchen glätten, die wie Kükenflaum daraus hervorstanden. Seit dem Sommer hatte sie aufgehört, ihren Schopf pechschwarz zu färben, und wandelte sich nun allmählich von einer Krähe in eine Elster.

»Klingt, als würdet ihr einen Wettbewerb daraus machen.«

»Ohne Ehrgeiz geht's nicht. Und wir sind stolz darauf, dass die Leute sogar von weiter her kommen, um sich bei uns umzugucken. Die erwarten Qualität und Einfallsreichtum. Da können wir nicht nachlassen.«

Jule nickte. »Sag mal, fällt es dir nicht schwer, dieses alte Leinen zu verarbeiten?«

»Ach, es geht. Auf feingewebten Leinen stickt es sich natürlich gleichmäßiger. Aber das wäre mir zu schade für Platzsets.«

»Das meinte ich nicht.«

Jule entrollte ihr Stück Stoff. Wieder fiel ihr die Schlichtheit des ungebleichten Gewebes auf. Die Oberfläche war rauh und griffig. Hier und da stach ein Rest Flachsfaser hervor.

»Das ist das allerletzte Stück des Ballens. Daraus möchte ich etwas Besonderes machen. Dieser Ballen war meiner Familie so kostbar, dass sie ihn über Jahrzehnte auf dem Scheunenboden gelagert haben. Das hier ist das allerletzte Stückchen, das von diesem Schatz noch geblieben ist. Geht dir das nicht nahe?«

Gertas rosiges Gesicht legte sich in nachdenkliche Falten. »Nein. Es ist ja kein feines Bettzeug aus Langflachs. Es ist Werg, an der Grenze zum Kartoffelsack. Für meinen Tisch wäre es mir zu rustikal, aber die Geschmäcker sind ja zum Glück verschieden.«

Jule atmete tief durch. »Mir geht es nicht um das Material, sondern um die Bedeutung! Es ist das letzte Stück aus dem Ballen. Das Ende, bereit für einen neuen Anfang.«

»Ah, ich verstehe. Jedem Anfang wohnt ein Zauber inne«, murmelte Gerta. Ihr Blick ruhte auf dem Zitat, das Jule mit großen, geschwungenen Buchstaben auf die Wand schabloniert hatte. Es stach deutlich aus all den anderen Zitaten hervor.

»Weißt du, Jule, ich habe mir nie besonders viele Gedanken gemacht, wenn es darum ging, den letzten Rest Stoff zu verarbeiten.«

»Weshalb nicht? Von dem hier gibt es jetzt nur noch dieses eine Stück. Es lag viele Jahrzehnte im Inneren des Ballens, wahrscheinlich sogar ein ganzes Jahrhundert! Es hat eine Geschichte. Niemand weiß, wer es einmal gewebt hat und wofür. Meine Urgroßmutter hatte vielleicht Träume, was sie damit anstellen wollte.«

»Im Winter die Pflanzen abdecken.«

»Manchmal bist du ein fürchterlich praktisch denkender Mensch.«

Gerta schaute ihr in die Augen. »Das alles, was du da gerade aufgezählt hast, das steckt doch in jedem Zentimeter des Stoffballens. Und egal, was du aus diesem Stück anfertigst, du würdigst all diese Arbeit und diese Erinnerungen am besten, indem du loslegst und etwas aus diesem Stoff machst. Hast du denn inzwischen deine Inspiration gefunden?«

»Ja, das habe ich tatsächlich. Ich werde es auf eine Pinnwand spannen und den Rahmen mit alten Borten bekleben. Mir schwebt vor, dass meine Gäste dort Kochrezepte, Ideen und Gedichte austauschen können.«

Gerta zuckte nur die Schultern. »Hauptsache, du konservierst es nicht wie in einem Museum. Früher hätte sich niemand die Mühe gemacht, einen Stoff herzustellen, damit er herumliegt.«

»Das ist eine schöne Sichtweise. Eine zufriedene.« Spontan schloss Jule die Arme um die kleine, stämmige Gerta. »Du, ich muss dich mal drücken!«

»Womit habe ich das verdient?«

»Einfach, weil du mich immer wieder daran erinnerst, wie gut das Leben gerade zu mir ist. Überleg doch mal, ich bin noch kein Jahr hier und habe schon eine neue Heimat und wirkliche Freunde gefunden. Und ähm …«, sie spürte, wie heiß ihre Wangen waren, »… einen wahnsinnig tollen Mann.«

»Ach, Jule!« Gerta drückte sie an sich.

Sie wusste offenbar nicht recht, was sie sagen sollte, und nickte nur kurz mit dem Kinn in Richtung der Weberinnen, die zu zweit mit einem dicken Wollzopf hantierten. »Ich glaube, die brauchen jemanden, der ihnen zur Hand geht. Ewa ist noch nicht da.«

»Klar, mache ich. Ich komme«, rief sie und lächelte Gerta noch einmal zu, ehe sie das Stück Stoff auf dem Tisch ablegte und zu dem großen Webstuhl hinüberging. Hier konnten Webstücke bis zu einer Breite von 1,20 Metern angefertigt werden, und die Handarbeiterinnen bereiteten alles dafür vor, ein Dutzend kuschelige Decken zu weben.

Jule wollte gerade mit anpacken, als die Tür aufflog und die schweren, waldgrünen Vorhänge, die vor Zug schützen sollten, sich mächtig blähten. Ein Stoß kalter Novemberluft strömte herein. Wie eine massive Gewitterwolke mit hennarotem Haar rauschte Ewa in die Stube. »Das ist doch einfach unglaublich! Unmöglich! Unerhört!«

In der Schankstube wurde es schlagartig still.

»Der Weihnachtsmarkt …« Sie japste und schnappte nach Luft. »Sie haben den Weihnachtsmarkt abgesagt!« Schwer atmend sank sie auf einen Hocker.

Bestürzung machte sich im Raum breit. Alle redeten durcheinander.

»Wie? Den Weihnachtsmarkt abgesagt? Wer denn? Warum? Das geht doch überhaupt nicht!«

»Das kann doch nicht sein!«

»Wer?«

»Du hast dich verhört!«

Jule löste sich aus der Schockstarre, schnappte sich eine Tasse und eine Thermoskanne und eilte zu Ewa. Sie goss ein und reichte ihr einen dampfenden Glüh-Met.

»Hier, trink. Wärm dich auf. Erzähl!«

Ewa nahm die Tasse mit einem dankbaren Blick an. »Wegen Bauarbeiten. Unglaublich, oder? Der Bahnhofsvorplatz wird saniert.«

»Wie bitte? Das fällt denen im Rathaus jetzt ein? Die müssen doch erst monatelang ausschreiben und weiß der Geier was! Und im Dezember? Das ist doch wohl ein Scherz. Die Veranstaltung ist angemeldet, die Werbung läuft ... das kann man gar nicht mehr absagen.«

Der Glüh-Met zeigte Wirkung, langsam bekam Ewa wieder etwas Farbe ins Gesicht. »Wenn ich es nicht gerade selbst gehört hätte, würde ich es auch nicht glauben. Eigentlich wollte ich nur meinen neuen Personalausweis abholen. Mittwoch am Nachmittag ist ja das Rathaus zu. Aber die Maria sitzt immer lang im Büro. Mit der bin ich doch damals zur Kommunion gegangen, und die weiß, dass ich heute in der Lindenblüte bin, und damit ich nicht zweimal laufen muss, hat sie mir hinten aufgeschlossen. Na, jedenfalls kommen wir ins Schwatzen, und sie erzählt mir, die Gemeinde hätte doch noch die beantragten Fördergelder bekommen, muss aber sofort mit dem Bauen anfangen. Geplant war das ja schon lange, und jetzt wird das im Eiltempo durchgezogen. Morgen steht's in der Zeitung.«

»Das darf nicht wahr sein!«, entfuhr es Jule. »Und auf den Marktplatz können wir auch nicht ausweichen, weil das Dach der Johannikirche neu gedeckt wird und es da eh schon eng ist. Wann wollen die den Kran abbauen?«

»Erst im neuen Jahr«, sagte Gerta. Sie stellte sich neben Jule und umklammerte deren Arm. »Die haben Schwamm in den

Balken gefunden und müssen größer sanieren als geplant. Für den Wochenmarkt ist das kein Problem. Um die Jahreszeit sind nur wenige Händler da, und die stehen komplett in der Gasse zum Bahnhof runter. Aber der Weihnachtsmarkt braucht Platz für die Bühne und für das Kinderkarussell.«

»Was spricht denn gegen den Rathausplatz?«, überlegte Jule laut.

»Na, der Bürgermeister«, ärgerte sich Ewa. »Das hatte die Maria auch vorgeschlagen. Angeblich fehlen dann die Parkplätze für die Besucher, und er hat Angst um die Sicherheit, weil bei der Anzahl an Ständen keine Rettungsgassen da wären und so ein Kokolores.«

Gerta brummte. »Man merkt, dass er demnächst in Rente geht und keinen Wahlkampf mehr machen muss. Gut, dass wir bald einen neuen Bürgermeister bekommen. Sicherheit ist wichtig, aber man kann es doch auch übertreiben, nicht? Der hat doch vor allem Angst, seit er es sich vor Jahren mal mit den Herbauers verschissen hat!«

»Ah«, machte Jule nur. Wieder so ein alter Streit, der noch immer dafür sorgte, dass die beleidigten Leberwürste sich das Leben schwermachten. »Und der eine Herbauer ist beim Ordnungsamt und der andere bei der Polizei.«

»Und die andere Hälfte der Familie ist bei der freiwilligen Feuerwehr.«

Mittlerweile schwirrte Jule der Kopf.

»Die Diskussion ist festgefahren«, erklärte Ewa. Sie trank den letzten Schluck Met und lehnte sich vor. »Freiwillig zieht sicher keiner seinen Stand zurück.«

»Ihr Lieben.« Gerta gesellte sich zu Ewa. »Ich würde sagen, wir grübeln jetzt alle im Stillen, was wir da am besten machen können, und arbeiten weiter. Ewa und ich fühlen einmal vor, wie die Vereine und die Landfrauen das sehen. Beim nächsten Treffen in einer Woche beratschlagen wir dann, wem wir kräftig auf die Füße steigen werden!«

Alle nickten einvernehmlich. Mit grimmigen Gesichtern nahmen sie ihre Handarbeiten wieder auf, und schon nach wenigen Minuten lockerte sich die Stimmung, und die Gespräche wandten sich angenehmeren Themen zu.

Jule zog ihr Notizbuch aus der Hosentasche. Mit dem stummeligen Bleistift trommelte sie auf den Einband.

Lösungen, dachte sie. *Da brauchten wir jetzt einen Zauberhut, aus dem wir welche ziehen könnten.*

HIER IST PLATZ FÜR IHRE IDEEN:

Kapitel 2

Schwungvoll kippte Jule einen Karton voller Winterdekoration auf dem Basteltisch aus. Hunderte Papierschneeflocken flatterten heraus und ergossen sich über Tisch und Boden.

»Es schneit, es schneit! Hui!« Sie hob den Karton höher. Der Basteltisch, Jules persönliches Herzstück der Schankstube, füllte sich mehr und mehr mit Papierschnee. Zuletzt plumpste ein großer Klumpen verknoteter Lichterketten aus dem Karton.

Mika stand an der Tür und gähnte. »Weshalb machst du das jetzt und nicht dann, wenn du mehr Zeit und Ruhe hast? Du musst doch auch noch zum Bäcker radeln. Der liefert heute nicht.«

Nach dem Schock über die Absage des Weihnachtsmarkts war Mika über Nacht geblieben. Jule hatte den Kopf an seiner Schulter vergraben, und sie hatten bis weit nach Mitternacht geredet und wenig geschlafen – jedenfalls zu wenig, um kurz vor sieben wieder munter zu sein.

Er schloss gerade die letzten Knöpfe an seinem Mantel, begleitet von einem weiteren herzhaften Gähnen.

Jule ließ Papierschneeflocken durch ihre Finger rieseln. »Sooo eilig habe ich es nicht, in die Kälte zu kommen. Und wie soll ich die Finger von dieser wunderschönen Winterdeko lassen? Was für eine Arbeit! Wer hat denn das alles ausgeschnitten?«

»Nach den ersten hundert von den Dingern wird man richtig schnell.«

Jule steckte den Finger in ein Kabelknäuel und ruckelte probeweise daran. Das würde eine fürchterliche Sortiererei werden – besser, sie bastelte einen Kabelaufwickler, damit sie den Schlamassel ordnen konnte. Irgendwo lag noch stabile Wellpappe von einem Versandkarton herum, und so eine knochenförmige Wickelhilfe war schnell zurechtgeschnitten.

»Du hast die ganzen Flocken gebastelt?«

»Mein Bruder und ich. Überleg doch mal: Unsere Eltern haben sich rund um die Uhr um die Linde gekümmert. Wir waren meistens draußen unterwegs oder bei den Nachbarn. Und wenn das Wetter mies war, dann mussten wir uns eben anders beschäftigen. Dort wo jetzt die Theke steht, war in der Küche ein Tisch. Da ist ab und zu etwas abgestellt worden.« Sorgfältig strich er seine schwarzen, leicht lockigen Haare unter eine Mütze. »Wir saßen oft dort, um niemandem im Weg zu sein.«

»Ganz schön übel, seine Kinder so abzustellen.«

Mika zuckte leicht mit den Achseln. Sein Gesichtsausdruck verriet nicht, was er dachte oder fühlte. »So schlimm, wie sich das anhört, war es nicht. Was hätten meine Eltern auch tun sollen? Sie haben viel gearbeitet, die Linde war ihr Leben – zumindest das meines Vaters. Und meistens waren mein Bruder und ich eh draußen. Wir hockten in den Ästen der Linde oder stromerten über die Felder.«

In Anbetracht der Menge an sorgfältig geschnittenen Papierflocken war Jule sich dennoch sicher, dass es in Mikas Kindheit zu viele Regentage gegeben hatte.

Am liebsten hätte sie ihn berührt, seinen Kopf in ihre Arme genommen und ihn ganz fest gehalten. Aber in diesem Moment ging von ihm etwas aus, das Jule abhielt. Sie schwiegen oft einträchtig miteinander und spürten einfach die Nähe des anderen. Doch dieses Schweigen hier fühlte sich irgendwie fremd an. Es hielt alle anderen Menschen auf Distanz, auch Jule.

Für Jule war es immer noch ein Rätsel, was ihn in einer solchen Stimmung bewegte. Die Muskeln an seinen kantigen

Wangen zuckten, sein Blick wanderte hin und her. Dann schaute er sie an und lächelte.

»Wir müssen zusehen, dass wir mal mehr Zeit miteinander verbringen, Jolanda.«

Mika war der einzige ihr nahestehende Mensch, der ihren Vornamen nicht abkürzte. Bei ihm klang er weich und melodisch wie der Name einer Heldin aus einem Märchenbuch.

»Auf jeden Fall! Wie wäre es, wenn wir heute Abend ganz spontan nach Karlsruhe fahren und essen gehen. Dann erzähle ich dir bei richtig gutem Sushi, wie mein Auslandsjahr in Japan war.«

Er lächelte. »Alla gut. Aber jetzt mache ich mich langsam auf. Mal schauen, wie hoch der Schnee liegt.«

Mit der Schuhspitze schob Jule einige Papierflocken zusammen. »So um die zwei Millimeter werden es sein.«

»Nee, ich meine draußen. Hast du noch nicht rausgeschaut?«

»Ich strecke doch bei der Kälte nicht freiwillig meine Nase aus dem Fenster! Es ist eisig, es ist Winter, es ist noch viel zu lange hin bis zum Frühling. Mehr muss ich nicht wissen.«

Mika schmunzelte und riss die Tür auf. Frostige Winterluft wehte in die Schankstube. Sie wirbelte echte, dicke Schneeflocken herein, die sich auf die Papierflocken legten.

»Du solltest unbedingt streuen.«

»Streuen? Das ist doch jetzt nicht dein Ernst, dass es schneit?«

»Petrus meint es jedenfalls sehr ernst.«

Er wies auf die dicken Flocken, die unablässig hereintrieben. Jule ließ vor Erstaunen den Lichterkettenklumpen fallen. Sie war eine fürchterliche Frostbeule und bibberte bereits von diesem kleinen Lüftchen erbärmlich, aber dummerweise liebte sie Schnee über alles. Begeistert klatschte sie in die Hände. »Endlich ein richtiger Winter!«

Mika lehnte sich durch die Tür hinaus. »Sieht gut aus. Da werden nachher ein paar Leute ihr Auto suchen müssen.«

Sie schlich auf ihren Alpakawollsocken zu ihm hinüber. »Ist das kalt!«

»Bisschen Frischluft hat noch niemandem geschadet.«

Mit glänzenden Augen sahen beide zu, wie der Schnee die Welt in ein Winterwunderland verwandelte.

»Es sind schon mehr Leute erfroren als erstunken. Brrr! Bevor ich da rausgehe, brauche ich noch ein paar Extraschichten Klamotten.«

»Du sagtest mal, dass alle Menschen Schichten hätten. Wärmen die nicht genug?«

Jule rieb sich die Oberarme und brummte unbestimmt. »Sind ja leider keine Fellschichten mehr.« Bibbernd trat sie neben ihn und streckte vorsichtig ihren Arm aus. Winzige Schneeplättchen setzten sich auf ihren weinroten Pullover.

Im Dämmerlicht blitzten Mikas Augen schelmisch. Dann stieß er die Tür weit auf. Jule schnappte empört nach Luft.

»Na, du hast ja gut lachen, mit deinem dicken Mantel!«

Er nahm sie in den Arm und strich ihr eine Locke hinter die Ohren. »Du siehst wunderschön aus, mit den Schneekristallen im Haar.« Er küsste sie sanft. »Ist es jetzt wärmer?«

»Ein bisschen. Und – hmmmhmmm – du riechst nach Lavendel.«

»Wollte mal dein Duschpeeling ausprobieren. Damit solltest du glatt in Serie gehen.«

»Wenn du für mich die Kosmetikverordnung übernimmst.« Sie zwinkerte ihm zu. »Und natürlich brauche ich jemanden, der den Arbeitsplatz und die Arbeitsgeräte steril hält und sich ums Marketing kümmert.«

Mika schmunzelte, öffnete seinen Mantel wieder und wickelte Jule mit ein. Sie lächelten sich kurz an und schauten dann schweigend in den beginnenden Winter hinaus. Es war kaum ein Auto auf der Hauptstraße unterwegs.

»Musst du nicht los?«

»Hm. Ist zu gemütlich. Kannst gleich wieder ins Warme huschen. Was hast du denn nun eigentlich mit der ganzen Deko vor?«

»Ich würde die Papierflocken gerne locker um die Kerzen herumstreuen. Dazwischen ein paar eisblaue Glasdekosteine. Und irgendetwas Weihnachtliches soll schon rein, der Advent steht vor der Tür. Was meinst du?«

»Jolanda«, brummte Mika. »Vor dem Totensonntag wird nicht für Weihnachten geschmückt.«

»So katholisch ist Müggebach nun auch wieder nicht!«

»Das hat doch nichts mit katholisch zu tun. Es ist einfach so Brauch.« Sie verdrehte die Augen. Mikas Miene drückte aus, dass er nicht scherzte. Jule konnte sich nicht erinnern, sich jemals Gedanken darüber gemacht zu haben, wann eigentlich der Weihnachtsschmuck hervorgeholt wurde. Sie hatte einfach dekoriert, wenn ihr der Sinn danach stand.

»Weshalb kommen dann die ganzen Weihnachtssüßigkeiten so früh in die Läden?«

»Tja. Hält sich halt nicht jeder an Traditionen, wenn es ums Geschäft geht. Wenn du in dich gehst, erinnerst du dich bestimmt, dass auch in Frankfurt kein Weihnachtsmarkt vor dem Totensonntag öffnet, und wenn, dann war das sicherlich ein gefundenes Fressen für die Lokalpresse.« Er sah auf die Uhr. »Ich bin immer noch zu früh dran.«

»Ich glaube, mein Wecker geht vor.«

»Das ist doch ein Radiowecker, oder?«

»Theoretisch ... der ist ein paar Mal zu oft auf den Boden gefallen.«

»Gefallen oder gefegt worden?«

»Die Wahrheit ist irgendwo da draußen.« Jule drehte die Augen himmelwärts. »Hach, in Frankfurt könntest du dir jetzt noch einen Kaffee kochen. Da fährt bei Schnee kein Bus pünktlich, wenn er überhaupt fährt.«

Er wirkte irritiert, dann lachte er.

»Das war kein Scherz!«

»Im Ernst? Wegen den zwei Zentimetern Schnee auf der Straße gibt's Verkehrschaos?«

Jule steckte ihm die kalten Finger unter den Pullover. »Da trauen sich halt noch viel zu viele Leute, im November mit Sommerreifen zu fahren.«

»Das ist absolut rücksichtslos!«, knurrte er und ließ offen, ob er ihre Eisfinger oder die Autofahrer meinte. »Ab Oktober ist es hier ganz schön blöd, keine Winterreifen zu haben.«

»Mal ehrlich: Das ist auch in Frankfurt schön blöd und eigentlich überall, wo es im Winter kalt wird.«

Jule streckte ihren Kopf an ihm vorbei und spähte nach Westen, die Straße hinunter. »Noch nicht in Sicht. Vielleicht ist der Busfahrer ja Frankfurter?«

Sie kuschelte sich fester an ihn. Nicht nur, weil die Kälte frostig durch ihre bequeme Stoffhose biss, sondern auch, weil sie noch nicht wusste, was sie davon halten sollte, dass er sich gleich mit seiner zukünftigen Kollegin zum Frühstück traf. In einer Woche ging die Leiterin der Bibliothek in den Ruhestand, und Mika würde ihr Nachfolger werden, um mit einer neu eingestellten Fachangestellten die Bibliothek zu modernisieren. Die neuen Kollegen wollten sich kennenlernen und an einem gemeinsamen Schlachtplan arbeiten, um die Übergabe mit der alten, starrsinnigen Bibliothekarin möglichst reibungsfrei zu überstehen.

»Und? Nervös vor dem Treffen?« Jule drückte ihn sanft.

»Nein, wieso?«

»Na, du kennst sie ja noch gar nicht.«

»Ach, wir haben doch schon telefoniert. Das wird nett. Nervös macht mich höchstens, wenn ich an meinen ersten Arbeitstag denke. Frau Putz hatte mich schon auf dem Kieker, da war ich noch kleiner als mein Schulranzen.«

»Die meckert doch jeden an, der ihre heiligen Hallen betritt.«

»Wir werden es schon überstehen. Du weißt ja: Wenn man sein Leben einer Sache gewidmet hat, ist es schwer, die Jungen ranzulassen, die auch noch ganz andere Vorstellungen haben als man selbst.« Mit bedeutungsschwerem Blick schaute er erst in den Schankraum der Lindenblüte und dann zur benachbarten Einhorn-Brauerei hinüber. Sein eigener Vater hatte als Wirt der Linde viel zu lange dem Verfall seiner Gaststätte zugesehen, statt das Ruder seinem Sohn zu übergeben. Bis es zu spät gewesen war. Zwar hatte Mika noch selbst versucht, das Geld zusammenzusparen, um die Linde zu übernehmen, aber Jule war ihm nichtsahnend zuvorgekommen. Es hatte eine Weile gedauert, bis er etwas anderes in ihr hatte sehen können als die Auswärtige, die ihm sein Elternhaus genommen hatte.

Auch der alte Wirt der benachbarten Einhornbrauerei hatte die Zügel viel zu lange nicht vollständig an seinen Sohn Carsten abgeben wollen.

Jule folgte Mikas Blick und versuchte, sich vorzustellen, wie jemand anderes über die Geschicke der Lindenblüte bestimmte.

Langsam verstehe ich, weshalb ein alteingesessener Chef seinen Sessel nicht räumt. Und ich verstehe auch die Nachfolger, die erst einmal alles anders machen, obwohl der Laden eigentlich läuft. Jeder hinterlässt in seinem Revier Duftmarken, jeder hängt an seinem Lebenswerk oder dem, was er dafür hält.

Jule rieb die Beine aneinander, um die Gänsehaut loszuwerden. »Findest du das Wort ›Duftmarke‹ genauso amüsant wie ich?«

Er wiegte den Kopf und brummte. »Mir gefallen die ›Mettenden‹ besser. Allein schon die Blicke der Leute, wenn sie das

Wort zum ersten Mal an deiner Wand sehen! Man liest all die weisen Sprüche und besonderen Wörter, und dann steht da plötzlich ›Mettenden‹.«

Jule schmunzelte. »Meine persönliche Duftmarke, schätze ich. Bin ich froh, dass die Sache mit dem alten Einhornwirt ausgestanden ist und er nicht mehr versucht, mir alles zu ruinieren. Habe ich erzählt, dass Carsten gestern angerufen hat?«

»Nein.«

»Wir wollen uns wegen dem Adventsfenster absprechen.«

Mika wirkte erstaunt. »Ihr habt euch wirklich angemeldet und eins bekommen?«

»Tja, Glück muss man haben. Das Einhorn und die Lindenblüte bleiben währenddessen geschlossen. Das darf ja nichts Kommerzielles sein, und das soll es auch nicht – wir wollen allen zeigen, dass nach Jahren der Feindschaft zwischen Linden- und Einhornwirt wieder Frieden herrscht. Ich freue mich schon wahnsinnig darauf!«

Sie schwiegen für einen kurzen Moment und lauschten auf den Bus, bis Jule in der schneegedämpften Stille des frühen Morgens ein leises Flattern hörte, wie von Papier, das sich nicht losreißen konnte. »Immer noch!« Sie sah zum Briefkasten hinüber. Natürlich hing er da wieder, der obligatorische Meckerzettel. Sie erhielt nicht mehr so viele wie noch vor der Eröffnung der Linde. Mal blieb ihr Briefkasten über Wochen verschont, dann wieder vergingen nur wenige Tage bis zum nächsten Zettel, aber wirklich aufgehört hatte es nie.

Mit einem genervten Brummen schälte Jule sich aus der Behaglichkeit von Mikas Mantel, lehnte sich vor und riss den Zettel ab. Das Papier wellte sich bereits von der Feuchtigkeit des Schnees, aber die Schrift in fettem Comic Sans war unverkennbar: »Kein Schickimickicafé in Müggebach!!!!!«

Jule zählte die Ausrufezeichen. »Ich sollte jeden Abend groß ›Jetzt ist aber mal gut!‹ an meinen Briefkasten schreiben. Mit drei Ausrufezeichen.«

»Wenn es dir guttut, dann mach das. Schnee sei Dank wissen wir jetzt wenigstens, dass dein Zettelschreiber nur eine halbe Portion ist.« Mit einem Satz sprang Mika die zwei Stufen herunter und rutschte auf der frischen, dünnen Schneedecke herum. »Streuen, Jule!« Er ruderte mit den Armen, und um ein Haar hätte er sich auf den Hintern gesetzt, fing sich aber gerade noch rechtzeitig.

Jule verkniff sich ein Lachen. »Zertritt mal nicht den Tatort!«

»Haha.«

Sie legte den Kopf schief und musterte die Schuhabdrücke, die schnurstracks aus Richtung Bahnhof bis zu ihrem Briefkasten und wieder zurückführten.

»Ich ziehe mir gleich was über und räume den Gehsteig. Kann man wenigstens erkennen, welche Schuhe unser Freund trägt?«

Mika ging in die Hocke »Der Größe nach zu urteilen, würde ich jetzt einfach mal behaupten, unser Freund ist eine Freundin. Das sieht nach Damenschuhen aus, circa Größe 38. Entweder Winterstiefel oder Gesundheitslatschen. Nichts Schickes.«

»Ist noch zu dunkel zum Fotografieren, oder?« Jule hielt sich am Türrahmen fest und lehnte sich so weit aus der Tür heraus, wie sie konnte, ohne mit den Socken ins Nasse zu treten.

»Kannst es ja mal versuchen.«

Ein sanftes Dröhnen kündigte den Bus an, der sich langsam die zugeparkte Hauptstraße entlangarbeitete.

»Ich verstehe nicht, wie ihr euch das antun könnt, ausgerechnet in der Bäckerei am Bahnhof zu frühstücken. Diese scheußlichen Papp-Brötchen!«

»Es ist halt praktisch, und wir können uns später in die Bibliothek reinschleichen.« Er drückte Jule noch einmal an sich und küsste sie. »Halt die Ohren steif, und lass dich von niemandem ärgern!«

Mika knöpfte seinen Mantel zu, während er mit zügigen Schritten zur Bushaltestelle vor dem Einhorn ging. Bevor er einstieg, drehte er sich noch einmal kurz um und schenkte ihr sein strahlendes Lächeln. Dann war er verschwunden, und die Türen des Busses schlossen sich mit einem sachten Zischen.

Jule seufzte. Für einen Augenblick ignorierte sie die Kälte und streckte die Hand aus, um Schneeflocken zu fangen und sich an diesen winzigen, vergänglichen Wundern zu erfreuen.

Wenig später saß Jule auf ihrem Fahrrad. Dick eingemummelt in mehrere Schichten Kleidung, gekrönt von einem mollig warmen Schal und einer Alpakawollmütze mit Ohrenklappen, spurtete sie den Hang hinauf zur Bäckerei Wurz. Ausgerechnet bei diesem Wetter war einer der Bäckerbrüder krank geworden, und sie musste die Backwaren selbst abholen. Da Jule kein Auto besaß und der Bus ungünstig fuhr, blieb ihr keine andere Wahl, als das Fahrrad zu nehmen. Wobei das keine schlechte Wahl war, denn obwohl es bereits auf halb acht zuging, war es im Dorf still. Es war diese besondere, tiefe Stille, wenn die Schneewolken tief hängen und die Flocken wirbeln. Jule liebte es, wenn die Welt auf diese Art zusammenschrumpfte. Der Schnee blendete das Hintergrundrauschen der Welt völlig aus, die Geräusche waren wie gefangen. Ganz so, als wäre das Dasein nur ein Kammerspiel auf einer weißen, einsamen Bühne. In dieser Abgeschlossenheit rückte alles näher, und Jule nahm jeden Sinneseindruck stärker wahr als in der Hektik des Alltags. Sie wurde eins mit dem sanften, knisternden Fallen der Flocken und dem weichen Knirschen ihrer Reifen auf dem unberührten Schnee. In ihrem Kopf begann eine Melodie zu spielen; der Schneewalzer. Ihre Beine nahmen den Rhythmus auf, sie vergaß die Kälte und fuhr in einem eigenwilligen Dreivierteltakttritt glücklich durch das winterliche Dorf.

Das herzliche Willkommen in der Backstube, der anschließende Plausch und ein ofenwarmes Croissant versüßten ihr die mühselige Fahrt. Als Jule sich schließlich gestärkt auf den Rückweg machte, war Müggebach wie verwandelt. Es wurde schnell heller, der Schneefall hatte nachgelassen, und die Sonne blinzelte zwischen den Wolken hervor, so dass Jule die Augen zusammenkneifen musste, weil der Schnee sie blendete. Außerdem war sie etwas abgelenkt von dem köstlichen Duft aus ihren Satteltaschen. Und nicht nur sie: Wo immer sie vorbeifuhr, schnupperten die Leute und schauten auf.

Jule hatte sich längst daran gewöhnt, jeden zu grüßen, den sie auf der Straße traf, auch wenn sie nicht immer wusste, wer da unter Schals und Mützen steckte. Dieses Grüßen und Wahrnehmen, wer ihr begegnete, das liebte sie am Dorfleben.

In den Hinterhöfen bewarfen sich Kinder mit Schneebällen, und überall rückten die Anwohner der weißen Pracht mit Besen und Schaufeln zu Leibe. Nicht jeder nahm es mit der Räumpflicht so genau, zumal das Schneetreiben wieder stärker wurde. Jule kam ordentlich ins Schlingern, wo die Hausbewohner lieber ausschliefen, statt sich um die Kehrwoche zu kümmern und in den gehweglosen Gassen den vorgeschriebenen Meter ab der Hauswand von Schnee zu befreien. Deshalb war sie froh, als sie endlich die ordentlich geräumte Hauptstraße erreichte.

Bei der ehemaligen Zeitungsredaktion legte sie einen kurzen Halt ein und spähte durch die beschlagenen Scheiben. Hier war bis zum Sommer das Büro der Lokalredaktion gewesen. Aber mit dem Fortgang von Frau Thiel-Teutenbacher, der Redakteurin, die Jule einen sehr unangenehmen Einstand im Dorf beschert hatte, war diese Außenstelle aufgegeben worden – nicht zuletzt spielten hier sicherlich auch die Kosten eine Rolle. Gerüchte besagten, dass das Blatt finanziell angeschlagen war. Jule hatte in den letzten Monaten auch keine Aufträge als freie Mitarbeiterin mehr erhalten.

Zeit hätte ich dafür ohnehin nicht, und für das bisschen Geld lohnt es sich auch nicht.

Dennoch gestand Jule sich ein, dass sie die Arbeit für die Zeitung vermisste. Dabei hatte sie selbst das Jobangebot ausgeschlagen, die Lokalredaktion in Teilzeit zu übernehmen. Schließlich musste sie all ihre Energie der Lindenblüte widmen, die noch lange nicht über die kritische erste Zeit hinaus war.

Ein Gutes hatte der Weggang der Lokalredaktion jedoch, denn Jules Cousin Ole hatte die Gelegenheit ergriffen und sich in dem nun freien Ladenlokal einen Traum erfüllt: den Gemeinschaftsladen der Müggebacher Bauern. Jule überlegte, ob sie noch auf ein Schwätzchen hineinschauen sollte, und warf einen Blick auf die Uhr.

Das wird nichts. Ich bin viel zu spät dran!

Der Gehsteig vor ihr war leer, und so schwang sie sich auf das Rad. In der Lindenblüte wartete Gerta sicherlich schon auf die Backwaren.

Jule rollte auf ein Sträßchen zu, das von der Hauptstraße abzweigte und zwischen den Neubauhäusern und der Linde lag. Hier war sie im Februar vor Millas SUV gelaufen und hatte Bekanntschaft mit der Motorhaube gemacht. Die unsanfte Begegnung steckte ihr noch in sämtlichen Knochen.

Sie stieg auf die Bremse. Im selben Moment nahm sie aus dem Augenwinkel eine Bewegung wahr. Noch bevor sie den Kopf wenden konnte, schoss ein violetter SUV von der Hauptstraße haarscharf an ihr vorbei in das Sträßchen. Direkt vor ihrem Vorderreifen kam er quietschend zum Stehen. Entgeistert starrte Jule in die verspiegelten Scheiben des Kolosses. Das Kreischen der strapazierten Bremsen hallte ihr noch in den Ohren. Sie war so verdattert, dass ihr im ersten Moment vor allem die Farbe ins Auge sprang: Beere. Kein Magenta, sondern ein eleganter, warmer Farbton.

Jule schauderte und konnte nicht sagen, ob es an der intensiven Farbe des mächtigen Porsche Cayenne lag oder daran, dass sie um ein Haar über den Haufen gefahren worden war.

Türen wurden aufgerissen, eine Frau schnaubte: »Das ist ja wohl die Höhe!«

Das fand Jule allerdings auch.

Nur interessierte sich die Fahrerin keineswegs für Jules Befinden, sondern sprang aus dem Cayenne, ignorierte ihr Beinahe-Opfer völlig und stapfte stattdessen mit hochrotem Kopf zu ihrer Motorhaube. Erst jetzt sah Jule, dass dort ein zweiter SUV stand, und zwar Milenas schwarzer Panzer mit dem großen Stern. Keiner der Wagen kam noch vom Fleck, und der Gehsteig war ebenfalls blockiert.

Während die Porschefahrerin wutschnaubend auf Milena zuschoss, war diese in aller Ruhe ausgestiegen. Mit ihrer grazilen Audrey-Hepburn-Eleganz zog sie sich dabei die zarten Handschuhe Finger für Finger aus. Ihre Kontrahentin, eine brünette Mittvierzigerin in beerenfarbener Outdoorjacke, passend zum Autolack, erkannte Jule erst auf den zweiten Blick, wünschte sich aber sofort, die Straßenseite zu wechseln: Frau Mürle, die sich für die Bürgerinitiative so besonders ins Zeug gelegt hatte, um das Café Lindenblüte zu verhindern.

Wie ein Stier mit gesenkten Hörnern ging sie auf Milena los: »Milena Kiening! Du kannst froh sein, dass ich nicht an den Winterreifen gespart habe!«

Seelenruhig glitt Milena durch den hauchdünnen Spalt zwischen den beiden Nummernschildern. Ihre Beine waren so schlank, dass sie sich weder Mantel noch Strumpfhose an den salzverkrusteten Vorderfronten beschmutzte. Die treibenden Schneeflocken setzten sich in ihr kurzes Haar. Sie besah sich die Autos genau und wandte erst dann ihre Aufmerksamkeit Frau Mürle zu.

»Grace Mürle. Soso. Froh wäre ich, wenn dir dazu noch eingefallen wäre, dass in Deutschland auf der rechten Straßenseite gefahren wird. Aber sei's drum, es ist ja nichts passiert. Wir wissen doch beide, dass ich einen guten Anwalt habe.«

Frau Mürle sah aus, als hätte sie in eine Zitrone gebissen. Dann spitzte sie die Lippen. »Es wäre schade, wenn du dem noch mehr Geld in den Rachen werfen müsstest. Wie dem auch sei, ich habe Wichtiges zu erledigen.«

»In unserer Straße ist das Parken auf dem Seitenstreifen verboten. Ich schlage vor, Grace, dass du deinen Wagen auf dem Rathausplatz abstellst. Hier wirst du keinen passenden Parkplatz finden.«

»Du musst dir deinen Kopf nicht für mich zerbrechen. Ich hole ein paar handgefertigte Webstücke ab, um sie meiner Schneiderin zu bringen, und werde auf einem Privatgrundstück halten. Wenn du jetzt die Güte hättest, zurückzusetzen, damit wir nicht länger den Gehsteig blockieren.«

Mit einem Seitenblick taxierte sie Jule, der allmählich die Zehen einfroren. Ein kurzes Erkennen blitzte in ihrem Gesicht auf.

»Lass dir ja nicht einfallen, Jule da reinzuziehen!« Milla sah aus, als würde sie ihrer Kontrahentin am liebsten an die Gurgel gehen. »Ich mache jetzt Platz, damit du den Verkehr nicht noch mehr gefährdest. Wenn du schon vorwärts nicht zwischen Fahrbahn und Bürgersteig unterscheiden kannst, fährst du der Allgemeinheit zuliebe besser gar nicht erst rückwärts auf die Hauptstraße.«

Jule starrte ihre Freundin an. So kannte sie sie gar nicht. Milena wirkte seltsam unbeherrscht und marschierte so hölzern zur Fahrertür zurück, dass sie sich dabei die Strumpfhose an ihrem Kennzeichen zerriss.

Frau Mürle dagegen lächelte triumphierend. »Soll ich eigentlich den Chef grüßen?«

Milenas Kopf ruckte herum. Ihre Augen wurden riesig, ihr Mund ganz schmal. »Aber gerne«, presste sie mühsam hervor. »Richte ihm doch aus, dass ich mich freue, bald wieder im Büro zu sein.«

Jetzt war es an Frau Mürle, zu schnauben. Als beide hinter dem Steuer saßen, glaubte Jule für einen winzigen Moment, zwei Rittern bei einer Tjoste zuzusehen – und sie wollte keinesfalls eine Wette darauf abschließen müssen, wer diese gewann und wen man mit zersplitterter Lanze vom Platz schleppen würde. Dann aber legte Milla den Rückwärtsgang ein und räumte das Feld.

Obwohl ihre Füße Eisklötze waren, wartete Jule tapfer, bis die Wagen sich aneinander vorbeimanövriert hatten und Milla neben ihr anhielt. Als sie die Scheibe herunterkurbelte, wirkte sie bereits wieder entspannt und geradezu strahlend. Mit einem leichten Zwinkern lehnte sie sich zu Jule hinüber. »Lass dir von solchen Leuten nicht den Tag verderben. Manche können eben nicht verlieren.«

»Es geht gar nicht ums Verlieren. Sie hat mich beinahe umgefahren.«

Routiniert zog Milena eine Visitenkarte aus ihrer Geldbörse und reichte sie durch das Fenster. »Falls du …«

Jule wehrte ab: »Falls ich nicht schon ein Dutzend Karten deines Anwalts hätte. Danke.«

»Das musst du selbst wissen. Ich bin ja der Meinung, dass man sich besser frühzeitig absichert, bevor …« Millas Blick glitt in die Ferne. Sie schüttelte sich, lächelte versonnen, öffnete den Mund, als wollte sie etwas sagen, überlegte es sich dann aber wohl. Sie wandte sich wieder Jule zu. »Hast du eigentlich Dienstag schon etwas vor?«

»Na ja, Mika und ich …«

»Ach, das passt gut! Der kann mitkommen! Die Bürgerinitiative hat die zukünftigen Sponsoren zu einer öffentlichen Begehung des Dennighofs geladen. Und am Abend gibt es ein gemütliches, kleines Wintergrillen in unserem Garten – nur du, Mika, die Familie und ein paar sehr enge Freunde. Lars hat Geburtstag. Aber keine Geschenke! Es soll einfach gemütlich werden.«

»Du willst zum Treffen der Bürgerinitiative?« Jule fühlte sich überrumpelt. »Du erinnerst dich schon noch, dass sie mir das Café schließen wollten, noch bevor ich geöffnet hatte?«

Auch wenn mittlerweile so etwas wie Waffenstillstand herrschte und einige Mitglieder der Initiative bei den Bastelabenden in der Lindenblüte anwesend waren: Eine Veranstaltung der Bürgerinitiative zu besuchen, das war ihr dann doch zu viel des Guten.

Milena hingegen sah das anders: »Wir können ja wohl nicht zulassen, dass noch ein alter Hof abgerissen wird, um an dieser vollkommen unpassenden Stelle Appartements für liquide Best Ager zu bauen! Und die haben sich hoffentlich bei dir entschuldigt. Bei der letzten BI-Sitzung habe ich nur lobende Worte über dich und die Lindenblüte gehört. Möchtest du das Protokoll lesen?«

»Warte, warte! Du bist in der Bürgerinitiative?«

Milenas Sinn für Heimatpflege war zwar nicht neu. Unter anderem war es maßgeblich ihrem Einsatz zu verdanken, dass die

Bäckerei Wurz wieder existierte, und sie setzte sich noch immer dafür ein, dass Jule die Lindenblüte zu einem Treffpunkt für das Dorf machen konnte. Dennoch kam es Jule seltsam vor, dass ausgerechnet die eigensinnige Einzelkämpferin Milla sich der Initiative angeschlossen hatte. Und wenn sie ehrlich war, versetzte es ihr auch einen kleinen Stich, dass die Freundin quasi zum »Feind« übergelaufen war. Andererseits war es vielleicht wirklich an der Zeit, die Streitereien hinter sich zu lassen. Schließlich war es Jule selbst, die immer wieder verwundert staunte, wie Menschen seit Generationen nicht mehr miteinander sprachen, statt sich endlich die Hand zur Versöhnung zu reichen.

Milena las ihr die Gedanken vom Gesicht ab: »Ich habe mir zu Herzen genommen, was du immer sagst: Man muss mit den Leuten reden, die man nicht mag. Man muss Fragen stellen. Und nicht nur mutmaßen, was andere bewegt. Ich weiß noch nicht, ob ich mich denen auf Dauer anschließen möchte, aber diese eine Sitzung war schon sehr erhellend. Auch Betonköpfe kämpfen manchmal für das Richtige.«

Jule seufzte. »Mir ist kalt, also machen wir es kurz: Ich komme mit.«

»Aber auf jeden Fall! Oh, und könntest du mir für das Wintergrillen noch einen Gefallen tun?«

»Für dich immer.« Unwillkürlich versuchte Jule, mit steifen Fingern unter ihrem Mantel an ihren Terminkalender zu kommen. Sie hatte die Blattränder liebevoll mit Washitape verziert, um sich blitzschnell zurechtzufinden.

Bitte frag mich nichts Zeitaufwendiges, flehte sie innerlich. *Du hast so viel für mich getan, da kann ich dir schlecht etwas abschlagen.*

Ohne nachzusehen, wusste sie, dass die Wochen bis Weihnachten eng verplant waren. Milena schien ihre stumme Bitte zumindest teilweise gehört zu haben. »Hast du ein Rezept für einen alkoholfreien Kinderpunsch?«

»Muss ich erst suchen, aber: ja.«

Ein heißer Punsch wäre jetzt meine Rettung – und ein warmes Fußbad mit Minze.

»Perfekt! Der lässt sich bestimmt auch fruktosearm herstellen. Ich verzichte ja momentan auf Fruktose, wo ich nur kann. Kaum zu glauben, wo das Teufelszeug überall drinsteckt.«

Jule schaute Milla skeptisch an. »In Obst?«

»Obst? Ja, da natürlich, da gehört es auch hin. Aber hast du in letzter Zeit einen Fruchtjoghurt gefunden, der nicht mit Glukose-Fruktose-Sirup versetzt ist? Oder einen Nektar? Wenn ich überlege, dass jahrelang in diätischen Lebensmitteln riesige Mengen davon waren und die armen Diabetiker gefährdet haben. Sogar in der Zahnpasta ist Sorbitol, von den ganzen Zuckerersatzstoffen reden wir erst gar nicht!«

»Hm«, machte Jule, die nur mit einem Ohr zugehört hatte. »Du, Milla, ich erfriere, und ich muss das Gebäck in die Küche bringen. Mit der Fruktose … ich schaue, was ich machen kann. Eigentlich sind alle Kinderpunschrezepte, die ich kenne, mit Apfelsaft.«

»Apfelsaft besteht fast nur aus Fruktose! Aber ich weiß, dass du eine Lösung finden wirst. Schau zu, dass du ins Warme kommst! Deine Nase ist schon ganz rot, und du zitterst. Ich bringe dir nachher einen heißen Ingwertee mit Chili und Zimt. Dann kannst du die Erkältung ausschwitzen, bevor sie ausbricht.«

Mit einem eleganten Winken verabschiedete sie sich und steuerte ihren Panzer lässig auf die Hauptstraße.

Kapitel 3

Als Jule ihr Fahrrad in den Schuppen schob, kam ihr der Tag bereits endlos lang vor. Sie sehnte sich nach jemandem zum Reden, nach einer Tasse mit heißer, gewürzter Schokolade und vor allem nach einer großen Portion von Gertas heiterer Gelassenheit.

Doch auf die musste sie noch warten, denn hinter den Fenstern der Lindenblüte war es dunkel, obwohl Gerta schon längst bei der Arbeit sein sollte.

Hoffentlich ist sie nicht krank. Sonst stehe ich unvorbereitet vor den ersten Gästen.

Hastig warf sie die vollen Taschen über die Schulter und stolperte zur Küchentür. Beim ersten Versuch fiel ihr der Schlüssel aus den dick behandschuhten Fingern. Fluchend zerrte sie an den Handschuhen und klemmte die Brötchentasche mit dem Kinn fest.

Beim nächsten Versuch verfehlte sie das Türschloss.

Durchatmen, keine Hektik. Ach, Mensch, das sagt sich so leicht!

Ein weiteres »Bittebitte« an die Göttin der Ungeduld, und Jule brachte endlich Schlüssel und Schloss zusammen. Mit einem kleinen Haufen Schnee stürzte sie in die Küche. Hier stand alles bereit. An der Kaffeemaschine klebte ein Zettel, auf dem in Gertas altmodischer Schrift zu lesen war: »Habe noch Kundschaft für meine Wolle – komme gleich wieder. Huhn ist gefüttert. Wusste nicht, ob ich das Papiergehuddel einfach wegsaugen soll. Habe es liegenlassen.«

Jule fiel Frau Mürles Gewese um exquisite Webstücke ein. Nun gut, Gerta konnte es sich wohl nicht immer aussuchen, wem sie etwas verkaufte.

Schade, keiner zum Reden da.

Immerhin musste Jule nur noch die Brötchen in die Körbe sortieren, die Kaffeemaschine anschalten, aufsperren und das Winterdeko-Chaos zusammenfegen. Das war in wenigen Minuten erledigt.

Während sie mit dem Kehrblech herumrannte, brummte ihr Handy. »Hast recht, Brötchen sind scheußlich«, meldete Mika. »Neue Kollegin ist klasse. Alte Chefin hat uns auf dem Weg zur Arbeit gesehen und misstrauisch geschaut. Scheint vor dem Öffnen um die Bib herum Patrouille zu laufen. Ist immer noch so gruselig wie früher.«

Die Vorstellung entlockte Jule ein Lachen. Sie konnte sich so richtig vorstellen, wie der Bibliotheksdrachen jeden Morgen sein Revier markierte und kontrollierte, ob auch ja kein Kaugummipapier vor den heiligen Hallen seiner Höhle lag.

In Windeseile erledigte Jule die letzten Vorbereitungen und zog sich um. Sie hatte gerade die Tür geöffnet und war unter den Basteltisch gekrochen, um zwei verlorene Papierflocken einzusammeln, da kam bereits der erste Gast herein. Jule bewunderte seine glänzenden Lederschuhe, von denen kleine Wassertröpfchen abperlten, als er sie an der Schmutzmatte abstreifte. Sie strahlten eine zeitlose Eleganz aus und saßen so perfekt, als wären sie handgefertigt.

Jule, die halb unter der Eckbank klemmte, räusperte sich vernehmlich. »Guten Morgen! Ich bin gleich für Sie da.«

Die Schuhspitzen drehten sich in ihre Richtung. Ein jugendlich wirkender Mittvierziger im perfekt sitzenden dunklen Mantel beugte sich herunter. »Guten Morgen. Ich habe Zeit mitgebracht.«

Sein lächelndes Gesicht verschwand, dann durchquerte er mit federnden Schritten das Café. Zweifellos war er ein Macher-Typ, ein Geschäftsmann oder etwas Ähnliches. Bislang nicht die Sorte Mensch, die in der Lindenblüte einkehrte.

Jule krabbelte unter dem Tisch hervor und spuckte sich innerlich in die Hände. Das war doch eine sehr gute Gelegenheit, einen neuen Kundenkreis für sich zu gewinnen.

»Guten Morgen. Kann ich Ihnen weiterhelfen.«

»Danke sehr. Wenn es recht ist, lasse ich den Raum noch etwas auf mich wirken.«

Vor einem der Fenster blieb er stehen, ließ den feinen, handgewebten Stoff der Vorhänge durch seine Finger gleiten und murmelte vor sich hin: »Schön, sehr exquisit.« Er tippte die Bestecke an, die an lindgrünen Bändern von den Ästen baumelten, an denen die Vorhänge aufgehängt waren. »Die kenne ich doch von früher.«

Während er sich noch umsah, leerte Jule die Papierflocken zurück in den Karton und schaffte etwas Ordnung auf dem Basteltisch. Aus den Augenwinkeln beobachtete sie, wie er seinen schweren Lederrucksack auf einem Stuhl im Wintergarten ablegte. Nach einem kurzen Blick in ihre Richtung pflückte er das »Reserviert«-Schildchen vom Tisch und plazierte es auf einem anderen.

Na, ganz große Klasse!

Menschen wie ihn kannte sie zur Genüge aus ihrer Zeit in Frankfurt. Jetzt musste sie sich auch noch entscheiden, ob sie ihn oder einen anderen Gast verärgerte. Wobei sie es sich eigentlich nicht leisten konnte, zahlungskräftige Kunden zu vergraulen.

Ihr Gast pellte sich unterdessen in aller Seelenruhe aus seinem Mantel, unter dem er ein legeres Sakko trug. Mit dem freundlichsten Lächeln, das Jule aufbringen konnte, schlenderte sie auf ihn zu.

»Darf ich Ihnen einen Tisch empfehlen?«

»Das ist sehr freundlich, aber dieser hier ist ganz wunderbar. Machen Sie sich keine Umstände. Ich habe noch etwas Arbeit zu erledigen und warte auf einen Geschäftspartner und auf meine Frau. Wenn wir uns einen Stuhl dazustellen, wird der Platz gut reichen. Schön haben Sie es hier.«

»Danke sehr. Es steckt viel Liebe und Mühe in der Lindenblüte.«

»Das sieht man. Sie haben ein sehr gutes Händchen dafür, einem so alten Haus frisches Leben einzuhauchen.«

Er strich sich durch das kurze, graumelierte Haar, um die wenigen Wassertropfen herauszuschütteln. Weit konnte er nicht gelaufen sein.

Jule spürte geradezu körperlich, wie sie auf rohen Eiern ging. Sie nahm das »Reserviert«-Schildchen in die Hand, schwenkte es sacht und stellte es dann vor ihm ab. »Darf ich Sie dennoch bitten, einen anderen Tisch auszusuchen. Dieser ist für einen Stammgast reserviert. Ich muss das Schild beim Eindecken versehentlich zur Seite gestellt haben.«

»Das ist doch kein Problem«, sagte er und lächelte. Jule wollte bereits erleichtert aufatmen, da begann er damit, Schnellhefter aus seinem Rucksack zu holen und auf der Tischplatte zu stapeln. »Jeder Tisch in diesem herrlichen Wintergarten ist schön. Ihr Stammgast wird sich glücklich schätzen, einmal eine andere Perspektive zu bekommen.«

Jule räusperte sich. »Es tut mir leid, dieser Platz ist für einen ganz besonderen Gast reserviert.«

»Dann passt er ja auch sehr gut zu mir.« Er zog eine Augenbraue hoch. Noch schmunzelte er charmant. Allmählich dämmerte es Jule: Er ging davon aus, dass sie wusste, wer er war, und dass sie ihn deshalb besonders zuvorkommend behandeln würde.

Nur leider hatte sie keine Ahnung, wer da vor ihr saß.

Wo habe ich den schon mal gesehen? Mensch, Gedächtnis, streng dich an! Du warst doch ein paar Monate im Lokaljournalismus unterwegs. Dem gehört doch irgendeine Firma. Oder er ist ein Vereinsvorstand. Fußball? Tourismusverband? Firmenchef und Vorstand?

Natürlich war er jemand, der im Dorf etwas zu sagen hatte oder gar im Landkreis. Aber woher sollte Jule jetzt wissen, wie weit sie gehen konnte, ohne sich in ein wirklich großes Fettnäpfchen zu manövrieren? Am Ende stellte sich noch heraus, dass irgendein Urururgroßonkel von ihr seiner Urururgroßmutter einmal einen Kartoffelsack auf den Fuß hatte fallen lassen. Solche Dinge wurden hier nicht vergessen, sie waren der Kitt, der das Dorf zusammenhielt, weil jeder sich daran erinnerte, wie viel Dreck er selbst noch am eigenen Stecken hatte. Und selbstverständlich ließ sich jeder Streit umgehend in eine gemeinsame Vergangenheit umdeklarieren, wenn es gegen jemanden von außerhalb ging.

Über Jules Zögern hatte es sich der selbstbewusste Unbekannte auf dem geräuberten Platz gemütlich gemacht und schlug den ersten Schnellhefter auf. Für ihn war die Sache erledigt.

Jule seufzte. Für sie dann wohl ebenfalls. Aus der Kiste kam sie nicht mehr raus. Schließlich konnte sie ihn schlecht vom Stuhl reißen und seine Unterlagen auf einen anderen Tisch werfen.

In einem neutralen Tonfall nahm Jule die Bestellung auf: »Was kann ich Ihnen bringen?«

»Erst mal nur einen schwarzen Kaffee und die Karte.« Er sah zu ihr hoch. »Sie haben hier ja einen riesigen Garten. Haben Sie vor, irgendwann in zweiter Reihe noch ein Wohnhaus zu bauen?«

»Ähm.« Sie zuckte mit den Schultern. Es war ihr bislang nicht in den Sinn gekommen, ihren Garten als etwas anderes zu sehen als ihr grünes Paradies.

»Ein schönes Stück Land. Der Bebauungsplan lässt Ihnen hier ja einiges an Spielraum – und dann steht die Linde ja noch nicht mal unter Denkmalschutz.«

In ihrem Nacken prickelte es. Weshalb kannte er die Bebauungspläne? Und was sollte diese Anspielung auf die Linde?

»Also, ich habe vor, meinen Garten einfach zu genießen.«

»Bei guter Planung sollte das kein Problem sein. Sie könnten die Lindenblüte im Obergeschoss auch umbauen und Gäste aufnehmen. So nah am Radwanderweg tut sich da doch eine Goldgrube auf. Mit der Wohnung oben müssen Sie ja auch irgendwann etwas machen.« Er lächelte vielsagend und blätterte dann wieder geschäftig in seinen Unterlagen. Jule verkniff sich eine Nachfrage, woher er eigentlich über den Zustand ihrer Wohnung Bescheid wusste – der kannte vielleicht den Heizungsbauer, der vor zwei Wochen die Heizkörper gewartet hatte.

Wahrscheinlich ist das einfach einer von denen, die einem immer und überall ungefragt Tipps geben müssen. Sie dachte an ihre Mutter und verkniff sich ein Naserümpfen.

Im Weggehen machte sie Stielaugen und meinte, auf einigen seiner Papiere das Gemeindewappen zu erkennen. Dann war es vielleicht ganz gut, wenn sie ihn nicht verärgerte. Nicht, dass er am Ende noch für Baugenehmigungen zuständig war und ihr in Sachen Hühnerstall oder Gewächshaus an den Karren fuhr.

Jule zog sich hinter die Theke zurück und bereitete den Kaffee zu. Das Rattern des Mahlwerks beruhigte sie und übertönte ihr säuerliches Grummeln, mit dem sie ihrem Unmut über seine Dreistigkeit Luft machte. Sie beschloss, sich selbst eine Latte macchiato zu gönnen und ihren Gast mit der gleichen Herzlichkeit zu bewirten wie alle anderen auch.

Von der Theke im Durchgangszimmer hatte Jule sowohl die Eingangstür im Auge als auch Teile des Wintergartens. Deshalb entdeckte sie auch die Schriftstellerin sofort, eine sehr dünne junge Frau, die fast vollständig in Mütze, Schal und einem riesigen, tannengrünen Trachten-Lodenmantel für Herren verschwand. Sie erstarrte augenblicklich, kaum dass sie die Gaststube betreten hatte, und ihre Hand fiel vom Türknauf direkt in ihre Tasche. Jule wusste nicht viel über sie. Nicht einmal ihren Namen oder ob sie sich mit dem Schreiben ihren Lebensunterhalt verdiente. Dafür wusste Jule aber, dass diese Frau mehrmals in der Woche in die Lindenblüte kam und sich dabei stets auf denselben Stuhl am selben Tisch setzte und in dieselbe Richtung schaute – sie hatte bei der Eröffnung sämtliche Stühle, Tische und Blickrichtungen durchprobiert, bis sie diese für sich perfekte Stelle gefunden hatte. Nach einer Eingewöhnungsphase bestellte sie nun immer zuerst einen Orangensaft, später einen Cappuccino, dazu erst ein kleines Frühstück, später einen Kuchen nach Jules Wahl – aber niemals eine Sahnetorte. Sie tippte für Stunden auf ihrem Laptop, blickte ab und an mit verhangenen Augen in den Garten hinaus und schien an trüben Tagen die Regentropfen zu zählen. Den Schlüssel für das WLAN hatte sie noch nie verlangt. Alles in allem ein friedlicher Stammgast, der zwar fast kein Geld in die Kasse brachte, aber trotzdem jemand war, den Jule nicht mehr missen wollte.

Unsicher schaute die Frau zu Jule herüber, aber die konnte nicht mehr tun, als aufmunternd zu lächeln, entschuldigend die Schultern zu heben und mit dem Kinn auf einen anderen Tisch im Wintergarten zu weisen. Die Schriftstellerin reagierte nicht.

Das Brummen ihres Handys lenkte Jule ab.

Mika schrieb: »Heute keine Bibliotheksbesichtigung. Bin angepiept worden. Muss mit der Feuerwehr ausrücken.«

»Ist was Schlimmes passiert?«, schrieb Jule zurück.

»Wohl nur Blechschaden. Müssen Ölspur abstreuen und so Routinezeug. Melde mich später.«

Die nächsten Gäste kamen mit einem Schwung kalter Luft herein, Stiefel wurden ausgeklopft, links und rechts der Schriftstellerin schoben sich die Leute vorbei und versuchten, sich nicht in den schweren Vorhängen am Eingang zu verheddern. Die dünne Frau gab sich schließlich einen Ruck und stakste zu Jule herüber.

»Hmm«, brummte sie in ihren langen Tartanmusterschal hinein. Sie hatte ihn bis über die Nasenspitze hochgezogen und konnte kaum darüber hinwegsehen.

Es gibt tatsächlich Leute, die noch mehr frieren als ich ...

Jule war kurz versucht, ebenfalls mit einem Brummen zu antworten, entschied sich dann aber doch für ein herzliches Lächeln und ein: »Guten Morgen!«

»Hmmmmmmm?«, machte der Schal, während die linke Tasche in die Schankstube wies, ungefähr dorthin, wo der große Webstuhl stand.

»Uff!«, machte Jule, um Zeit zu gewinnen. Dann versuchte sie, herauszufinden, was die Frau eigentlich von ihr wissen wollte.

Endlich dämmerte es ihr: »Äh, an den großen Webstuhl kann man im Moment nicht.« Der Herrenmantel ließ die Schultern hängen. Jule hatte wohl richtig verstanden, worum es ging. »Sie dürfen sich gerne an den kleinen setzen und einfach herumprobieren. Da hängt ein Zettel, auf dem steht ein bisschen was. Wenn Sie ...«

»Hmmhm!«, kam es unter dem Schal hervor, und die Frau drehte ab. Mit Rucksack, Mantel und Schal reservierte sie sich großzügig einen Vierertisch neben dem Webstuhl und setzte sich auf die Webbank. Langsam und bedächtig betätigte sie die Tritte und stupste das Webschiffchen hin und her. Gerade so, als hätte sie sich das Handwerk abgeschaut und würde jetzt versuchen, das Gesehene nachzuvollziehen. Auf alle Fälle stellte sie sich dabei wesentlich geschickter an als Jule bei ihren eigenen Versuchen.

Was wäre ein Kreativcafé ohne exzentrische Künstler-Stammgäste?, ging es Jule durch den Kopf.

Mehr Zeit zum Grübeln blieb ihr allerdings nicht, denn von Gerta war noch immer nichts zu sehen, und Jule musste nun alleine die Bestellungen aufnehmen, servieren und sich in der Küche um Spiegeleier und Co. kümmern. Die Schankstube füllte sich mehr und mehr, und Jule tat alles, um den Überblick zu bewahren und freundlich zu bleiben. Sie konzentrierte sich so sehr auf ihre Arbeit, dass sie Gerta zunächst gar nicht bemerkte.

Zuerst sah sie Frau Mürle an der Tür stehen, was ihre Laune nicht gerade hob. Sie hatte einen Herrn im Anzug bei sich, und nach einem kurzen Blick durch den Raum steuerten sie auf den Wintergarten zu, wo Frau Mürle dem ach so wichtigen Gast einen Kuss auf die Wange gab und sich dann gemeinsam mit dem Geschäftsmann zu ihm setzte.

Gerta kam hinter den beiden durch die Tür, winkte fröhlich und band sich ihre Schürze um.

Jule runzelte die Stirn. »Du bist doch nicht etwa mit *der* befreundet? Bitte sag mir, dass sie nur eine Kundin ist.«

»Wenn sie meine Freundin wäre, dann hätte ich ihr sagen können, dass ich losmuss, weil ich hier gebraucht werde. Eine gute Kundin, mehr nicht. Eine sehr gute Kundin.«

»Hmpf.«

»Ganz so schlimm, wie alle denken, ist sie nicht.«

»Mir gegenüber ist sie jedenfalls nicht gerade die Freundlichkeit in Person. Wie auch immer. Hier ist das Frühstück für Tisch 3. Bringst du die Sachen hin, und nimmst du bitte bei Mürles die Bestellung auf?«

Gerta hob eine Augenbraue. Normalerweise stand sie in der Küche und an der Kaffeemaschine, und Jule kümmerte sich um den Service. »Du hast doch nicht etwa Angst vor ihr?«

»Ach, es gibt einfach Menschen, mit denen unterhalte ich mich lieber. Ist das ihr Mann?«

»Hast du ihn nicht erkannt?«

»Äh, nein. Sollte ich? Er stolzierte hier jedenfalls herein wie ein Halbgott.«

Dafür fing sie sich einen geradezu tadelnden Blick von Gerta ein, die durch die Bons blätterte. »Dem musst du doch bei deiner Zeitungsschreiberei mal über den Weg gelaufen sein. Der Mürle will sich als Kandidat für die Bürgermeisterwahl aufstellen lassen. Er ist einer der größten Arbeitgeber der Gemeinde, sitzt in zig Vereinsvorständen, und im Gemeinderat kümmert er sich um Bauvorhaben. Und beliebt ist er nebenbei auch noch.«

Jule sah ihre zukünftigen Baugenehmigungen den Bach runtergehen.

»Na ja, ich komme nicht mehr so dazu, den Lokalteil zu lesen, und frage mich gerade, was die beiden hier eigentlich wollen? Sie kann weder mich noch die Lindenblüte ausstehen, und er … will er hier etwa Wahlkampf machen?«

»Ach, papperlapapp! Er wird mal im neuen Café frühstücken wollen, wie viele andere auch. Die Lindenblüte hat doch eine schöne Atmosphäre, um übers Geschäft zu sprechen. Und der Mürle schaut sich um in der Gemeinde, lernt alle kennen und stellt Fragen. Vielleicht will er auch ein bisschen gesehen werden, das schadet ja nie. Also, ich bin jetzt in der Küche!«, bestimmte Gerta. »Tisch 3 erledige ich noch, aber um die Mürles drückst du dich nicht.«

»Aber …« Jule sah Gerta hinterher.

Ihr Blick fiel auf das »Glas mit Achtsamkeit«. Die Handarbeiterinnen hatten gestern fleißig Achtsamkeitsvorschläge geschrieben und es bis zum Rand aufgefüllt. Beherzt griff Jule hinein und holte ein Röllchen heraus.

Komm, liebes Glas, zeig mir eine Lösung!

»Iss eine Kiwi«, stand auf dem Zettel.

Na, danke auch! Das hilft mir jetzt wirklich nicht weiter. Wer wirft denn solche Ideen ins Glas?

Sie rollte den Zettel wieder ein und band die Schleife darum. Sollte sich doch jemand anderes Gedanken über Kiwi machen.

Kiwi, Kiwi, Kiwi, summte das Wort durch Jules Gedanken.

»Latte, latte«, sang Jule und entlockte der Maschine ein wohltönendes Brummen.

Aber das Wort war stärker. Hartnäckig lauerte es ihr auf, um erneut zuzuschlagen, als der Kaffeevollautomat kurz schwieg.

Kiwi, Kiwi.

»Ich gebe auf, du hast gewonnen!«

Sie schnappte sich eine Kiwi aus dem Obstkorb, brach schnell ein paar Streichhölzer auseinander, steckte zwei als Beine und einen als Schnabel in die Frucht und pikte den Kiwi-Kiwi-Vogel auf eine Banane. Links und rechts bekam er zwei Rosinen-Augen. Jule grinste, weil sich die Sache mit den Achtbarkeitszetteln wieder bewährte. Beschwingt ging sie auf den Tisch der Mürles zu und ließ sich auch nicht aus der Fassung bringen, als Frau Mürle sie taxierte.

Ihr Mann schüttelte kurz den Kopf in ihre Richtung und ergriff das Wort: »Meine Frau nimmt das vegane Frühstück ›Regio‹, und ich bin gespannt, was Sie uns englisch-vegan zaubern. Was möchten Sie?«, fragte er den Geschäftsmann.

»Für mich bitte ein normales englisches Frühstück. Nicht vegetarisch, nicht vegan, nicht laktosefrei, mit Gluten, Histamin und Würstchen.« Er grinste, hörte aber schnell wieder auf, als er merkte, dass niemand außer ihm selbst das witzig fand.

Betont langsam zupfte Frau Mürle ihr seidenes Halstuch zurecht, bevor sie den Blick wieder auf Jule richtete. »Ich vertrage übrigens keine Sojaprodukte. Davon kratzt mir der Hals, und es bringt meine Verdauung durcheinander. Wussten Sie, dass Soja hormonell wirksam ist?«

Natürlich wusste Jule das. Seit sie in der Lindenblüte vegane Speisen anbot, kannte sie so ziemlich jede Tücke fast aller Nahrungsmittel und jede ernährungsbedingte Krankheit ihrer Gäste, ob sie die denn nun wissen wollte oder nicht.

Sie überging die letzte Frage und tippte mit dem Kugelschreiber auf ein großes, eingerahmtes Kästchen in der Karte: »Auf Wunsch servieren wir die veganen Speisen mit Hafermilch. Möchten Sie also Hafermilch, oder soll ich den Muckefuck durch einen Kräutertee ersetzen?«

»Den *was*?«

»Den Getreidekaffee. Zum veganen Regio-Frühstück gehört ein Kaffeeersatz aus gerösteten Lupinensamen. Er hat ein völlig anderes Aroma als gewöhnlicher Getreidekaffee.« Jule bemühte sich, ihre Erläuterungen nicht zu routiniert klingen zu lassen.

Frau Mürle verzog das Gesicht. Sie schien mit dem falschen Fuß aufgestanden zu sein. Die Antwort kam allerdings wieder von ihrem Mann, der Jule verschwörerisch zublinzelte: »Aus unserer Region schmeckt es doch immer besonders gut. Nehmen Sie die Hafermilch. Wir probieren gerne Neues aus und lassen uns überraschen.« Seine Frau schien da ganz anderer Meinung zu sein, verkniff sich aber jeden weiteren Kommentar zum Frühstück und rang sich ein Lächeln ab.

Mürles Gast lächelte ebenfalls. »Für mich dann bitte einen Earl Grey, wie es sich gehört. Übrigens haben Sie die Alte Linde ganz wunderbar modernisiert. Traditionelles Handwerk und neue Ideen. Ich erinnere mich noch gut an einen geschäftlichen

Besuch in Müggebach vor ... ach, das wird schon fast zehn Jahre her sein. Da war die Alte Linde wahrlich kein Schmuckstück, das man in Erinnerung behält. ›Schade um dieses schöne Haus‹, habe ich mir damals gedacht. Da hätte ich gerne etwas draus gemacht, aber der Besitzer wollte nicht verkaufen.« Sein Blick driftete in den Garten. Dann schreckte er hoch, wie aus einem Traum. »Das Huhn, das ist auch ganz fantastisch. So etwas braucht man heutzutage!«

Sein ausgestreckter Zeigefinger wies nach draußen. Unbeirrt von der Kälte, stapfte Berthe, Jules zugelaufenes braunes Huhn, durch den Schnee im Garten, scharwenzelte um den Topf mit dem Salbei herum und trapste auf die Terrasse. Es lief einmal hin und einmal her, als würde es auf seiner ganz persönlichen Bühne stehen, um die Gäste zu unterhalten. Vor Herrn Mürle blieb es stehen, legte den Kopf schief und beäugte ihn.

Er klopfte vorsichtig gegen die Scheibe. Sein Gesichtsausdruck wurde ganz weich. »Na, du? Im Sommer bekommst du ein paar Brötchenkrümel.« Und zu Jule gewandt: »Haben Sie noch mehr Hühner? Meine Großeltern bewirtschafteten ja damals noch den Hof neben den Stobers, und wenn wir bei ihnen im Urlaub waren, habe ich den ganzen Tag bei den Tieren verbracht.«

»Nein, ich habe nur das eine Huhn. Nächstes Jahr bekommt es hoffentlich Gesellschaft.«

»Ein glückliches Huhn. Bereiten Sie uns doch bitte gleich eine ganze Kanne Earl Grey. Wir haben viel zu besprechen.«

Wieder zwinkerte er, und zwar auf eine Art und Weise, als wäre Jule eine Mitverschwörerin in einem Komplott, das nur sie beide kannten – leider hatte er versäumt, Jule einzuweihen, worum genau es eigentlich ging.

Irgendwann fand auch dieser hektische Tag ein Ende, und Jule atmete unwillkürlich auf, als sich der Schlüssel im Schloss der Vordertür drehte.

»Mir tun die Füße weh!«

Gerta grinste sie schelmisch an: »Die badischen oder die hessischen Füße?«

Jule massierte sich den Oberschenkel. »Die badischen, Gerta, die badischen. Von den Zehen bis zur Hüfte hoch.«

»Das hast du aber schnell gelernt.«

»Nee, das weiß ich von meiner Oma. Die sagt nach all den Jahren in Hessen noch immer Füße und meint ihre Beine.«

»Komm, dann setz dich hin. Ich lasse die Putzfrau rein und spüle ab.«

»Das ist lieb von dir, aber ich habe keine Ruhe, bis nicht aufgeräumt ist. Gemeinsam geht es am schnellsten.«

Sie schaltete das Radio an und kümmerte sich um fleckige Tischdecken und Stuhlkissen.

Gerade, als sie wie in Trance vor sich hin arbeitete und sich dabei etwas entspannte, klingelte das Telefon.

»Mutter«.

Muss das sein?

Es musste wohl, und zwar sofort, denn Jules Mutter ließ sich nicht einfach abwimmeln. Nach einem stillen Stoßgebet an alle Mächte des Universums nahm Jule an.

Umgehend wurde sie von der Wucht ihrer Mutter hinweggefegt: »Jolanda Moller! Ich weiß, dass du seit einer halben Stunde zuhast. Gehst du denn nicht an dein Telefon? Und wie langsam ist in diesem Kaff das Internet? Seit Tagen hört man nichts von dir!«

Mit Daumen und Zeigefinger massierte Jule sich die Nasenwurzel. Jeder gute Vorsatz, ruhig zu bleiben, und jedes vernünftige Gegenargument wurde von der destruktiven Energie dieses

Anrufs hinweggespült. Von einem Moment auf den nächsten war Jule sprachlos.

»Schatz? Schatz, bist du noch dran?«

»Leider.«

»Wo bleiben deine Quartalszahlen? Ich habe noch keine einzige Bilanz von dir gesehen.«

»Du, ich habe dir schon im Sommer gesagt, dass ich dir im Februar die Zahlen für das ganze Jahr schicke. Wie geht es Papa?«

»Es würde ihm bessergehen, wenn du dich häufiger hier blicken lassen würdest. Er plant schon immer deine Lieblingsgerichte für das Sonntagsessen und ist dann ganz niedergeschlagen, dass er wieder nur für uns zwei alte Leute kochen kann.«

Dann ladet euch doch verdammt noch mal Besuch ein!

Jule machte ein unbestimmtes Geräusch, um zu signalisieren, dass sie zumindest zuhörte.

»Schatz, ich halte es dennoch für sinnvoll, dass du mir deine Zahlen schickst, damit ich zwischendurch einen Blick darauf werfen kann.«

Es war offensichtlich, weshalb Jules Mutter seit Jahrzehnten sehr erfolgreich Häuser vermittelte und von der Maklerprovision gut leben konnte: Sie war hartnäckig.

»Ja, aber die Zahlen sagen doch noch gar nichts aus.«

»Machst du etwa gar keine Quartalsabrechnungen? Schatz, das ist schlampig.«

»Glaub es oder glaub es nicht, aber ich habe die Zahlen für jedes Quartal.«

»Na, perfekt.«

»Na, eben nicht!« Jule wedelte mit der Hand, als müsste sie einen Schwarm blutsaugender Mücken loswerden. Dann rutschte es ihr heraus: »Die Zahlen sind eben nicht perfekt.«

Ihre Mutter wurde mit einem Mal still, als würde sie auf etwas lauern. Dann holte sie tief Luft: »Was genau meinst du mit ›Nicht perfekt‹? Führst du deine Bücher schlampig, oder geht dir das Geld aus?«

»Mir geht *nicht* das Geld aus! Ich benötige die übliche Zeit einer Neugründung, um aufs Jahr gerechnet in die schwarzen Zahlen zu kommen.«

»Schatz, lass mich dir helfen! Bitte! Ich könnte es mir nie verzeihen, wenn du dich überschuldest.«

Jule sackte auf einem Stuhl zusammen. Ihr Kopf fühlte sich leer an. Nicht nur, weil es ein langer Tag gewesen war, sondern auch, weil diese Telefonate mit ihrer Mutter ihr jede Energie aus den Gliedern saugten.

Was soll ich darauf schon antworten? Was kann ich denn darauf antworten, ohne völlig das Gesicht zu verlieren?

»Wie oft soll ich dir noch sagen, dass eine gute Freundin mich bei der Buchhaltung unterstützt. Aber vor dem Weihnachtsgeschäft und bevor ich überhaupt ein Jahr lang offen hatte, kann ich doch noch gar nicht sagen, wie gut die Lindenblüte angenommen wird. Heute waren beispielsweise unglaublich viele Leute da, die mein Café durch die Aktionen rund um den Weihnachtsmarkt kennengelernt haben.«

»Diese Weihnachtsmarkt-Sache … muss das sein?«

»Ich sagte doch gerade, dass dadurch neue Gäste kommen.«

»Investier deine Energie besser in die Öffnungszeiten. Du hast ja nur vier Tage in der Woche geöffnet!«

»Du reibst mir immer die gleichen Sachen unter die Nase. Merkst du das?«

»Komm doch bitte zu deinem Geburtstag heim, Schatz, ja? Wir bitten deinen Vater, dir ein leckeres Menü zu kochen, und reden über alles. Du bekommst von mir einen kleinen Kurs in Buchhaltung. Du wirst sehen: Das ist nicht so schwierig, und auf Dauer ist ein übersichtliches Geschäftsbuch viel effizienter und schneller als deine chaotischen Notizen.«

Beleidigt räusperte Jule sich.

»Ich kenne dich, mein Schatz.«

Nur zu gut, ja. Auch wenn du diesmal falschliegst. Meine Bücher sind gut geführt.

»Mama, wir drehen uns im Kreis. Du weißt, dass ich meinen Geburtstag in Müggebach feiern werde. Mit meinen Freunden.«

»Dein Vater hat schon eingekauft.«

»Es sind noch zwei Wochen hin, bis Ende November! Wenn ihr nicht endlich lernt, mich vorher zu fragen, kann ich auch nichts dafür.«

»Bring doch diesen Mika mit, deinen Freund. Der hat doch bestimmt ein Auto, wo du dir ja noch immer keins gekauft hast. Wir möchten ihn endlich kennenlernen.«

»Du weigerst dich doch, zu mir zu fahren und dir mein Café anzusehen! Besucht mich, und ich stelle ihn euch vor.«

»Das führt doch zu nichts, Schatz.«

»Ja, wirklich nicht. Ich lege jetzt auf. Hier ist viel zu tun.«

»Überleg es dir«, bot Jules Mutter an und ließ offen, was genau sie damit meinte.

Noch bevor Jule nachfragen konnte, legte ihre Mutter auf.

Tapfer hielt Jule durch, bis die Lindenblüte am späten Nachmittag aufgeräumt und sauber war. Mit einem herzhaften Gähnen verabschiedete sie Gerta und die Putzfrau und wünschte sich in diesem Augenblick nichts sehnlicher als eine ganze Woche Urlaub. Eine Woche, in der nichts zu tun war, weil Jule sich weit, weit weg von allem befand, das erledigt werden musste – und so richtig weit weg von ihrer Mutter.

Leider war die Hängematte am Strand bis auf weiteres gestrichen.

Wahrscheinlich schaffe ich es eher, mir im Sommer eine Hängematte im Garten zu montieren, als richtigen Urlaub zu nehmen.

Das Handy brummte. Mika war mit der Feuerwehr zu einem weiteren Einsatz unterwegs. Das Essen beim Japaner konnten sie für heute streichen. Sosehr Jule das auch bedauerte, nach dem anstrengenden Tag war es ihr ganz recht, für einen Abend zur Ruhe zu kommen. Sie streckte ihren verspannten Rücken und nahm sich für die nächste Stunde konsequent gar nichts vor, außer die Füße hochzulegen.

Vor das Ausruhen hatte das Schicksal allerdings noch ein wenig Schweiß gesetzt. Jule musste erst noch ihre Kuschelecke im Wintergarten aufbauen – und das mit Muskeln, die weich wie Götterspeise waren. Unter viel Geseufze rückte sie erst die Tische beiseite und schleifte dann die vier mit Kaffeesäcken bezogenen Poufs durch die Schankstube, um sich eine Art improvisiertes Sofa zu bauen. Zwar hatte sie über die letzten Wochen und Monate eine gewisse Routine darin entwickelt, aber leichter wurden die Dinger davon auch nicht.

Eigentlich ist es schade, dass ich mein Wohnzimmer so gar nicht nutze.

Jule zerrte an dem nächsten Pouf und dachte an die vielen Renovierungsarbeiten, die in der Wohnung im ersten Stock anstanden. Nachdem sie in den vergangenen Monaten all ihre Zeit und Energie in die Lindenblüte gesteckt hatte, befanden sich oben noch immer die Möbel der Vorbesitzer und erinnerten auf ihre abgewetzte Art und Weise an das Leben in den 80ern.

Zeit, schrieb Jule mit dem Finger auf eine angelaufene Scheibe. Dann ließ sie sich in die dicken Kissen fallen und vergrub sich in ihrer heißgeliebten, aber etwas fadenscheinigen Kuscheldecke. Kaum hatte sie die ideale Liegeposition gefunden, fiel ihr Blick auf die Tasse mit heißer Kardamom-Schokolade, die unerreichbar weit entfernt auf einem der Tische stand und allmählich kalt wurde.

Das fürchterlichste aller Luxusprobleme!

Unter deutlichen Lauten des Missfallens buddelte sie sich also noch einmal aus ihrem Lager heraus und rückte den Tisch an ihre Kuschelecke heran, ehe sie sich wieder warm einmummelte. Draußen vor dem Fenster wirbelten die Schneeflocken im letzten Licht des Tages. So ließ sie sich den Winter gefallen!

Durch die dicke Wolkendecke wurde es schnell dunkel, und schon bald waren die Flocken kaum noch zu erahnen. Jule zog ihr Notizbüchlein aus der Hosentasche, um endlich einmal ihre Gedanken zu sortieren.

Sie blätterte durch die Seiten, dann ließ sie das Büchlein sinken. *Wie lange es her ist, dass ich etwas hineingeschrieben habe ... wo ist mein Elan hin? Wo sind die Ideen? Die schönen Wörter? Hat der Alltag mich so fest in seinen Klauen? Wer frisst eigentlich meine ganze Zeit auf?*

Entschlossen blätterte sie auf eine leere Seite und begann eine Liste: »Meine größten Zeitfresser«. Dann notierte sie Punkt für Punkt, womit sie ihren Tag verbrachte. Am besten stoppte sie in nächster Zeit, wie lange sie im Internet durch ihre Lieblings-Bastelblogs und DIY-YouTubekanäle stromerte. Dieses ganze »Nur mal kurz nachschauen, was so passiert, immer auf dem Laufenden bleiben, bloß nichts verpassen!« – und plötzlich war eine halbe Stunde verstrichen. Und wie lange hielt sie sich damit auf, Dinge zu suchen, statt sich einmal einen Tag Zeit zu nehmen und endlich die letzten Umzugskartons zu sortieren, die noch immer in dunklen Ecken standen und auf das Vergessen warteten?

Genau das hatte Jule doch im Februar schon einmal geschafft: Unmengen an Kram und Krempel zu sortieren. Damals hatte sie alles Brauchbare in sorgfältig beschrifteten Kisten verstaut und in den Keller gestellt. Jeder Behälter war mit einem Datum versehen, und alles, was bis zu einem bestimmten Zeitpunkt keine Verwendung gefunden hatte, wurde entsorgt. Das hielt sie einigermaßen gut durch. Auch, weil ihr Handy sie daran erinnerte, wann wieder eine Kiste fällig war.

Ich könnte meine Umzugskisten ja auch numerieren und dann jede Woche einen Termin mit ihnen vereinbaren.

Bevor sie gänzlich abschweifen konnte, widmete Jule sich wieder ihrer Liste.

»Augen zu und durch!«, trat sie sich selbst verbal in den Hintern.

Die Liste erreichte im Nu eine ansehnliche Länge. Der nächste Schritt musste jetzt sein, konsequent Zeitfresser einzukreisen und aus ihrem Alltag zu verbannen.

Mit dem Stift an den Lippen sinnierte Jule über einem Brett mit vielen kleinen Papierklemmen, in denen kleine Zettel mit unnötigen Zeitfressern steckten. Sozusagen eine Pinnwand der Zeitfresserchen. Das klang praktisch und machbar.

Und wohin mit den Zetteln, wenn die Zeitfresser besiegt sind? Einfach umdrehen oder in ein hübsches Säckchen stecken? Im Mini-Müllbeutel »ent-sorgen«? Oder ein zweites Brett machen, mit Erfolgen? Eine Ruhmeshalle der besiegten Zeitfresserchen? Hmmmmmm …? Hauptsache, es ist nicht zu kompliziert, sonst verliere ich die Zeit gleich wieder, die ich mir erobert habe.

Sie behielt die Idee einer Pinnwand im Hinterkopf und notierte sich zügig die To-do-Liste für die kommende Woche.

Jule war so versunken in ihre Listen und Planungen, dass sie den Schlüssel im Türschloss glatt überhörte. Zu ihrem Glück trampelte Mika absichtlich laut mit den schweren Winterstiefeln. Jedenfalls schrak Jule nur kurz zusammen und machte innerlich drei Kreuze, dass er nicht wieder so herumschlich, wie es sonst seine Art war. Nicht, dass sie seinen federnden, ruhigen Gang nicht mochte, aber er vergaß häufig, wie leise er war. Jule war mehr als einmal schier das Herz stehengeblieben, wenn er plötzlich hinter ihr stand.

»Nicht erschrecken!«, flüsterte er. Dann beugte er sich herunter und küsste sie. Der feuchte, schneekalte Kragen seines Mantels streifte ihre Wange. »Tut mir leid, dass ich so spät bin. Das Wetter hat uns auf Trab gehalten. Wie sieht's bei dir aus? Sollen wir noch los?«

Jule streckte die Arme aus ihrer mollig warmen Deckenhöhle heraus und umarmte ihn, ungeachtet der Kälte, die er mit sich gebracht hatte. »Ich weiß nicht, ob ich jemals wieder aus diesen Kissen rauskomme. Es ist kalt und spät. Ich würde sagen, wir schmeißen uns ein paar Nudeln in den Topf, machen eine Béchamel und ruhen uns einfach beide aus.«

»Ganz sicher?«

Jule nickte. »Pasta und Kuscheln. Ich brauche etwas Warmes, um über den Anruf meiner Mutter hinwegzukommen.«

Er zog sie fester in seine Arme. »Willst du darüber reden?«

»Morgen vielleicht. Ich bin müde und hungrig.« Sie schob sein Gesicht zur Seite und sah ihn genau an. »Alles okay bei dir?«

Mika löste sich von ihr, zog den Mantel aus und warf ihn über eine Stuhllehne, bevor er sich neben sie fallen ließ. »Wir haben heute ein Auto eine Böschung hochgeholt. Den hat es übel aus der Kurve getragen. Der Fahrer hatte so unglaubliches Glück, dass jemand im frischen Schnee die Spuren gesehen und den Notruf gewählt hat – der wäre da einfach erfroren. Eingeklemmt, Handy außer Reichweite, von der Straße aus nicht zu sehen. Mir liegt's noch immer im Magen.«

»Möchtest du dann überhaupt etwas essen?«

»Da ich seit heute früh …« Sein Handy summte. Er schaute auf das Display und schüttelte den Kopf. »Kann es sein, dass deine Klingel wieder nicht geht?« Er klopfte sich auf die Schenkel und ging zur Tür. Dort nahm er etwas in Empfang. Mit dem kurzen Windstoß wehte auch der Geruch von Essen herein.

Jule lief das Wasser im Mund zusammen. »Du hast Essen bestellt?«

Er schob den Couchtisch, der zu den Poufs gehörte, in den Wintergarten. »Mir tut es leid, dass wir uns schon wieder keinen schönen Abend außerhalb machen. Und als du geschrieben hast, dass du müde bist, dachte ich, es wäre ein schöner Kompromiss, etwas im Einhorn zu bestellen.«

Eine sanfte Wärme schlich sich in Jules Herz. »Nicht nur ein Kompromiss. Eine wundervolle Idee.«

»Es ist halt kein Sushi.«

»Wir können ja so tun, als wäre das schwäbisch-badisches Sushi. Und bei diesem Wetter muss man auch wirklich nicht müde durch die Gegend fahren.«

»Das mag ich so an dir.«

»Dass ich so vorhersehbar bin?«

»So schlau und so vernünftig.«

Er schob ihr das Kissen hinter den Rücken und ging zur Küche, um mit Tellern, Besteck und Kerzen wiederzukommen.

Jule setzte sich zurecht und drapierte die Schüsseln aus der Warmhaltebox auf dem Tisch.

So vernünftig, ging ihr durch den Kopf. In ihrem ganzen bisherigen Leben hatte ihr noch niemand gesagt, sie sei vernünftig – eher das Gegenteil. Mika dagegen hatte mehr als einmal ihre Vernunft gelobt und andere Vorzüge, die Jule selbst nie bewusst an sich wahrgenommen hatte: Verlässlichkeit, Mut, Selbstsicherheit.

»Sag mal, Mika«, rief sie in Richtung Küche, »bin ich eine Spießerin geworden?«

Er kam mit einem Tablett zurück. »Gegenfrage: Ist Ole ein Spießer? Bin ich ein Spießer?«

»Ich bin mir nicht sicher, ob wir dasselbe meinen. Bis jetzt haben immer alle gesagt, ich könnte mich nie entscheiden, ich wäre undiszipliniert, würde vor Problemen weglaufen und durch die Welt tingeln, um mich nicht festlegen zu müssen. Bin ich mit einem Mal vernünftig, weil ich ein Café habe?«

»Ich glaube, es gibt zwei Arten von Vernunft, genau wie wir hier zwei Arten von Spätzle haben.«

Sie schaute ihn skeptisch an. »Der Vergleich hinkt.«

Mika zuckte mit den Schultern. »Meiner Ansicht nach sind manche Menschen vernünftig, weil sie sich eine Sache anschauen, dann auf ihr Gefühl hören und entscheiden. So ein Mensch bist du. Und es gibt Menschen, die so vernünftig sind, dass sie vor lauter Vernunft vergessen, mal vom ›richtigen‹ Weg abzubiegen und das Leben kennenzulernen. Alles, was dir fehlt, ist noch ein wenig Übung mit der Disziplin und mit dem Neinsagen.«

»Als wir uns das erste Mal begegnet sind, dachte ich, du wärst einer von diesen übervernünftigen Menschen.«

Er lachte. »Klar! Deshalb habe ich auch erst ein paar Semester Chemie studiert, dann ein Semester Finnougristik, und irgendwie war ich plötzlich Bibliothekar. Vom potentiellen Gutverdiener über den Aushilfskellner zum mittelmäßig bezahlten Enthusiasten, der sich mit allem irgendwie ein bisschen auskennt. Irgendwann führt einen das Leben, wohin man schon immer gehen wollte, glaube ich.«

»Du hast Finnougristik studiert? Hoch die Tassen auf uns zwei Unvernünftige!«

Sie stießen mit dem Kakao an.

»Kässpätzle oder mit Bröseln?«, fragte Mika.

»Käs, die Röstzwiebeln wollen zu mir.«

»Okay, raus damit: Welches Orchideenfach hast du dir gegönnt?«

»Na, Japanologie. Zwei Semester eingeschrieben, dann Kopf in den Sand gesteckt, und später bin ich einfach so für ein Jahr zum Work and Travel nach Japan geflogen.«

»Japan muss ein ganz einzigartiges Land sein. Ich habe mal einen Film über diese japanische Brühe gesehen. Wasabi?«

»Dashi.«

»Dashi. Richtig. Die Doku hat mich sprachlos zurückgelassen. Allein schon der Aufwand, Bonitoflocken herzustellen, ist so unfassbar komplex und langwierig. Dagegen ist eine gutdeutsche Hühnerbrühe ein schneller Snack.«

»Die Japaner haben ihre ganz eigene Art, mit Dingen umzugehen. Ich bewundere, welche Wertschätzung dort jedem Handgriff entgegengebracht wird – und welche Wertschätzung von Hand hergestellte Dinge genießen.«

»Daran musste ich immer denken, wenn ich dir beim Schablonieren der Zitate zugesehen habe. Oder wenn ich dich beim Kuchenbacken beobachte.«

Jules Wangen wurden heiß. »Mir ist bei diesem Japanjahr wieder bewusst geworden, welche Ruhe über mich kommt, wenn ich mich mit etwas beschäftige. Das ist so ein innerer Frieden, ich kann ganz in dem versinken, was ich tue. Wahrscheinlich bin ich auch deshalb so froh, dass ich den Lottogewinn meiner Großmutter in ein Café gesteckt habe. Oh.«

Mika war mit einem Mal sehr still geworden.

»Ist schon gut, Jule. Es ist besser so. Ich hatte keine Vision und wollte nur meine Erinnerungen erhalten. Das wäre keine wirkliche Rettung gewesen und hätte nie funktioniert.«

»Wenn ich gewusst hätte, dass ich dir dein Elternhaus vor der Nase wegkaufe, hätte ich es niemals getan!«

»Sag das nicht. Du konntest mich nicht ausstehen.«

Jule gabelte weitere Spätzle auf. »Da kannte ich dich noch nicht, und du hast es mir nicht gerade leichtgemacht, dich kennenzulernen.«

»Ich habe zu sehr geglaubt, was die Leute erzählen, statt mir mein eigenes Bild zu machen.«

»Manchmal kann man nicht aus seiner Haut raus. Was soll ich sagen? Mit meiner Mutter und mir ist es kaum anders.«

»Jeder braucht seinen persönlichen Mirabellenbaum.«

»Etwas, das einem so wichtig ist, dass man bereit ist, dafür seine Scheuklappen abzusetzen?«

Er nickte und bohrte in seinem Essen. »Lass uns die Spätzle genießen und einfach feststellen, dass die Lindenblüte gut geraten ist, so wie sie jetzt ist. Als ich Anja heute erzählt habe, dass du veganes Frühstück anbietest und einen Basteltisch und Webstühle hast, da war sie völlig aus dem Häuschen. So was gibt es in Stuttgart einfach nicht.«

»Ah«, sagte Jule etwas zu sparsam, dann versanken beide in Schweigen und aßen ihre Spätzle.

Mit Mika schweigen war etwas, das Jule normalerweise sehr genoss. Doch jetzt fühlte sie sich nicht recht wohl damit und konnte doch den Finger nicht darauf legen, weshalb. Da war nicht nur diese diffuse leichte Eifersucht, die wohl jeden Jungverliebten irgendwann ereilte, sondern noch so viele Dinge, über die sie noch nicht gesprochen hatten. Jules Eltern, Mikas Eltern, ihre gemeinsamen Pläne für die Zukunft, ihre Vergangenheiten.

Jetzt vergiss mal die doofe Eifersucht, Jule. Wir haben gerade angefangen, das Mosaik zusammenzusetzen, und das fühlt sich verdammt gut an.

Sie lächelte vor sich hin. Immer blieb zu wenig Zeit für die wichtigen Dinge, aber jetzt hatte sie einen Plan, das zu ändern.

Mit der Gabel schob Jule Röstzwiebeln zusammen, bis ein kleines Monster auf ihrem Teller zu sehen war.

»Hm?« Mika zog fragend die Augenbraue hoch.

Jule grinste schief. »Ein Zeitfresser.«

Wochentipp: Zeitfresser fressen

Wir haben sie alle, diese kleinen Laster: Nur mal »eben schnell« etwas im Internet recherchieren, »mal nebenbei« den Fernseher mit einer zweitklassigen Serie laufen lassen, obwohl man sich eigentlich voll auf die Steuererklärung konzentrieren müsste. Schwups! Der Tag ist vorbei, und man erinnert sich gar nicht mehr genau daran, was man alles getan hat. Nicht nur, dass wieder einiges liegengeblieben ist, das erledigt werden muss, nein, wir fühlen uns auch noch schlecht. Da ist es doch gut, wenn man seine Zeitfresserchen kennt, nicht?

Dafür muss man sich zunächst einige Tage lang am Riemen reißen und aufschreiben, was man alles macht. Das kann man mit einer Liste auf einem Block erledigen, oder man sucht eine passende App.

Bloß fünf Minuten im Netz gesurft? – Auf die Liste!

Das Teebrühen in die Länge ziehen, aus dem Fenster schauen und träumen? – Aufschreiben!

Das Kochen nicht im Voraus geplant und ewig lang herumgeschnibbelt, statt effizient vorzubereiten? – Notieren!

Herumzappen, obwohl alles langweilig ist, das im Fernsehen kommt? – Klarer Fall für die Liste!

Es geht dabei nicht darum, sich keine Verschnaufpausen zu gönnen, sondern verzichtbare Zeitfresser zu benennen. Diese Zeitfresser schreibt man jetzt gut lesbar auf je einen Zettel, der an eine Pinnwand geheftet, an ein Brett mit Klemmen geklemmt oder auf eine Leine gehängt wird – die Pinnwand natürlich nicht im Keller verstecken!

Jeder Zeitfresser, der für einige Tage eliminiert worden ist, darf umgedreht oder weggeworfen werden. Auf die Rückseite kann beispielsweise ein Smiley oder eine Belohnung gemalt werden. Es hilft auf jeden Fall, sich einmal vor Augen zu halten, was einem die Lebenszeit frisst.

Ich wünsche allzeit ein offenes Auge für die schönen Dinge des Lebens,
Jolanda

Kapitel 4

Von: Jolanda Moller <jule@jules_linde.de
An: Wilhelmine Arbt <Wilhelmine@mailmail.de>
Betreff: Schilda an der Mügge

Liebste Oma,

ja, allmählich beruhige ich mich. Du hast recht: Noch ist nicht alles verloren, und wir werden alle Hebel in Bewegung setzen, damit der Weihnachtsmarkt stattfinden kann.
Ich raufe mir noch immer die Haare, denn es geht ja nicht nur darum, dass Müggebach auf ein traditionelles und von allen geliebtes Fest verzichten muss, sondern auch wegen all der Mühe, die schon in die Vorbereitungen geflossen ist. Der Erlös der Kunsthandwerker sollte dieses Jahr auch einem ganz besonderen Projekt zugutekommen. Die Bürgerinitiative plant nämlich, in Müggebach ein Kulturzentrum aufzubauen, und dafür können sie jeden Cent gebrauchen. (Es heißt übrigens »Kulturzentrum« und nicht gemütlicher »Heimatstube«, weil der Treffpunkt des Heimatvereins bereits so heißt und die den Namen mit Zähnen und Klauen verteidigen.)
Du kennst doch sicher noch den alten Dennighof, oder? Dort soll das Kulturzentrum entstehen. Allerdings gibt es da ein Problem: Der Hof ist stark renovierungsbedürftig, und eigentlich will ihn ein Investor kaufen, abreißen und seniorengerechte Luxus-Appartements bauen. Ich weiß nicht, wie, aber der Bürger-

initiative ist es gelungen, dass die Erbengemeinschaft ihr ein Vorkaufsrecht zugesichert hat, sogar zu einem guten Preis. Jetzt haben Privatleute und Sponsoren zusammengelegt, aber es fehlen immer noch ein paar tausend Euro. Deshalb steht mit dem Weihnachtsmarkt auch dieses Projekt auf der Kippe.

Wenn du mich fragst, ist der Dennighof für beide Vorhaben nicht geeignet. Du weißt ja bestimmt noch, wie es auf dem Höfleberg aussieht, ein winziger Hof mit winzigem Fachwerkhäuschen neben dem anderen. Die Bauern mussten früher ja höchstens mit dem Pferdekarren rein und brauchten nicht viel Platz.

Wie sollen die Leute dort hinkommen, egal ob Konzertbesucher oder Senioren? Es ist steil und zu verwinkelt für den Bus. Parkplätze gibt's auch keine. Und wie ein großer Veranstaltungsraum, ein Literatur-Café und von was die Bürgerinitiative noch alles träumt, in den kleinen Dennighof reinpassen sollen, weiß ich auch nicht.

So. Ich habe dir jetzt genug in den Ohren gelegen und höre auch auf, mir den Kopf über die Probleme anderer Leute zu zerbrechen.

Ich küsse und umarme dich, je t'embrasse
Deine Jolanda

Im Telefon raschelte es. Maike sortierte wohl nebenher Papier. »Selbst und ständig, hm?«

»Ich kann wirklich keinen Urlaub machen. Nicht vor Weihnachten. Und danach eigentlich auch nicht.« Jule lag lang ausgestreckt auf ihren Poufs und schaute in den verschneiten Garten. Es war beinahe Mittag, aber die Sonne hatte nicht vor, sich zu zeigen. Es war demotivierend düster. Gegen den Winterblues hatte Jule sich mit Teelichtern in Windlicht-Gläsern umgeben. Um ihr Behelfssofa herum stapelten sich die Koch- und Backbücher und natürlich ihre Kladde, in der sie seit Jahren ihre Lieblingsrezepte und Notizen zu ihren Do-it-yourself-Projekten festhielt. Maikes Anruf hatte sie mitten in der Planung für Weihnachtsessen und Plätzchenbacken erwischt.

Maike sah das mit dem Freinehmen natürlich anders. »Aber klar kannst du! Hör mal: Die Lindenblüte hat von Donnerstag bis Sonntag geöffnet, da ist es doch wohl kein Problem, mal drei Tage den Kopf freizubekommen!«

»Eigentlich widerspreche ich dir auch nicht.«

»Eigentlich? Und uneigentlich?«

»Uneigentlich fängt Mika nächste Woche in der Bibliothek an, und Milla will als Aushilfe kürzertreten.«

»Wieso denn das? Was du so von ihr erzählst, würde sie dich doch nicht einfach hängenlassen.«

»Wir haben beide so viel zu tun, ich konnte mich noch keine Minute in Ruhe mit ihr unterhalten. Keine Ahnung, was für neue Projekte sie wieder angefangen hat. Auf jeden Fall mischt sie jetzt bei der Bürgerinitiative mit. Ich bin ja mal gespannt, ob die ihr Kulturzentrum wirklich umsetzen. Wenn ja, wird das eine schöne Sache.«

»Na dann … du wolltest mir noch weiter dein Leid klagen, was so alles auf deiner To-do-Liste steht.«

»Stimmt. Also: Das Adventsfenster muss noch fertig gemacht werden, mein Briefkasten ist hässlich und klemmt so, dass ich bald die Briefe nicht mehr rausholen kann, die Wohnung muss renoviert werden, wir müssen dafür sorgen, dass der Weihnachtsmarkt stattfindet, und bis ich eine neue Aushilfe eingelernt habe, dauert es.«

Jule sah auf die Schneeschicht hinaus. Sie sah ihre Fußabdrücke im Schnee und erinnerte sich an die Morgendämmerung, als sie durch die Hintertür ihres Gartens auf die Felder gegangen war, um auf den Sonnenaufgang zu warten. Die Natur kam ihr um diese Zeit vor wie eine geheime Märchenwelt. Es war Zeit, die sie ganz allein für sich hatte. Ein kleiner Schritt heraus aus dem Alltag, ein kalter Kurzurlaub.

Auf dem Rückweg hatte sie lange Schleifspuren im verharschten Schnee hinterlassen, in denen Berthe jetzt ihre Runden drehte, als würde sie für eine Hühnerolympiade trainieren.

»Ach, das mit der Aushilfe hat geklappt? Erzähl!«

»Nee, das hat noch nicht geklappt, aber wenn …«

»Aber wie, aber was, aber wenn? ›Wenn … dann‹ ist nie gut. Ich will ja nicht deine Mutter spielen … okay, ich spiele sie auch nicht.«

»Danke.« Jule drehte sich auf den Rücken. Überall von den Deckenbalken hingen die kleinen Papierflocken. Einige Flocken in verschiedenen Blautönen hatte sie zur Seite gelegt und war ihnen mit der Heißklebepistole zu Leibe gerückt. Sie hatte damit einen Styropor-Türkranz verziert. Allmählich wurde es Zeit, dass sie im Fenster den frühlingshaften Willkommenskranz mit den Schmetterlingen aus Buchseiten durch eine Jahreszeitendekoration ersetzte.

Wenn ich schon keine Weihnachtsdeko rausholen darf, dann will ich wenigstens ein bisschen Winterstimmung verbreiten.

Eine Erinnerung huschte vorbei: Sie stand auf einer Leiter, und ihre Mutter reichte ihr Strohsterne an, die sie an den Gardinenstangen befestigte. Jule musste ungefähr zehn Jahre alt gewesen sein. Sie erinnerte sich noch ganz genau, dass ihre Mutter eins ihrer besten Kostüme trug und immer, wenn sie dachte, Jule würde es nicht sehen, ungeduldig mit dem Fuß wippte oder auf die Uhr sah. Zu ihrem Termin war sie dann natürlich zu spät gekommen, aber das hatte Jule erst viele Jahre später erfahren.

Sie seufzte tief. »Wie ist das eigentlich als Mutter? Da kannst du auch keinen Urlaub nehmen.«

»Noch nicht. Aber sobald der Kleine abgestillt ist, fahre ich mal für zwei Tage allein ans Meer, das ist schon fest ausgemacht. Man muss sich seinen Urlaub nehmen. Manchmal auch gegen alle Widerstände.«

»Klingt gut, das mit dem Meer. Erzähl mir bei Gelegenheit, wie ich mir von dir eine Scheibe abschneiden kann.«

»Das passt doch gut. Ich brauchte nämlich auch eine Scheibe von dir. Übermorgen gehe ich bei meinen Kollegen vorbei, um ihnen den Kurzen zu zeigen. Da er so gut im Tragetuch auf meinem Rücken schläft und ich die Hände frei habe, wollte ich Käsestangen backen.«

»Könnte ich auch mal wieder machen.«

»Ein schöner Zufall.«

»Soll ich dir welche schicken?«, neckte Jule ihre Freundin. Sie wusste genau, was Maike wollte. Sie warf einen schnellen Blick auf ihr Handy: Ole hielt eine Art dunkles Baguette in der Hand und lud sie zum Mittagessen im Laden ein.

»Aber gern«, schrieb sie zurück.

»Per Express werden das dann die kostspieligsten Snacks meiner Karriere. Kann ich das als Werbungskosten absetzen?«

Beide lachten. »Wenn das Licht besser wird, fotografiere ich dir die Seite aus meiner Kladde. Du wirst sehen: Backen …«

»… lernt man am besten beim Backen. Ich weiß.«

Es tutete in Jules Leitung.

»Warte mal, ich glaube, Ole ruft wegen des Mittagessens an.« Jule nahm den Hörer vom Ohr und schaute darauf. »Unbekannt«. Ein Gast, der reservieren wollte?

»Jule, ich muss eh langsam Schluss machen.«

»Für Unbekannt würge ich dich jetzt aber nicht ab. Wenn es wichtig ist, wird sich der wieder melden. Wenn du nicht so weit weggezogen wärst, könnte ich dir jetzt beibringen, wie man die Käsestangen macht.«

»Dann würde ich in Frankfurt wohnen, und du wärst weggezogen. Und wenn ich mysteriöserweise neben dir wohnen würde, würde mir etwas einfallen, um mich wieder einmal ums Backen zu drücken«, konterte Maike. »Schachmatt, würde ich sagen.«

»Erzähl mir lieber noch ein bisschen von Ron. Ich habe mich ja nicht getraut zu fragen, aber …«

»Nein, der Name ist nicht aus ›Harry Potter‹. Ich kenne weder die Bücher noch die Filme.«

»Oh.« Hitze schoss in Jules Gesicht. Endlich hörte auch das Anklopfen des unbekannten Anrufers auf.

»Ach, das fragt doch quasi jeder! Und jetzt packe ich ihn wirklich ins Tragetuch, und dann kaufe ich Zutaten für die Käsestangen. Kannst du mir mal eben durchgeben, was ich brauche?«

Jule holte Luft, aber Maike unterbrach sie wieder: »Per WhatsApp wäre am besten, dann habe ich gleich einen Einkaufszettel zur Hand. Tschühüs! War schön, mal wieder etwas von dir zu hören. Und dahaaanke!«

Unwillkürlich verdrehte Jule die Augen. Maike war immer noch Maike, wie sie leibte und lebte, egal wie weit weg sie wohnte, wo sie arbeitete und wie sie sich kleidete.

In der verbleibenden Zeit bis Mittag arbeitete Jule an ihrer Plätzchenplanung, bis das Knurren ihres Magens jeden anderen Gedanken überdeckte.

Der Tag war unfreundlich grau und kalt. Geradezu gemacht dafür, ihn unter einer warmen Decke zu verbringen und Pläne für die Weihnachtszeit zu schmieden. In der ersten Adventswoche würde sie außerhalb der Öffnungszeiten zwei Back-Events veranstalten.

Dafür durchstöberte sie ihre Backbücher nach originellen Rezepten, die sich einfach umsetzen ließen. Außerdem musste sie schon jetzt an die Vorbereitung denken. Den Lebkuchenteig sollte sie zum Beispiel bald ansetzen, denn der brauchte Zeit, damit das Hirschhornsalz seine Arbeit tun und ihn lockern konnte. Hoffentlich bekam sie das Lebkuchengewürz so gut hin wie ihre Oma.

Der Blick auf die Uhr zeigte kurz vor zwölf an. Ole würde gleich seinen Laden für die Mittagspause schließen.

Sie räumte die Bücher wieder an ihren Platz, mummelte sich dick ein und machte sich auf den Weg. Vor der Tür stieß sie um ein Haar mit dem Postboten zusammen.

»Guten Tag, Fräulein Moller.«

»Tag. Na, Sie haben ja wieder ein Timing!«

»Gell? Wie praktisch. Oder geht die Klingel wieder?«

Jule errötete und zog den Schal bis über die Nasenspitze hoch. »Ich freue mich einfach, dass ich diesen mistigen Briefkasten nicht aufstemmen muss.«

Der Postbote schmunzelte und reichte Jule zwei Briefe, ein Paket und den Scanner.

»Post für den Tiger!«, sagte sie vergnügt, als sie die Absendeadresse sah.

»Ein neuer Briefkasten?«

»Schön wär's.«

Der Postbote hob den Zeigefinger, als würde er sich an die nicht vorhandene Mütze tippen wollen. »Alla, dann mal viel Freude beim Auspacken.«

Er winkte und düste um die Ecke.

Das Paket war tatsächlich eine absolute Überraschung, denn Jule hatte nichts bestellt und erwartete auch nichts. Es war von Cora.

Ach. Die gibt's noch? Ist das ein Geburtstagsgeschenk? Darf ich das schon aufmachen?

Sie schloss die Tür auf, um das Paket schnell um die Ecke zu stellen. Am Ende siegte die Neugier, und Jule zückte das Teppichmesser, um sich den Weg durch ein Dutzend Schichten Packpapier zu schneiden. Cora wäre nicht mehr Cora, wenn sie nicht alles mit unglaublicher Sorgfalt tun würde – ein Geburtstagspaket hätte sie als solches beschriftet, damit Jule es ja nicht aus Versehen zu früh öffnete.

Der Inhalt des Päckchens war tatsächlich nicht für Jule bestimmt. Dicht an dicht lagen darin Wollknäuel in verschiedenen gedeckten Farbtönen. Der Brief dazu war in Coras knapper, enger Handschrift verfasst. Die gestochen scharfen Buchstaben ließen Jules Herz sofort höherschlagen.

Post für den Tiger!
Ach, Jule! Was habe ich nur alles getan, um dem Alltag zu entfliehen? Und was hat mich eingeholt? Was hindert mich ständig daran, dir zu schreiben oder mal anzurufen?
Rate mal?
Eben: Der Alltag.
Kein Wunder, dass wir immer dachten, wir haben ja noch jede Menge Zeit, um uns um ein Geschenk für Maikes Kleinen zu kümmern – meine Güte, ist mir das peinlich! Vor allem, weil ich jetzt ein volles halbes Jahr gebraucht habe, um auf deinen Vorschlag zu antworten, dass du ja Webstühle in der Lindenblüte hast und man da vielleicht eine nette persönliche Kleinigkeit anfertigen könnte.
Falls du bislang selbst noch kein Geschenk gefunden hast, dann versuch doch bitte, aus dieser Wolle eine schöne Decke zu machen

oder machen zu lassen. Es ist Merinowolle von unseren eigenen Schafen. Sie wird von einem kleinen Familienbetrieb gefärbt und versponnen. Die Decke wird ein ganz klein wenig kratziger, als du das so kennst, denn die deutschen Schafrassen können natürlich kein so seidiges Fell haben wie die aus den trockenen Klimazonen. Aber möglicherweise kennst du jemanden, der sie walkt. Walken macht Wolldecken dicht und warm und kuscheliger und haltbar für die Ewigkeit.
Es macht dich seelen-gesund,
Deine Ökobärin Cora

Das Gemeinschaftsgeschenk für Ron .... Jule rieb sich die Schläfen. *Die Geburt ist auch schon bald zwei Monate her, und ich habe es einfach nicht geschafft, pünktlich ein Geschenk zu basteln.*

In Gedanken klopfte sie sich selbst auf die Schulter, dass sie wenigstens an eine Karte gedacht hatte und an eine Art Gutschein für ein noch kommendes Geschenk. Anschließend war der Alltag über sie hereingebrochen. Wie tröstlich, dass es Cora ebenso ging.

All-Tag, rollte Jule über ihre Zunge. *Alle Tage immerzu viel zu tun. Irgendwie schön, diese Regelmäßigkeit. Aber irgendwie auch ... hm ... sehr regelmäßig.*

Wochenlang hatte Jule gegrübelt, mit welcher netten Kleinigkeit sie Mutter und Kind überraschen konnte – ein Geschenk zur Geburt sollte etwas Persönliches sein und zu Maike passen. Dazu musste es in Jules Augen noch einen praktischen Wert haben oder zumindest schön aussehen – und im besten Fall konnte man es ein Leben lang gebrauchen. *Ich bin echt froh, dass Cora noch was eingefallen ist.* Diese Erleichterung setzte in Jule ein plötzliches Ideen-Karussell in Gang. *Und wenn das Baby dann auf der Decke liegt oder darunter, dann kann es ja noch ein Mobile gebrauchen. Ich habe doch noch ein paar kleine Zweige von der Linde und dazu ein paar verschnörkelte Haselzweige. Irgendwo muss noch die alte Tischdecke aus der WG rumliegen, die eh zu viele Flecken hat. Daraus kann ich Bänder für die Halterung machen, und dazu gibt es kleine Bommel-Schäfchen.*

Jetzt stell das Paket ab, und dann ab mit dir. Ole verhungert ja noch.

Sie wollte gerade gehen, da fiel ihr Blick auf einen der Briefe. Der Absender war ein Immobilienbüro.

Nanu?, dachte sie. *Was wollen die denn von mir?*

Zu ihrem Erstaunen enthielt der Umschlag keine Werbung. Er war tatsächlich an Jule persönlich gerichtet. In wohlformulierten Worten unterbreitete ihr das Immobilienbüro ein Angebot für die Lindenblüte und das Grundstück dahinter. Jule musste kurz schlucken. Dann schüttelte sie schnell den Kopf. Das war kein schlechter Preis, etwas mehr, als sie in Kauf und Renovierung gesteckt hatte, aber weshalb kam jemand auf die Idee, dass sie ihren Lebenstraum so einfach verkaufen würde?

Sie zerriss den Brief und warf ihn zusammen mit der Freundschaftswerbung ihrer Bank in den Papierkorb neben dem Basteltisch. Das war es wirklich nicht wert, sich den Kopf zu zerbrechen. Und schon gar nicht, wenn sie solchen Hunger hatte.

Ole erwartete sie mit zwei riesigen, knusprigen Kartoffelstangen. Sie waren großzügig belegt, und Jule beäugte sie misstrauisch.

Ihr Cousin biss herzhaft hinein und nuschelte mit vollem Mund: »Die schmecken. Vertrau mir.« Seine blauen Augen unter dem blonden Schopf blitzten schelmisch.

»Sicher, dass ich mir dafür nicht das Kiefergelenk ausrenken muss wie eine Schlange?«

Sie saßen auf dem Boden des winzigen Ladens. Zum einen, weil sie hier von draußen nicht gesehen werden konnten, und zum anderen, weil es schlicht und einfach keinen anderen Platz gab, an dem sie hätten sitzen können. Jede noch so kleine Ecke wurde ausgenutzt, für Kisten mit Gemüse, einen weiteren Kühlschrank mit Milch, Käse und Fleisch, Regale voller Honiggläser oder Kistenstapel mit Apfelsaft. Sogar von der Decke hingen Pullover aus Alpakawolle.

Jule legte den Kopf schief und biss ab. »Hm, hmmmm!«

Die Dinger waren anders als die Sandwich-Stangen, die sie kannte. Richtig frisch und innen fluffig weich – und sie waren mit Ofengemüse belegt. Das Aroma bissfester Möhren, Kartoffeln und Rosmarin mischte sich mit rahmiger Butter.

»Du legst Kartoffeln auf eine Kartoffelstange?«

Ole zuckte mit den Schultern. Seine Portion war in rasendem Tempo verschwunden, genüsslich leckte er sich die Finger. »Passt doch gut.« Dann gähnte er und streckte sich.

»Ich dachte, ich kenne alles, was die Wurz-Brüder haben. Oder gehst du deinem Bäcker fremd?«

»Das würde ich nie wagen! Was glaubst du, wie lange ich die zwei überreden musste, mir meine Kindheitserinnerung zu backen. Jetzt machen sie für einen Monat einen Probelauf, ob die Stangen noch so gut ankommen wie früher. Ich kaufe und esse jetzt natürlich so viel, wie ich kann. Wenn du mir einen Gefallen tun willst, bestellst du jeden Tag ein Dutzend davon für die Lindenblüte.«

»Ich weiß nicht, ob die so gut fürs Frühstück geeignet sind.«

»Es gibt kaum etwas Besseres als eine warme Kartoffelstange mit Butter und Marmelade oder Nuss-Schokoaufstrich.«

Er sprang auf und begann, im Raum herumzuwuseln, hier etwas aufzuräumen, da etwas zu putzen, dort etwas aufzuschreiben. Jule wunderte sich über die plötzliche Hektik, sagte aber nichts.

»Die Daumen sind gedrückt, dass es klappt. Die Stangen sind richtig lecker. Ich bin kurz davor, Sandwiches ins Programm zu nehmen, damit ich einen Grund habe, Kartoffelstangen und Seelen anzubieten.«

»Mach! So was fehlt mir hier im Dorf noch: was Schnelles auf die Hand. Entweder isst man hier ganz fettig am Bahnhof, ein richtiges Essen im Einhorn oder Frühstück und Kuchen bei dir. Ich würde ja gerne selbst, …«

Das »aber« verhallte unausgesprochen, sein Blick wurde verhangen und schweifte im Raum herum. Jule bemerkte, wie gut der Rand seiner Brille die Augenringe verdeckte. Sie musterte ihn eingehender. Er war erschreckend blass geworden und wirkte im Gesicht sehr hager.

Weshalb ist mir das bislang nicht aufgefallen? Andererseits: Wann hatte sie in der letzten Zeit wirklich von Angesicht zu Angesicht mit ihm gesprochen?

Jule schaute ihn streng an. »Aber? Aber du würdest gleich einen ganzen Food Truck auf die Beine stellen wollen und jeden Tag einen anderen, fantastischen, ungewöhnlichen Burger anbieten.«

Ole hob den Zeigefinger. »Mit liebevoll selbstgemachten Soßen!«

»Dir fehlen ein bis zwei Klone. Warum musst du nur alles immer selbst machen?«

Vor ein paar Tagen habe ich noch gedacht, wie schwierig es ist, sein Lebenswerk in andere Hände zu legen. Und jetzt schlage ich Ole genau das vor. Oh Mann!

»Muss ich das?« Er klang erstaunt, konnte ihr aber nicht in die Augen sehen. Hektisch nahm er die Brille ab und putzte sie am Hemdzipfel.

»Ole, Hand aufs Herz: Du übernimmst dich doch gerade, oder? Versuch mal, etwas zu delegieren.«

»Kannst du doch auch nicht.«

»Bei mir ist es etwas anderes«, antwortete sie zögerlich. Sie aß weiter, während sie ein Argument nach dem anderen verwarf.

Ich will dir ja nicht reinreden, …
Du hast ja eigentlich keine Zeit und jetzt auch noch den Laden, …
Du machst aber schon zu viel …
Weißt du, du solltest …
Ich will dir doch nur helfen!
Aaaahhh!

Es war zum Haareraufen. Warum war es eigentlich so schwierig, jemand anderem zu helfen, ohne ihn mit Besserwisserei zu erschlagen oder ihm die sprichwörtliche Pistole auf die Brust zu setzen?

Ole musste ihren Blick bemerkt haben, der beständig auf ihm ruhte. »Wenn ich es nicht mache, macht es keiner. Der Dorfladen ist unsere Chance, unsere Produkte gut zu vermarkten. Wir bekommen vernünftige Preise für uns und für die Kunden, alte Leute müssen nicht stundenlang mit dem Bus unterwegs sein, wir liefern jede Woche zweimal eine Regiokiste, der Laden ist ein Ort, an dem man sich zu einem Schwatz trifft, unsere Waren haben eine gute Qualität, und endlich gibt es mal Gurken zu kaufen, die wie Gurken aussehen und schmecken.«

»Ach, Ole«, seufzte sie. »Du bist ein zu guter Mensch. Ich wette, du schreibst auf Sitzungen immer das Protokoll, weil alle anderen wegschauen.«

Eine leichte Röte legte sich auf sein Gesicht. Schnell wechselte er das Thema: »Wie sieht es denn in der Lindenblüte mit Weihnachtsdekoration aus, Jule? Nächste Woche bekomme ich vom Kohlenforst-Georg Tannen- und Fichtenzweige. Brauchst du auch welche? Natürlich zum Familienpreis! Also, ich schenke sie dir. Der macht übrigens auch einen fantastischen Waldhonig. Magst du mal probieren, ob du den anbieten willst? Mit dem kann man sogar kleinere Kratzer behandeln.«

Er griff neben sich ins Regal und hielt ihr ein Glas mit dunkelgoldenem Honig unter die Nase. Sein Versuch, ein entspanntes Grinsen hinzubekommen, versackte. Er gähnte.

Jule legte den Rest des gewaltigen Sandwichs zur Seite. »Du kannst nein sagen, wenn ich dir zu nahe trete. Aber wenn du einfach das Thema wechselst, weiß ich nicht, woran ich bin.«

Seine Schultern sackten herab. »Überleg dir das mit den Zweigen. Wenn nicht als Deko, dann, um die Hochbeete abzudecken.«

Sie schaute ihm fest in die Augen. »Auf die Hochbeete habe ich Senf und Spinat gepflanzt, das reicht als Frostschutz für den Winter.«

Er hob die Hände und gab auf. »Was willst du jetzt von mir hören? Dass ich ein paar Vollzeitjobs zu viel nebeneinander laufen habe? Dass mir alles über den Kopf wächst? Ich liebe, was ich tue, und bereue keinen Schritt, den ich in den letzten Jahren gegangen bin.«

»Sehnst du dich denn nicht ab und zu danach, die Beine wenigstens für einen Tag hochzulegen? Wenn ich dich so sehe, möchte ich dich sofort in den Urlaub schicken!«

»Ach, Urlaub!«, er machte eine wegwerfende Handbewegung. »Ein Bauer braucht keinen Urlaub. Mir reichen ein paar Minuten Herumalbern mit den Alpakas, um mich zu erholen.« Er grinste schief. »Wenn, dann kämen mir jetzt ein oder zwei erwachsene Kinder zum Mithelfen gerade recht.«

Jule verdrückte den Rest der Kartoffelstange und sinnierte kauend vor sich hin: »Falls du in deiner Jugend keinen Fehltritt hattest, wird das schwierig.«

»Also, das wüsste ich. Und wenn nicht ich, dann das halbe Dorf.«

»Kann ich irgendwas für dich tun, Ole?«

»Nein, Jule. Das ist lieb von dir. Komm ab und zu vorbei, um mir Gesellschaft zu leisten. Und jetzt reden wir mal nicht nur über mich, sondern über dich.«

»Wieso?«

»Na, hör mal! Ich will wissen, wie es meiner Cousine geht.«

»Gut. Ich bin nur etwas unentschlossen. Am liebsten würde ich zwei Tage mehr öffnen und nur den Montag als Ruhetag haben. Aber allein schaffe ich das nicht, deshalb brauchte ich mindestens eine gute und verlässliche Aushilfe, und die will erst einmal gefunden sein. Und ob sich die zwei Tage mehr dann rechnen? Es ist total verzwickt. Kann ich vielleicht bei dir ein Gesuch aushängen?«

Ole hörte mit dem Herumstromern auf und setzte sich wieder zu ihr. »Klar. Häng den Zettel einfach an die Tür.« Sein Blick richtete sich in die Ferne. »Und ich könnte mir überlegen, ob ich ein Schwarzes Brett mache.«

»Du tust es schon wieder, Ole!«

»Was?«

»Dir noch mehr Arbeit aufhalsen.«

»Wo ist denn da die Arbeit?«, entrüstete er sich. »Eine Pinnwand, ein paar Stecknadeln – fertig.«

»Du musst jeden Tag schauen, was die Leute dranhängen oder ob ein Aushang schon ewig vor sich hingammelt.«

»Das schaffe ich, das sind nur ein paar Minuten.«

Mit einem Zahnstocher gegen eine Windmühle anzugehen, schien erfolgversprechender zu sein, als Ole etwas auszureden. Jule seufzte. »Ein paar Minuten hier, ein paar Minuten da … irgendwann ist der Tag rum.«

Wenn ich jetzt sage, dass ich für die Linde ein Schwarzes Brett für Kreativideen plane … Sie biss sich fest auf die Zunge. *Erstaunlich, wie man sich in anderen Menschen spiegelt und wie man von außen Rat gibt, den man selbst nur schwer annehmen könnte.*

»Du siehst nachdenklich aus, Cousine.«

»Ich denke auch nach. Vor allem, wie ich dir etwas Arbeit abnehmen kann.«

»Es tut mir schon richtig gut, gemeinsam mit dir zu essen. Du hast immer ein offenes Ohr und gute Ideen für mich – und das zum Preis einer Kartoffelstange.«

»Oh, danke. Schade, dass ich keine Idee parat habe, um dich etwas zu entlasten. Wenn ich irgendwas für dich tun kann, dann sag es, und ich setze alle Hebel in Bewegung!«

»Jule, du bist großartig!«

Dann hab bitte auch das Vertrauen, dich wirklich bei mir zu melden, wenn ich dir helfen kann.

Mit den Augen versuchte sie, ihm diese Botschaft zu übermitteln. Er wich ihrem Blick aus.

»Alla. Ich muss zurück in die Lindenblüte und gleich bei der Zeitung anrufen. Ist zwar eigentlich schon Anzeigenschluss, aber nach den ganzen Ärgernissen in diesem Jahr habe ich beim Chefredakteur noch was gut.«

»Du kannst heute Abend einfach reinhüpfen und deinen Aushang an die Scheibe kleben. Ich gebe dir einen Schlüssel mit.«

»Ganz so eilig ist es auch wieder nicht!« Jule schob seine Hand zur Seite.

»Ich bestehe darauf.« Er steckte ihr den Schlüssel in die Tasche und hielt ihr den Mantel hin. »Es ist eilig. Das sehe ich dir an der Nasenspitze an.«

»Na, dann verstecke ich die mal besser schnell im Schal«, konterte Jule säuerlich.

Dennoch spürte sie, wie ihr ein Stein vom Herzen fiel. Auf Ole konnte sie sich wirklich immer verlassen.

HIER IST PLATZ FÜR IHRE IDEEN:

Kapitel 5

»Muss das sein?« Jule stand mit einem Bein in Milenas SUV und mit dem anderen auf einem Schneeklumpen.

Eigentlich hatten sie vereinbart, den Bus zu nehmen und anschließend gemütlich zu Fuß den Berg zum Dennighof hinaufzugehen. Deshalb hatte sie sich extra in mehrere Lagen Kleidung und zwei Schals verpackt.

Die Hitze, die ihr aus dem SUV entgegenschlug, war unerträglich. Milena hatte den Innenraum in eine finnische Sauna verwandelt.

»Warum fahren wir nicht Bus, wie besprochen?«

»Weil die Leute so fürchterlich unordentlich räumen und streuen. Das ist unzumutbar. Wir müssen uns wirklich nicht die Haxen brechen und dazu noch eine Grippe holen, weil irgendeiner nicht ins Taschentuch geniest hat. Jetzt steig schon ein. Da kannst du übrigens deine Sitzheizung ausschalten. Alles einzeln steuerbar.« Milla zog nur kurz ihre Augenbraue hoch. »Mika kommt nicht mit?«

»Irgendwas mit Feuerwehr«, nuschelte Jule, die ein wenig verstimmt war, weil Mika so offenkundig keine Lust auf den Ausflug und dazu noch eine passable Ausrede hatte. Für einen Moment war sie versucht, mit ihrer Freundin endlich die längst überfällige Diskussion über deren Fahrstil zu führen, allerdings war das jetzt vielleicht nicht der beste Zeitpunkt für ein Thema, das man lieber mit Samthandschuhen anpackte – oder überhaupt nicht. Wer ließ sich schon gerne von seinem Beifahrer kritisieren?

Mit einem tiefen Seufzer gab Jule auf, stieg ein und schloss die Tür. Augenblicklich startete Milla den Motor, und die Anstoßautomatik piepte wie wild los, weil sie überall vereiste Schneehügel ortete. Ungeachtet der Warnungen jagte Milena das schwere Gefährt mit sicherer Hand über die Hindernisse und zerquetschte sie unter den breiten Reifen. Ein durchdringender Gong erklang.

»Jule, du bist nicht angeschnallt.«

Jule knirschte eine unverständliche Antwort zwischen den Zähnen hindurch. Sie klammerte sich mit Händen und Füßen fest. Erst, als der SUV auf der gut geräumten Hauptstraße halbwegs geradeaus fuhr, traute sie sich, nach dem Gurt zu greifen.

»Aber wie sieht das denn aus, wenn wir sagen, wir wollen einen Appartementkomplex für liquide Senioren verhindern, und dann kommen wir mit einem dicken Auto an und parken die Straße zu?«

»Ich verstehe nicht ganz, was du mir damit sagen willst. Wir beweisen unseren Gegnern, dass man für Sport Utility Vehicles einen ausreichend großen Stellplatz braucht – was ja in den Gassen rund um den Dennighof nicht gegeben ist.«

Verwundert schaute Jule zu ihr hinüber. Zwar war Milla nicht gerade konfliktscheu, aber so grimmige Worte wie »Gegner« passten gar nicht zu dem Bild, das sie sich von Milena bislang gemacht hatte. Womöglich war das eine Seite, die sie an ihrer Freundin noch nicht kannte.

Weshalb heißt es eigentlich, alles hätte zwei Seiten? Sind wir Menschen und das Leben nicht eher eine Art Rubik-Würfel? Wie wenigen gelingt es schon, das große Rätsel zu lösen?

Irgendwie schaffte Jule es während der wilden Fahrt, das Notizbuch aus der Manteltasche zu fischen und sich diesen Gedanken zu notieren. Mit Glück konnte sie das Gekrakel eines Tages wieder entziffern.

Wenige Minuten später manövrierte Milena geschickt in eine winzige Parklücke, direkt hinter dem Cayenne von Frau Mürle.

»Die ist also auch schon da.« Milena rümpfte die Nase. »Kommst du, Jule?«

»Hm.« Jule tat, als würde sie noch etwas in ihr Büchlein schreiben, weil sie nicht mit zittrigen Knien aussteigen wollte. Sie war völlig durchgeschwitzt.

»Diese bequemen Sitze sind ein wundervoller Luxus, nicht wahr? Aber ich fürchte, wir müssen jetzt trotzdem aussteigen.«

»Sofort.« Umständlich verstaute sie ihr Büchlein. Die Wärme im Auto hatte sie inzwischen leicht benommen gemacht.

»Sag mal, Milla, du wolltest mir doch noch etwas erzählen. Ist etwas nicht in Ordnung?«

»Bei mir?« Milena knipste von einem Moment auf den anderen ein Strahlen an, das völlig natürlich und entspannt gewirkt hätte, wäre ihre Stimme nicht so schrill geworden. »Alles bestens! Wie schön, dass du dir so viele Gedanken machst! Alles ist wirklich«, ihre Stimme wurde noch schriller, »wirklich, wirklich mehr als in Ordnung!« Ein seltsames, helles Lachen folgte. »Und weil es mir so gutgeht, erzähle ich dir davon am besten, wenn wir zwei Ruhe und einen schönen heißen Kakao haben!«

»Wir können auch einfach noch ein paar Minuten gemütlich sitzen bleiben.«

»Betrachte es doch als einen fiesen Cliffhanger in einem Film«, meinte Milena trocken, legte Jule die schlanken Finger auf die Hand, wie es sonst nur Gerta tat, und zwinkerte verschwörerisch. »Meine Energie brauche ich jetzt völlig dafür, höflich zu bleiben und ein paar Leuten nicht offen meine Meinung über sie zu sagen.«

Mit gewohnter Eleganz schob Milena sich durch den winzigen Spalt zwischen Tür und Mauer. Jule blieb mit offenem Mund zurück und wollte nun natürlich erst recht wissen, was

Milla ihr verschwieg. Sie brummte verstimmt, dann schwang sie sich ebenfalls aus dem Gefährt heraus. Die Winterluft sorgte schnell für einen klaren Kopf.

Blitzschnell schnappte Jule zu und erwischte Milena am Jackenärmel. »Aber eins verrätst du mir!«

Milena wurde langsamer, blieb aber nicht stehen. Hartnäckig schloss Jule auf. Sie ließ nicht los. »Warum hast du diese Mürle so gefressen? Doch nicht wegen mir und der Lindenblüte, oder? Ihr kennt euch von der Arbeit? Habe ich das richtig mitbekommen?«

Überrascht blieb Milla stehen. »Ach, das weißt du nicht?«

»Anscheinend weiß ich nie die Dinge, die alle wissen.«

»Sie ist meine Stellvertreterin. Seit ich in Erziehungszeit bin, lauert sie nur darauf, mich zu ersetzen, macht sich an meinem Schreibtisch breit und redet dem Chef ein, sie sei unersetzlich.«

Beim Gedanken daran, wie diese beiden starken Persönlichkeiten sich in einem Büro über den Weg liefen, war Jule heilfroh, nicht der Chef im Haus zu sein.

Milena hatte gerade ihre hauchdünnen, seidig glänzenden Handschuhe übergestreift, da erreichten sie schon das offenstehende Hoftor.

Der geplante Verkauf und Abriss des Dennighofs schien im Dorf auf reges Interesse zu stoßen. In mehr oder weniger großen Gruppen drängten sich die Leute in Hof, Scheune und Haus. An der Tür zur Waschküche, dem ehemaligen Treffpunkt der Handarbeiterinnen, hingen Pläne, wie das Gelände und die dahinterliegenden Hanggrundstücke bebaut werden sollten. Die verschiedenen Gruppen diskutierten angeregt, Blicke flogen hin und her, teils heimlich, teils sehr offensiv. Die Atmosphäre war relativ entspannt, die Gegner des Bauprojekts befanden sich augenscheinlich in der absoluten Mehrheit und waren siegesgewiss. Sofort erspähte Jule Herrn Mürle, der einer größeren

Gruppe etwas erläuterte und ansonsten so souverän wirkte, dass man den Eindruck bekam, er leite heute die Veranstaltung – was durchaus im Rahmen des Möglichen lag.

Als Sprecherin der Bürgerinitiative verteilte Frau Mürle Zettel an die Anwesenden. Mit kämpferischem Lächeln händigte sie auch Milena einen aus, ließ ihn allerdings erst nach einem kleinen Tauziehen los.

»Welche Seite hat denn deine Gunst für sich gewonnen, Milena?«, zwitscherte sie.

»Die richtige natürlich, meine liebe Grace. So wie ich das sehe, ist es dir nicht gelungen, bei diesem Projekt ein paar Wohnungen als Kapitalanlage zu ergattern?«

Frau Mürles sauber geschminkte Züge entglitten für einen Moment, dann kehrte das Lächeln auf ihre Lippen zurück. »Wer im Dorf hat sich denn nicht bemüht? Die ersten Planungen sahen ja auch aus, als würden sie zum Charakter der Höfliesiedlung passen. Sehr gekonnt inszeniert. Wenn man sich dagegen jetzt die kantigen Fassaden ansieht und diese extrem eng geschnittenen Wohnungen …«

»… ist einem klar, dass man mit einem so modern hochgezogenen Hühnerstall kein Geld verdienen kann. Jedenfalls nicht außerhalb einer schicken Großstadt.« In aller Seelenruhe knöpfte Milena ihren Mantel auf, schlug den schweren Walkstoff zur Seite und stemmte die Hände in die Hüften. Sie sah sich um wie einer der großen Entdecker vor der Inbesitznahme eines Südsee-Eilands. »Was ist das überhaupt für ein Architekturbüro, das für eine so gewöhnliche und langweilige Planung den Zuschlag erhält? Dieses wundervolle Fachwerk! Da kann man doch nicht einfach das billigste Angebot nehmen. Wie schrecklich, dass es heutzutage keine Bauherren mehr gibt, die Visionen haben.«

»Die Architekten scheinen jedenfalls bei denen gelernt zu haben, die eure Siedlung gebaut haben.«

»Wie praktisch, dass sie so hässlich planen, dass selbst die Dennig-Erben jetzt umdenken. Oder ist den Bauherren dein Acker hinter den Höfen doch zu steil, und sie wollen den Preis drücken? Oder wie kommt es, dass der Verkauf jetzt doch nicht mehr so sicher ist?«

Die Kontrahentinnen maßen sich mit Blicken. Jule trat von einem Fuß auf den anderen. Mit den beiden würde es nicht so einfach werden wie damals, als Milla das erste Mal auf Gerta getroffen war und die beiden sich darüber einig werden mussten, wer wem Schnecken in den Garten geworfen hatte. Dennoch versuchte sie ihr Glück und ging dazwischen: »Na, wenn die Investoren den Preis nicht zahlen wollen, hat die Bürgerinitiative doch leichtes Spiel, oder?«

Frau Mürle kniff den Mund noch mehr zusammen. »Wenn uns die Einnahmen aus dem Weihnachtsmarkt fehlen, wird es schwierig. Da kommt jedes Jahr eine hübsche Summe zusammen. Wir können für Kauf und Renovierung nur Fördermittel bekommen, wenn wir den Eigenanteil stemmen.«

»Und den müssen wir alleine tragen«, mischte Milena sich ein. »Da gibt die Gemeinde nichts dazu.«

»Wenn mein Mann …«

»Ist er aber noch nicht! Egal, wie die Wahlen ausgehen, für den Dennig kommt jeder Kandidat zu spät.«

Zögerlich meldete Jule sich, als würde sie noch in der Schulbank sitzen. »Sagt mal, wo werden die Appartements denn dann gebaut, wenn nicht hier?«

Die beiden zuckten mit den Schultern.

»Auf dem Gelände des ehemaligen Holzlagers am Bahnhof vielleicht«, spekulierte Frau Mürle. »Oder die Felder hinter Einhorn und Lindenblüte werden doch noch erschlossen? Da sollte ja eigentlich schon längst das Neubaugebiet vergrößert werden. Solange noch keine Alternative in Sicht ist, hält sich der Investor den Dennig warm, das ist unser Problem. Bis die Sache ausgestanden ist, müssen wir Präsenz zeigen, wo es nur geht.«

Mit wippendem Haar stakste Frau Mürle durch den festgetretenen Schnee, um anderen Neuankömmlingen Flyer zu überreichen und sie für ihre Sache zu gewinnen. Soweit Jule das aus der Ferne beurteilen konnte, nicht ohne Erfolg.

Milena war völlig versunken in der Betrachtung der Gebäude. »Diese unglaublichen Türen! Es wäre eine Schande, das alles abzureißen, ohne die Einzelteile sorgfältig zu bergen und auf den Markt zu bringen. Was wetten wir, dass im Wohnhaus ein ganz scheußliches Linoleum liegt, unter dem sich ein Schatz an alten Dielen verbirgt? Diese Bauernhäuser sind wahre Schmuckkästchen!«

»Das alles könnte man erhalten, wenn der Hof einfach nicht abgerissen und stattdessen zu einem Veranstaltungszentrum umgebaut wird.«

»Hm? O ja, natürlich.« Milenas Blick sprach Bände. In Gedanken hatte sie sich offenbar bereits die Tür zur Waschküche reserviert.

»Aber vielleicht wird auch gar nicht abgerissen.«

»Ganz sicher nicht!«, stieß Milla im Brustton der Überzeugung hervor. Sie faltete den Flyer in schmale Rippen und fächelte sich Luft zu, als wäre es Hochsommer.

»Es stimmt schon, was alle sagen«, seufzte Jule. »Der Dennighof hätte eine ebenso liebevolle Hand verdient wie die Linde.«

»Na, Hauptsache, hier wird kein Kulturzentrum draus! Wenn ich mir die Leute hier anschaue, dann träumen die von so einem altbackenen Ding im Stil eines Heimatmuseums. Und in die Scheune bauen sie dann einen muffigen Raum mit Strohballen, und jeder Hinz und Kunz liest, was er für ein literarisch wertvolles Gedicht hält.«

»Da kann ich nichts Schlechtes dran finden.«

Milena schnaubte. »So einem Gebäude steht Lebendigkeit! Das wäre ein wunderschönes Haus für eine Familie, eventuell für eine Tagesmutter oder einen Kindergarten oder eine kleine Musikschule. Schau dich um: In diese Scheune kann man sich ja nur verlieben! Wie alt diese Birnbäumchen wohl sind? Meine Großmutter hatte damals solche knorrigen Spalierobstgehölze. Und was soll ich sagen? Saftigere Äpfel habe ich in meinem Leben nicht mehr gegessen. Und der Innenhof schreit geradezu danach, ein Anlehngewächshaus mit aromatischen Tomaten an die Scheune zu bauen. Und auf diesen klotzigen Anbau am Haus passt ganz wunderbar ein Gartenzimmer. Südlage und hoch genug gelegen, um auch im Herbst ein paar Sonnenstrahlen aufzufangen! Anbauten sind ja die Pest, aber meistens kann man noch etwas draus machen – am besten eine Werkstatt.«

Jule schnippte mit den Fingern vor Milenas Augen. »Sag mal: Träumst du?«

»Ja ... ja, ich glaube, ich träume.« Mit einem Mal wirkte Milla sehr entschlossen und so gar nicht, als sei sie in Tagträumereien versunken. »Sei so lieb, Jule, und schau zu, dass mir Grace in der nächsten halben Stunde nicht zu nahe kommt.«

Besser ist das, dachte Jule, die den letzten Zusammenstoß der beiden noch nicht ganz verwunden hatte.

»Was hast du vor?«

»Noch nichts. Ich muss mal in Ruhe mit ein paar Leuten reden.«

Was in Milenas Wortschatz vor allem bedeutete, Menschen zu überzeugen.

Es dauerte schließlich nur eine Viertelstunde, bis Milena in bester Stimmung Jule einsammelte und nach Hause kutschierte. Sie erinnerte noch einmal an das Schrottwichteln, das sie beim Wintergrillen veranstalten wollte. Für Jule war das zum Glück kein Problem. Das Wunderbare an einem alten Haus wie der Lindenblüte war nämlich, dass sie immer noch den einen oder anderen Schatz und vor allem jede Menge Schrott fand. Diesmal in einem der Wohnzimmerschränke, die sie vor Monaten geöffnet und beim Anblick von beigefarbenen Keramikvasen, kiloschweren Aschenbechern und geblümten Tischdecken sofort wieder mit einem Knall geschlossen hatte.

Bei ihrer Suche hatte sie nicht nur eine ausgeblichene Plastikorchidee für das Wichteln gefunden, sondern gleich drei Schallplatten mit Weihnachtsliedern. Gemeinsam mit Mika hatte sie die alte Stereoanlage, die lediglich ein Kassettendeck, einen Plattenspieler und ein Radio umfasste, in die Küche geschafft, entstaubt und zum Laufen gebracht.

Während Jule einen kleinen Wäschekorb mit Köstlichkeiten füllte, schmetterten Ivan Rebroff und die Regensburger Domspatzen unter nostalgischem Knistern und Rauschen »Stille Nacht«.

Mika sang lautstark mit, abwechselnd in der Stimmlage der Domspatzen und einer Art Opernparodie. Jule liebte diese heitere, ausgelassene Seite an ihm, die nur zum Vorschein kam, wenn er unter vertrauten Menschen war.

Ab und an rührte er in einem blubbernden Topf auf dem Herd. Die kleine Küche duftete herrlich nach Nelken, Piment, Kardamom, Anis und einem Hauch Zimt.

»Mika, du singst mir in die Kindheitserinnerung!«, tadelte Jule ihn scherzhaft.

»Rebroff kann man nicht hören, den muss man mitsingen, den muss man fühlen und leben!«

Lautstark wühlte Jule im Kühlschrank. »Bei uns herrschte andächtige Stille, wenn eine Schallplatte lief.«

»Ja, bei euch! Mein Bruder und ich waren laute, sangesfreudige Ignoranten. Wir wollten damals echte Russen sein. Einmal haben wir den alten Fuchspelz meiner Oma zerschnitten, um uns Mützen draus zu basteln.«

»Igitt!«

»Ach was, wir sahen toll aus! Vor allem mit den blauen Kochlöffelflecken auf unseren Kehrseiten.«

»Autsch!« Jule wusste nicht recht, ob sie das lustig finden oder schockiert sein sollte. »Deine Eltern haben dich geschlagen?«

»Das hätten sie nie getan! Aber meine Großmutter, die hatte noch die starken Arme einer Hausfrau, die einmal die Woche die Wäsche im Bottich kocht und jeden Tag bis zum Umfallen arbeitet. Wir hatten Respekt vor ihr. Eigentlich war sie eine gute Frau. Aber die Erziehung damals war halt anders als heute, und sie war schnell mit dem Löffel. Wir wussten das und sind trotzdem an ihre Sachen gegangen.«

»Deinen Bruder würde ich unheimlich gerne kennenlernen. Ihr wart ja ein wildes Team, ihr zwei.«

»Der Herr wohnt in Greifswald, und seit er alleinerziehender Vater von drei Kindern ist, sehen wir uns nicht mehr oft. Meine Mutter auch nicht. Die unterstützt ihn, wo sie kann. Aber wird schon wieder, wenn die Kinder etwas größer sind.«

»Das klingt ja schon mal gut. Gibst du mir bitte die Spieße?«

»Die Spieße hast du unten in den Kühlschrank gepackt.«

»Ein Gentleman würde jetzt anbieten, sie für mich zu holen.« In gespielter Strenge stemmte Jule die Fäuste in die Hüften.

»Der Gentleman hat gerade eine fantastische Rühr-Routine. Sag mal, wie kommst du eigentlich auf die Idee, Glühwein ohne Alkohol zu machen? Und dann auch noch mit Orangensaft.«

Jule warf die Arme in die Luft. »Ach, Milla will unbedingt einen fruktosearmen, alkoholfreien Winterpunsch haben.«

»Manchmal ist sie ein bisschen ... seltsam. Ihr neuster Ernährungsstick?«

Jule antwortete mit einer Mischung aus Nicken und Achselzucken.

»Es ist ein Ros entsprungen«, summte Mika gemeinsam mit den Domspatzen.

»Na gut, ich laufe ja schon und lasse dir den Rebroff.«

Kaum hatte sie den Raum verlassen, hörte sie über seinen schrägen Gesang, wie Mika sich eine Tasse aus dem Schrank nahm. Sie war gerade mit den Spießen zurück, da hatte er sie bereits geleert.

»Scheint ja immerhin zu schmecken.«

»Hmhm.«

»Warum kippen wir nicht einfach ein paar Zentiliter Wein oder Met rein und machen es uns hier gemütlich, Mika? Ich verstehe einfach nicht, was ihr alle daran so toll findet, im Schnee um einen Grill herumzustehen!«

»Das ist der Höhlenmensch ins uns allen.«

»Ach was! Die haben sicher zugesehen, dass sie im Warmen bleiben konnten! Grillen gehört einfach zu Sommer, Sonne und Gartenstühlen wie, wie … ja, wie eine Kaffeemaschine in ein Café.«

Jule fröstelte bereits beim Gedanken daran, gleich raus in die Kälte zu müssen. Sie trug auch in der Wohnung einen dünnen Pullover und darüber eine Strickweste aus Wolle. Mika dagegen genügte ein T-Shirt.

Mit ernster Miene senkte Mika die Schöpfkelle ein weiteres Mal in den Topf und füllte die Tasse neu. Doch statt sie Jule zu geben, verschwand er kurz im Wohnzimmer und kehrte mit einer schmalen Flasche zurück. »Sieh mal einer an! Der Vanillerum, den uns die Müllers vor Jahren aus Mauritius mitgebracht haben, steht noch immer hier. Der hilft dir bestimmt, dich aufzuwärmen, und dann geht's gleich los!«

Jule spürte einen Anflug von Röte auf ihren Wangen. Es war immer noch seltsam, dass Mika sich in der Wohnung viel besser auskannte als sie. Während Mika sich darum kümmerte, Orangenpunsch abzuzweigen und daraus einen echten Punsch zu machen, schrieb Jule auf ihr großes Notizbrett: »Wohnzimmer gründlich durchforsten und renovieren!«

Mika reichte ihr eine Tasse und schaute ihr über die Schulter. »Gute Idee. Lass uns morgen anfangen. Ich fühle mich hier auch immer etwas beklommen.«

»Möchtest du vielleicht allein …«

»Ach was! An den Sachen hänge ich wirklich nicht. Mich überrascht ehrlich, dass du da noch Schallplatten gefunden hast. Ich dachte, ich hätte schon vor Jahren alles in Sicherheit gebracht, was mir etwas bedeutet.«

Ein kleiner Kloß hing in Jules Hals fest. Sie schluckte und räusperte sich, aber das Ding wollte nicht verschwinden.

»Das müssen wir leider verschieben. Morgen Nachmittag ist das Treffen der Kunsthandwerkerinnen.«

»Ich kann ja in den nächsten Tagen schon mal anfangen. Es wird Zeit, dass wir aus der Wohnung einen Lebensmittelpunkt für dich machen. Du kannst dir doch nicht ewig eine Ersatzcouch im Wintergarten bauen.«

»Also, wenn es nach mir ginge, würde ich mein halbes Leben im Wintergarten verbringen.«

»Das war eine der letzten großen Investitionen, die mein Vater getätigt hat. Mein Vorschlag …« Abrupt verstummte er. »Ist schwierig, drüber wegzukommen.«

Jule ging auf ihn zu und legte seine Arme um ihre Hüften. Mikas Kopf fiel auf ihre Schulter, er vergrub sein Gesicht in ihrem Haar.

»Geht gleich wieder.«

Sanft umarmte Jule ihn, hielt ihn fest. »Lass dir alle Zeit, die du brauchst.«

»Danke.«

Für einige Minuten verharrten sie in Schweigen und weihnachtlichen Gesängen. Dann blieb die Platte hängen. Nach dem zehnten »Alle, alle, alle, …« sprangen sie gleichzeitig auf den Plattenspieler zu und hoben die Nadel. Sie blickten sich an und lachten. Der beklommene Moment war vorbei.

»Komm, wir sollten langsam los«, sagte Mika.

Sie warfen sich ihre Mäntel über, und Mika ließ es sich nicht nehmen, auf Jules To-do-Liste den Vermerk »Bis zum 31. Geburtstag eine neue Couch bestellen« zu hinterlassen, ehe sie sich auf den Weg machten.

Bis zu Milenas Haus war es nur ein kurzes Stück zu Fuß, aber weit genug für Jule, um mit der Kälte zu hadern und sich wie ein kleines Kind über das Winter-Wunderland zu freuen.

In den vergangenen Tagen hatte es immer wieder kurz geschneit. Die Hecke, die Jules Grundstück zum kleinen Sträßchen hin begrenzte, trug eine dicke, weiße Haube, kniehohe Hügel aus zusammengeschobener Winterpracht säumten den Weg. Es war bereits dunkel, und im Licht der Straßenlaternen glitzerte der Schnee, als hätte eine schusselige Fee ihn mit goldenem Staub überpudert.

»Es ist so unglaublich, unglaublich, unglaublich eisig!«, beschwerte Jule sich.

»Und warum gehst du dann nicht weiter?«

»Weil es auch so unglaublich, unglaublich schön ist!«

Mit dem behandschuhten Zeigefinger stupste Jule kleine Schneebröckchen an, die sich auf den Ästen der Thuja-Hecke gebildet hatten. Schließlich fuhr sie mit der Hand wie mit einem Messer durch den Busch, woraufhin ein wahrer Schauer aus leicht vereisten Schneekristallen niederging.

Wenn ich nur an diese Schneehaube heranknäme, die da auf der Hecke thront …

Sie zog ihr Notizbuch aus der Manteltasche und klemmte es auf ihren Oberschenkel. Irgendwie gelang es ihr mit den Handschuhen, den Stift herauszuziehen und Notizen zu kritzeln.

»Du fängst doch jetzt nicht an zu zeichnen? Meine Finger frieren gleich ab!«

»Ich schreibe nur schnell ein paar Gedanken auf. Findest du nicht auch, dass ›thronen‹ ohne das ›h‹ ein weniger edles Wort wäre? Es ist spannend, wie uns der Klang von Wörtern beeinflusst.«

»Aha«, sagte Mika nur.

»Lies mal meine Hausarbeit in Etymologie.«

»Du meinst, ich soll deine Hausarbeiten lesen, um meine wunderliche Freundin besser zu verstehen.«

Jule grinste, obwohl er das hinter ihrem dicken Schal sicher nicht sehen konnte. »Und du gibst mir deine.«

Sie steckte das Notizbuch ein und ging weiter.

»Wir haben ja noch viel Zeit, wenn wir in Rente sind.«

»Hm«, machte Jule. Sie meinte, ein Zittern in der klaren, frostigen Luft zu spüren. Ihre Blicke suchten und fanden sich, trennten sich ebenso schnell wieder, und jeder hing seinen eigenen Gedanken nach. Es war offensichtlich, dass ihnen beiden durch den Kopf ging, was sein Satz bedeutete.

Da sagt man immer vor sich hin, man möchte gemeinsam alt werden, und plötzlich denkt man über all die Jahre nach, die dazwischenliegen. Glück findet sich wirklich am Wegesrand, nicht nur am Ende der Straße.

Mika war hinter ihr zurückgeblieben. Völlig unvermittelt brüllte er durch die stille Straße: »Schneeballschlacht!«

Zielsicher schoss er Jule die Mütze vom Kopf. Die fackelte nicht lang, griff in den nächstbesten Schneehaufen und warf eine Puderwolke in seine Richtung. Sie schlug einen Haken, der nächste Schneeball erwischte sie dennoch am Knie.

»Mensch, wie kriegst du dieses mistige Puderzeug zu einem Ball gedrückt«, empörte sie sich und suchte hinter einem großen Schneehaufen Deckung.

»Gelernt ist gelernt«, rief er gutgelaunt. Auf dem frischen Schnee gelang ihm das Schleichen nicht, Jule hörte das leise Knirschen seiner Stiefel.

Na warte!

In Windeseile formte sie drei Schneebälle, die sie nacheinander dorthin warf, wo sie Mika vermutete. Gleichzeitig sprang sie hoch, um über den Haufen zu setzen. Dummerweise hatte Mika dieselbe Idee, so dass die beiden in der Mitte zusammenstießen und gemeinsam auf den Gehsteig kullerten.

»Ich seif dich ein!«, kicherte Jule und bekam selbst eine Ladung Schnee in den Nacken.

»Oh Mann!«, japste er. »Du könntest mir jetzt den Mantel komplett mit Schnee füllen, und es gäbe trotzdem nichts Schöneres, als gemeinsam mit dir herumzualbern!«

Lachend zogen sie sich gegenseitig hoch, klopften den Schnee ab und küssten sich.

Fröhlich Weihnachtslieder singend, erreichten sie die letzte Häuserreihe der Neubausiedlung. Das hinterste Haus gehörte den Kienings. Es war ideal für ein Wintergrillen, denn da es sich um ein Eckhaus handelte, konnten die Gäste in den Garten kommen, ohne einen Haufen Schneematsch durch das Haus zu schleifen.

Der Garten selbst war ähnlich durchgeplant wie die Einrichtung des Hauses. Genau wie in ihrer Küche war Milena – oder ihrem Landschaftsgärtner – eine Symbiose aus modernen Elementen und Gemütlichkeit gelungen. Kühle, glatte Elemente wie unterschiedlich hohe Basaltsäulen mischten sich mit lebendigen Dingen wie einer mit Rosen umrankten Pergola, die sogar um diese Jahreszeit noch ein paar wenige Blüten hatte. Für das Wintergrillen hingen schmiedeeiserne Lampen mit flackernden Kerzen von der Pergola. Im Schnee glitzerten winzige Lichterketten, und der Boden war nicht geräumt, sondern platt getrampelt und mit Kokosmatten ausgelegt. Für Jules Geschmack fehlten lediglich noch ein paar kleine handgemachte Elemente. Sie hätte die Windlichter auf den Tischen mit Porzellanfarbe bemalt oder mit Bast umschlungen. Und in den Schnee hätte sie noch Kerzen in Einmachgläsern gestellt, die man hervorragend in Pappmaché-Technik mit durchsichtigem Krepppapier bekleben konnte.

Wie nicht anders zu erwarten, war Milenas Wintergrillen mitnichten eine Angelegenheit, bei der nur »der engste Freundeskreis« mit von der Partie war. Es sei denn, Milena zählte ein Dutzend Menschen zu ihren engsten Freunden, und diese wohnten alle wie zufällig in ihrer Straße. Wahrscheinlich musste sie auch einfach spontan die Nachbarn einladen, damit es sich lohnte, den riesigen Grill anzuwerfen, an dem Millas Ehemann Lars die Forken, Pfannenwender und Gemüseschälchen schwang wie eine indische Gottheit mit mindestens sechs Armen. Sie gratulierten ihm zum Geburtstag. Er bedankte sich mit einem Nicken und strahlte, als sie ihm die Spieße reichten.

Beim Anblick des Grills entfuhr Mika ein anerkennender Pfiff. »So einer würde sich auf der Terrasse der Lindenblüte auch gut machen. Dann könntest du im Sommer gegrillten Obstsalat anbieten.«

»Und du würdest in der Bib kündigen, um bei mir hinter dem Grill stehen zu können?«

Er grinste und half ihr, die mitgebrachten Leckereien am Buffet zu verteilen. Den Punsch stellten sie auf eine kleine Induktionsplatte.

»Ich würde es zumindest in Erwägung ziehen.«

Jule schaute ihn ungläubig an. »Und ich dachte, du wärst über diese Männerklischees erhaben.«

»Obstsalat grillen ist ein Männerklischee?«

»Alles auf den Grill werfen, selbst Salat. Das ist ein Männerklischee. Ach Mensch, du weißt, wie ich das meine! Außerdem habe ich schon genügend Kleinigkeiten auf der To-do-Liste stehen. Ich kann doch nicht noch etwas anfangen.«

»Also gefällt dir die Idee?«

»Hm«, machte Jule. Sie hatte gerade Milena entdeckt, die sich über ein großes, augenscheinlich noch blutiges Steak hermachte. »So ein Grill wäre schon reizvoll, und wenn ich mir Milla so ansehe, ist vegan vielleicht gar nicht mehr in Mode.«

»Holla! So wie sie das Ding runterschlingt, solltest du bald auf Paläo-Küche umstellen.«

»Letztendlich ist die Lindenblüte ein Café und keine Imbissbude.«

Mika stellte den leeren Korb zur Seite. »Es ist schon eine Zwickmühle, finde ich. Du hast über Mittag auf, und in einem modernen Café bekomme ich heutzutage oft warme, herzhafte Sachen, wie Pommes oder Burger.«

»Mach das Fass bitte nicht jetzt auf.« Jule schaute ihn gequält an. »Jetzt konzentriere ich mich erst einmal voll auf die Adventszeit und darauf, bis zum neuen Jahr eine Aushilfe zu finden. Danach kann ich andere Dinge angehen. Du glaubst nicht, was ich dazu schon alles notiert habe.«

»Also nicht nur Süßes anbieten?«

Jule schaute zu den Teelichtern hinüber, die sich eine kleine Pflanzspirale hinaufzogen. »Ich merke einfach, dass die Lindenblüte eher als eine Art Aufenthaltsraum wahrgenommen wird und weniger als ein Café im klassischen Sinne. Wir haben die Webstühle, wir haben den Basteltisch, das Handarbeitstreffen und die Studenten haben angeboten, einmal im Monat ein Repair-Café zu veranstalten. Und dazu passt mein Angebot schon jetzt nicht mehr so, wie ich es am Anfang des Jahres geplant hatte.«

Unterdessen hatte sich Milena zu ihnen gesellt und ihren Teller auf einem der Stehtische abgestellt. Neben einem Steak, auf dem ein ordentlicher Klecks Kräuterbutter schmolz, lagen darauf gefüllte Champignons nach Jules Art und zwei winzige Salatblätter, die mehr eine verlorene Dekoration waren als echte Nahrung. Milla zog sowohl Jule als auch Mika in eine feste Umarmung.

»Wie schön, dass ihr es geschafft habt!«

Milena trug ein schneeweißes, schlauchförmiges und knielanges Wollkleid zu schneeweißen Leggins. Statt einer Jacke hatte sie sich ein lachsfarbenes Cape über die Schultern geworfen, das durch die herausstehenden Angorafasern weich und plüschig wirkte. Es war Jule ein Rätsel, wie man etwas so Elegantes, Wolliges und Weißes tragen konnte, ohne beim Essen im Stehen auch nur einen einzigen Fleck darauf zu hinterlassen.

»Danke für die Einladung. Lars meinte, wir sollen den Punsch schon auf die Platte stellen. Er ist mit Orangensaft gemacht.«

»Fabelhaft! Jule, darf ich dir gleich jemanden vorstellen, der ein paar Hühner loswerden möchte?«

»Uff!«, machte Jule verdattert. »Also, Berthe könnte schon Gesellschaft brauchen, denke ich, aber …«

»Wie wunderbar!«

»Mooooment! Ich habe nicht gesagt, dass ich jetzt und sofort mehr Hühner haben möchte! Irgendwann im neuen Jahr, wenn ich ein wenig Zeit und Muße übrig habe.«

»Überleg doch mal: Du könntest deinen Gästen die eigenen Eier anbieten. Wäre das nicht fantastisch? Oder du vermietest Hühner. Ich habe da mal von einem Modell gelesen, da gibt es Höfe, bei denen kauft man sich ein Huhn, zahlt jeden Monat für Unterkunft, Futter, Tierarzt und so und bekommt die Eier mit in die Biobox gelegt.«

»Halt, halt, halt, Milena!« Jule hob abwehrend die Hände. *Neinsagen lernen!*, bleute sie sich selbst ein. »Ich habe mit Haus, Café und Garten schon genug zu tun. Weißt du, ich bin sehr zufrieden mit nur einem Huhn. Und erst, wenn ich weiß, wie sich das im nächsten Jahr mit Mikas Arbeit eingespielt hat, denke ich über mehr Tiere nach, ja?«

»Du musst dich wegen der Hühner natürlich nicht sofort entscheiden. Ich möchte einfach gerne helfen. Die Schwiegereltern meines Nachbarn wollen in ein betreutes Wohnen ziehen, und die haben Seidenhühner. Wäre doch schade, wenn die auf dem Grill landen würden, wenn sie doch in deinem Garten ein schönes Leben haben könnten.« Während sie redete, säbelte Milena große Fleischstücke ab und stopfte sie sich in den Mund.

»Bist du eigentlich von vegan zu paläo gewechselt?«

Milena lächelte geheimnisvoll. »Ich höre immer gut auf meinen Körper und gebe ihm, was er verlangt. Momentan ist das bestes Highlandrind aus einer Privatzucht von guten Freunden.«

»Das war gar nicht meine Frage. Niemand kann sich von Rindfleisch vegan ernähren, und du hast dich doch immer für vegane Ernährung eingesetzt.«

»Das sind jetzt ein paar Monate, in denen mein Körper nach anderen Nährstoffen verlangt. Man kann nicht immer konsequent sein.«

Jule verschränkte die Arme und beschloss, das Thema nicht weiter zu verfolgen. Zudem gab es eine andere Frage, die sie beschäftigte. »Warum bringst du die Hühner nicht auf dem Dennighof unter?«

Milena wirkte tatsächlich leicht überrascht. »Bin ich etwa so durchschaubar? Wenn ich den Zuschlag bekomme, werde ich dort keine Hühner halten. Haustiere sind nichts für mich.«

»Also steckt das hinter deiner Geheimniskrämerei? Du willst den Hof kaufen?«

»Es wäre doch eine Schande, wenn dieses Schmuckstück abgerissen würde.«

»Und was sagt die Bürgerinitiative dazu?«

»Keine Ahnung.« Milena wirkte irritiert. »Der Hof war immer in Privatbesitz, und ich sehe kein öffentliches Interesse, das über den Erhalt von möglichst viel originalgetreuer Bausubstanz hinausgeht. Den Charakter der Höflesiedlung werde ich sicherlich nicht zerstören – und mehr Kulturerbe kann man von einem Käufer nicht erwarten. Das ist es doch, wofür die BI sich einsetzt: Modernisierungen, die in Einklang mit dem Charakter ihres Dorfes stehen. Mach dir keine Sorgen, Jule. Ich werde mich gut um den Hof kümmern. Jetzt brauchen wir nur noch jemanden, der sich um die Hühner kümmert.«

Erwartungsvoll ruhte ihr Blick auf Jule. In diesem Moment wusste sie, dass sie verloren hatte.

»Ich weiß noch nicht«, begann sie zaghaft, »ob Berthe sich überhaupt mit Seidenhühnern verträgt.«

Kapitel 6

»War das eben die Tür?« Mika hörte auf, in den Backofen zu starren, und hob den Kopf.

Jule sah auf die Uhr. »Vielleicht ist der Bus früher dran. Wer schaut nach?«

Sie standen Seite an Seite in der Küche der Lindenblüte und beobachteten die Lebkuchenplatte im Backofen, bereit, jederzeit aufzuspringen und das Gebäck herauszuholen, sobald der perfekte Zeitpunkt gekommen war. Dem honigweichen Geruch nach musste es jeden Moment so weit sein.

Beide lauschten in die Schankstube. Es war Mittwoch, und gleich würden die Handarbeiterinnen Vorschläge für die Rettung des Weihnachtsmarktes sammeln.

»Ich hör nix«, vermeldete Mika schließlich und wandte sich wieder dem Lebkuchen zu. »Aber der kann jetzt raus.«

»Dann mach. Ich sage, der braucht noch eine halbe Minute. Ich schaue mal raus, da läuft doch jemand.«

»15, 14, …«, zählte Mika.

»Ich kriege trotzdem das erste Stück«, rief Jule über die Schulter.

Als sie um die Ecke kam, hörte sie noch hastige Schritte.

Die Schankstube war leer. Gerade wurde die Tür von außen mit sanftem Nachdruck ins Schloss gezogen.

Wollte vielleicht nur jemand kurz aufs Klo.

Im letzten Zuglüftchen von draußen flatterte ein Blatt Papier an Jules neuer Pinnwand, die sie aus dem Stück Bauernleinen gemacht hatte. Sie hing seit dem Wochenende und stand unter dem

Motto »Anderen eine Freude machen«. Jeder konnte dort Zettel aufhängen und mitnehmen. Bis vorhin hatten dort auch nur Zettel von Jule gehangen: das Lebkuchenrezept unter anderem. Und nun war jemand extra hereingehuscht, um selbst etwas anzupinnen. Im ersten Moment freute sich Jule, dass ihre Idee angenommen wurde, doch dann erkannte sie die Schriftart: Comic Sans.

Sie stürzte zur Tür, riss sie auf und lief hinaus. Niemand Verdächtiges zu sehen. Gegenüber fuhr gerade der Bus los, vollgestopft mit müden Pendlern, die auf dem Weg vom Bahnhof nach Hause waren. Ansonsten stapfte nur ein älteres Ehepaar durch den festgetretenen Schnee auf das Einhorn zu.

Verflixt! Ich fasse es nicht: Diese Person ist dreist genug, bis in die Lindenblüte zu kommen, und ich schaffe es nicht, sie zu schnappen.

Von der anderen Straßenseite winkten bereits die ersten Leute, die zum Handarbeitstreffen kamen. Jule grüßte zurück und ging zurück zur Pinnwand, um diesen unsäglichen Zettel zu entfernen. Doch als sie davorstand, brachte sie es nicht fertig, ihn abzunehmen. Auf dem Zettel war dieses Mal nicht »Kein Starbucks in Müggebach!« oder ein ähnlicher Spruch zu lesen, nein, dort stand ein Gedicht:

Die Sehnsucht

Ach, aus dieses Thales Gründen,
Die der kalte Nebel drückt,
Könnt' ich doch den Ausgang finden,
Ach, wie fühlt' ich mich beglückt!
Dort erblick' ich schöne Hügel!
Ewig jung und ewig grün!
Hätt' ich Schwingen, hätt' ich Flügel,
Nach den Hügeln zög' ich hin.

(Friedrich Schiller)

Leise sprach Jule die Zeilen mit. Auf den schwermütigen Versen schwebte sie zurück in ihre Schulzeit, hörte noch den Klang, wie sie es sich selbst vorgetragen und sich dabei ungelenk auf der Gitarre begleitet hatte. Dieses Gedicht … sie war mit Maike und Cora auf einem winzigen Folk-Festival gewesen, eine Band hatte es vertont. Diese Zeilen hatten Jule nie losgelassen, sie lange begleitet, bis sie im Rauschen des Alltags in der Schatzkammer ihrer Erinnerungen verschlossen worden waren.

Ausgerechnet heute werde ich daran erinnert, dass Menschen aus Sehnsüchten heraus handeln, und diese Sehnsüchte vor Augen machen manchen blind für andere Dinge. Das darf ich nie vergessen.

Kurz lächelte sie. Dann widmete sie sich den Neuankömmlingen, die gerade durch die Tür hereinschneiten, doch ein leicht dumpfes Gefühl setzte sich hartnäckig fest.

Die Schankstube füllte sich schnell, und dennoch blieb es erstaunlich ruhig. Viele waren innerlich wohl schon mit der kommenden Diskussion beschäftigt. Einige gingen ganz normal ihren Arbeiten nach, bogen Drähte, webten Brettchenborten, andere standen in Grüppchen beisammen und tuschelten mit gesenkten Stimmen und verschränkten Armen.

Über allem lag der Duft frisch gebackener Lebkuchen. Ab und an schnupperte jemand und reckte den Kopf in Richtung Küche.

Jule und Mika verteilten noch schnell kleine Tellerchen mit Lebkuchenstücken, damit alle probieren konnten, dann ergriffen Gerta und Frau Mürle das Wort.

»Guten Abend, zusammen.« Gerta legte einen Zettel und einen Stift vor sich auf den Tisch. »Erst mal freue ich mich sehr, dass so viele gekommen sind. Wie ich sehe, geht es fleißig weiter mit den Vorbereitungen. Wir setzen sämtliche Hebel in Bewegung, damit der Markt stattfinden kann!«

Zustimmendes Gemurmel erklang.

»Ihr habt euch über die vergangene Woche hoffentlich Gedanken gemacht. Es wird morgen am späten Nachmittag einen Termin mit dem Bürgermeister geben. Da legen wir ihm dann den Vorschlag vor, auf den wir uns heute einigen.«

Hoffentlich muss ich nicht mit. Jule legte den Finger an die Nase. Nein, morgen war wirklich kein guter Zeitpunkt. Da musste sie nach Feierabend ihr erstes Vorstellungsgespräch als zukünftige Chefin hinter sich bringen, und ihr zitterten jetzt schon die Knie. Und das, obwohl sie den Bewerber sogar schon kannte: Jean, der junge Künstler, der im Frühsommer seine Werke bei Jule ausgestellt hatte.

»Wer schreibt das Protokoll?«, fragte Gerta in die Runde.

Das Murmeln brach ab, hier und da hüstelte jemand.

»Das war ein Scherz. Trotzdem wäre es schön, wenn jemand ein paar Dinge festhält, die wir heute besprechen. Ganz informell, nur als kleine Gedächtnisstütze.«

»Mache ich!«, meldete sich Jule, ehe sie überhaupt wusste, was sie da sagte.

Das scheint ja in den Genen zu liegen …

»Du musst wirklich nicht alles aufschreiben. Wir informieren euch jetzt erst mal zum Stand der Dinge: Gesprochen haben wir mit fast allen Vereinen und Kunsthandwerkern. Es gibt eigentlich nur eine Person, die möglicherweise zurückzieht. Das ist aber nicht sicher, und eine kleine Hütte weniger bringt nicht wirklich viel Platz. Die Landfrauen können sich vorstellen, ihren Stand zu verkleinern, wenn es denn sein muss. Nicht gern, aber für die Gemeinschaft und für den Weihnachtsmarkt würden sie es machen. Feuerwehr und Fußballer brauchen ihre Standgrößen, sonst haut es mit Grillen und Bänken nicht hin – irgendwo muss ja auch gemütlich gegessen werden.«

Gertas prüfender Blick brachte einige der Zuhörer dazu, den Kopf zu senken. Dann fuhr Frau Mürle fort: »Die in unseren Augen vielversprechendste Idee ist, den Markt in diesem Jahr auf dem Hof vom Kohlenforst-Georg abzuhalten. Bei ihm gibt es ja immer ein Adventsfenster mit Glühweintrinken, wenn er mit dem Verkauf seiner Tannenbäume beginnt. Das würde er dann ausfallen lassen.«

Prompt kamen die ersten Reaktionen.

»Der alte Hof ist eine wundervolle Kulisse für einen Weihnachtsmarkt«, rief jemand und erntete zustimmendes Murmeln. Doch nicht jeder war dieser Meinung: »Liebe Güte, das ist völlig ab vom Schuss! Da fährt doch kein Bus hin. Sollen die Leute von auswärts laufen, wenn sie mit der Bahn anreisen?«

Schließlich meldete sich Mika zu Wort. Laut und deutlich grollte seine Stimme durch den Raum. Es wurde still: »Das könnt ihr vergessen!«

»Ah«, sagte Frau Mürle und musterte ihn. »Und wieso, wenn ich fragen darf?«

In Jules Hosentasche summte ihr Handy. Sie griff danach und drückte das Gespräch ungesehen weg.

»Weil die Feuerwehr das nicht genehmigen wird.«

»Das ist ja wohl ein Scherz!«

»Im Sommer gab's auf den Grillplatz einen Herzinfarkt. Der Rettungswagen kam fast nicht durch, weil die Zufahrtswege schmal sind und völlig zugeparkt waren. Der Hof liegt noch ein Stück weiter im Wald. Selbst wenn nur auf einer Seite geparkt wird, kommen wir mit der LF, mit unserem Löschgruppenfahrzeug, kaum durch. Da muss nur einer mit einem großen Auto quer stehen, wenden oder eine größere Gruppe Fußgänger herumstehen, und schon stecken wir da fest. Überlegt doch mal, wie viele Besucher das in den letzten Jahren beim Weihnachtsmarkt waren. Sämtliche Park-'n'-Ride-Parkplätze platzten aus allen Nähten, die Nebenstraßen am Bahnhof waren alle zugeparkt. Das wird bei einer Begehung kein grünes Licht geben, das kann ich jetzt schon sagen.«

»Bald kann man gar keine Feste mehr feiern«, murrte ein älterer Herr. Jule zog die Nase kraus. Einer der Betonköpfe der Bürgerinitiative.

»Ja, doch, kann man«, konterte Mika. »Aber nicht da, wo wir mit der LF oder dem Rettungswagen nicht durchpassen. Du willst ja nicht derjenige sein, der mit dem Schlaganfall daliegt, und der Krankenwagen kommt nicht nach zehn Minuten, sondern braucht eine Stunde.«

Gemurmel brandete auf. Widerwillige Zustimmung für Mikas Worte, Unzufriedenheit über die Situation allgemein.

Wieder summte Jules Handy, und wieder ignorierte sie es.

Frau Mürle hob die Hand. »Das war eine der Ausweichmöglichkeiten, die wir dem Bürgermeister präsentieren wollen. Aber natürlich nicht die einzige. Nüddebach hat angeboten, den eigenen Weihnachtsmarkt mit unserem zusammenzulegen. Auf der Dorfwiese mangelt es nicht an Platz und Parkmöglichkeiten.«

Jule erhielt eine SMS. Das Summen konnte sie nur spüren, nicht hören, denn ein wahrer Orkan der Empörung brauste auf. Die Leute wetterten durcheinander.

»De Nüddebacher solle bleibe, wo de Pfeffer wächst!«

»Die wollen wohl mal mehr als zwei Fressstände haben, was?«

»Dann sagen wir lieber ab!«

»Ach, Leute, seid nicht so kleinlich!« Wieder drehten sich alle zu Mika um. »Wir sind eine Gemeinde, es tut niemandem weh, die alten Geschichten für einige Tage ruhen zu lassen und mit allen fünf Dörfern gemeinsam einen Weihnachtsmarkt auszurichten!«

Aber ganz offensichtlich tat es den Müggebachern weh, denn die Gegenstimmen übertönten die wenigen, die sich mit der Idee anfreunden konnten.

»Nur weil ihr von der Feuerwehr euren Maibaum gemeinsam hochzieht, müssen wir ja nicht gleich …«

»Ist gut.« Mika hob beide Hände. »Dann mal her mit den besseren Vorschlägen.«

Jule räusperte sich. »Um ein echtes Argument gegen einen Weihnachtsmarkt in Nüddebach auf den Tisch zu bringen: Die haben keinen Bahnanschluss.« Hinter der Theke klingelte das Telefon und brachte Jule kurz aus dem Konzept. »Und … äh … der Bus fährt am Wochenende nur einmal die Stunde. Nach 21 Uhr ist Schluss.«

Einige Zuhörer nickten. Viele waren erleichtert.

»Sag mal, Mika«, flüsterte sie zur Seite. »Was für ein Problem haben eigentlich die Leute hier mit Nüddebach?«

Er zuckte mit den Schultern. »Die liegen seit dem Mittelalter im Clinch, weil keiner weiß, wie alt die Dörfer genau sind – und jeder will natürlich als Erstes hier gesiedelt haben. Es gibt eine alte Urkunde, aber keiner kann mehr lesen, ob da ›Nüddebach‹ oder ›Müggebach‹ steht. Später wurden die zwangsweise zu einer Gemeinde zusammengeschlossen. Und weil die Leute heutzutage keine echten Probleme mehr haben, brüllt man sich halt gepflegt beim Fußball an oder klaut den anderen den Tannenbaum vom Kirchplatz weg.«

»Die sollen mal bei mir vorbeikommen. Ich habe echte Probleme.« Das Telefon war kurz verstummt und bimmelte erneut. Mittlerweile war Jule flau im Magen. Sie holte das Handy hervor. Eine SMS von ihrer Mutter: »Ist bei dir alles in Ordnung?«

»Deine Mutter?«

»Hmhm.«

»Schreib ihr, dass du später anrufst.«

»Auf keinen Fall!«

»Dann schreib ich es. Notier bitte: ›Fast alle sind dagegen, dass der Weihnachtsmarkt auf einem Reiterhof stattfindet.‹«

Jule seufzte, tippte zwei Zeilen an ihre Mutter und folgte wieder der Diskussion. Sofort schwieg das Telefon.

»Ein Ass haben wir noch im Ärmel.« Gerta linste auf ihren Notizzettel. »Wir haben mit der Schule gesprochen. Der Weihnachtsmarkt kann dort stattfinden.«

Dieser Vorschlag traf auf weitaus mehr Zustimmung unter den Anwesenden.

»Ich weiß, der Schulhof ist klein, und auch das Parken ist nicht ganz so einfach. Dafür kann man vom Bahnhof aus laufen, das alte Gebäude ist vor zwei Jahren wunderschön saniert worden, und der Markt kann zum größten Teil in den Räumen stattfinden, wir wären also nicht abhängig vom Wetter. Feuerwehr und Fußballer grillen auf dem Hof.«

Sie schaute hoch. Überall Gemurmel. Es herrschte rege Uneinigkeit. Jule hörte Zweifel heraus, ob ein Weihnachtsmarkt in Klassenräumen wirklich so romantisch war. Viele fanden das einhundert Jahre alte Schulgebäude optisch ideal oder das Licht in den Räumen, bei dem man die Waren sicher gut sehen konnte.

»Wir kommen also überein«, schloss Frau Mürle, als nach einigen Minuten keine laute oder überzeugende Gegenstimme zu hören war, »dass wir dem Bürgermeister morgen diesen Vorschlag unterbreiten. Das ist der beste Kompromiss, den wir finden können, und es ist wirklich kein schlechter. Niemand muss verzichten. Wir von der Bürgerinitiative werden weiterhin alles dafür tun, dass nicht nur der Weihnachtsmarkt stattfindet, sondern auch das Kulturzentrum Wirklichkeit wird. Ich danke euch.«

Einige Zuhörer klatschten, andere überlegten wohl, ob das passend und angemessen war. Schnell verloren sich die Leute in kleinen Gruppen, diskutierten weiter oder packten Handarbeitsgerät aus.

Jule atmete tief durch und zog sich hinter die Theke zurück, um ihre Mutter anzurufen. Wie aus dem Nichts stand plötzlich Mika neben ihr. »Hast du gesehen, dass dein Inventar-Gast da ist?« Mit dem Kinn wies er in den Wintergarten.

Tatsächlich saß dort die Schriftstellerin an ihrem Platz und tippte vor sich hin. Seit Herrn Mürles Aktion mit dem Reserviert-Schild kam sie noch häufiger. Gerade so, als müsste sie ihr Revier verteidigen.

Mika grinste. »Wir könnten ihr ja mal den Tisch mit einem anderen Tisch vertauschen und schauen, ob sie es merkt.«

»Habe ich doch schon!«, flüsterte Jule. Sie drehte das Telefon zwischen den Fingern, froh über die Ablenkung. »Das hat sie sofort gemerkt. Und weißt du was: Sie ist echt im Raum herumgelaufen, bis sie ihren Tisch gefunden hatte, und hat getauscht.«

»Das muss ich nicht verstehen, oder?«

»Nee, musst du nicht.«

»Halte ich dich von was ab?«

»Na ja, von dem Anruf bei meiner Mutter. Könnte also schlimmer sein.«

»Weißt du, warum sie anruft?«

»Schätzungsweise will sie endlich die Weihnachtsplanung über die Bühne bringen. Ich habe keine Ahnung, wie ich ihr beibringen soll, dass ich in diesem Jahr nicht nach Hause kommen werde.«

»Möchtest du denn aus Trotz nicht zu deinen Eltern oder weil du Heiligabend mit mir verbringen möchtest?«

Jule schaute kurz, ob jemand in der Nähe war, der ihnen zuhören konnte. »Ich weiß, ich habe dich noch gar nicht gefragt.

Falls du mit deiner Familie feiern möchtest, dränge ich mich da auf keinen Fall dazwischen.« Mika schüttelte vehement den Kopf.

»Es wäre wundervoll, mit dir Heiligabend zu verbringen, Mika. Aber ich muss dir sagen, dass ich meine Oma einladen möchte. Und wenn die wirklich kommt, dann kommt spätestens am ersten Feiertag Ole vorbei.«

»Damit kann ich wirklich leben.«

»Nun. Meine Tante und mein Onkel sicherlich auch, aber mit denen kann man es aushalten. Nur: Auf keinen Fall fahre ich nach Bad Homburg! Meine Mutter hat mir in diesem Jahr das Leben so schwergemacht, ich ertrage es nicht, dass sie auch noch Weihnachten ruiniert.«

Mika öffnete die Arme und umschloss Jule mit seiner festen Geborgenheit. »Sag dir immer, dass sie es letzten Endes ist, die mit ihrer eigenen Unzufriedenheit zurechtkommen muss. Du lebst dein Leben und bist ihr nichts schuldig.«

Jule lehnte sich fester an ihn, versank für einen Augenblick in der wohligen Wärme, die durch sein dünnes Shirt hindurchstrahlte, und wollte sich nur ungern von ihm lösen, um wenigstens für eine Weile Ruhe von allem zu haben. »Weißt du, ich glaube, meine Mutter schafft es deshalb, mir den Blutdruck so hochzujagen, weil ich immer denke, was für ein fabelhaftes Team wir wären, wenn sie sich nur etwas zusammenreißen würde. Sie könnte aufhören, mir immer und überall Vorwürfe zu machen oder mein Leben verbessern zu wollen. Dann könnte ich mit ihr einen Tee trinken und mich von ihr beraten lassen. Sie weiß und kann so viel und hat so eine unglaubliche Selbstsicherheit, wenn sie mit ihren Kunden zu tun hat. Ich würde mir so gerne von ihr helfen lassen.«

»Aber du hast Angst, dass sie alles an sich reißt und dir keine Luft zum Atmen lässt?«

»Genau das.«

»Das ist verdammt schade. Ich hoffe für dich, dass sie das irgendwann versteht.«

»Das hoffe ich auch. Aber erst einmal muss ich ihr beibringen, dass ich dieses Jahr nicht zu Heiligabend komme. Das wäre schon schlimm genug, wenn ich noch in Frankfurt in der WG wäre, aber nach all dem Streit über die Lindenblüte biete ich ihr nicht mal am Jahresende die Hand zum Frieden an.«

»Moment! *Du* bietest ihr keine Hand an? Das ist doch Quark, Jolanda. Sag ihr doch, dass du Heiligabend nicht zu ihnen kommst, dich aber freust, wenn sie Weihnachten bei dir verbringen.«

»Ich weiß nicht ...«

»Ich schon.«

»Und du? Was ist eigentlich mit deinen Eltern?«

Er küsste sie auf den Scheitel. »Ich muss mehr Lebkuchen aus der Küche holen, die Teller sind fast leer.«

»Sind deine Eltern nicht traurig, wenn du nicht zu ihnen kommst?«

»Eher nicht«, rief er über die Schulter. »Mein Vater hat mir schon deutlich gesagt, dass er alleine feiern möchte, und mein Bruder erfüllt unserer Mutter einen Herzenswunsch und fliegt mit ihr nach Finnland. Sie träumt schon immer von Nordeuropa und hat es in ihrem ganzen Leben nie weiter nördlich als bis Hannover geschafft.«

»Das ist schön und traurig zugleich.«

Er lächelte ihr von der Tür aus zu. »Bring es hinter dich.«

Zuversichtlich nickte sie.

Kaum hatte sie die Nummer gewählt, wurde am anderen Ende auch schon abgenommen.

»Hallo Ma...«

»Endlich meldest du dich!«

»Du hast mir als Kind beigebracht, dass man am Telefon hallo sagt.«

Ihre Mutter ignorierte diesen Einwand geflissentlich. »Was ist denn los, Schatz? Ich habe doch extra einen Tag genommen, an dem du nichts vorhast.«

Außer vielleicht: Privatleben, ergänzte Jule in Gedanken. Ihr Blutdruck schoss in die Höhe. *Bleib ruhig. Es ist das gleiche Schema wie immer.*

Eher unbeholfen versuchte sie sich an einer kurzen Yoga-Atemübung und anschließend an einem neutralen Tonfall. »Mittwochabend findet in der Lindenblüte das Handarbeitstreffen statt.« Dann rutschte ihr doch eine Spitze heraus: »Das habe ich dir doch schon gesagt, Mama.«

Am anderen Ende der Leitung wurde es still. »Ja«, sagte ihre Mutter gedehnt. »Das hattest du erwähnt. Ist das denn ein Grund, nicht mal für ein paar Minuten ans Telefon zu gehen?«

Ganz bewusst atmen, Jule. Ein und aus.

»Läufst du gerade Treppen, Schatz, oder weshalb schnaufst du so?«

»Nein, ich … nein.«

»Ich will dich auch gar nicht lange stören.« *Kurz ist auch schon zu viel.* »Aber du hast mir noch gar nicht gesagt, was du dir zum Geburtstag wünschst.«

»Ach so. Das Übliche: einen leckeren Met, ein paar neue Gewürze aus dem Biomarkt. So was halt.«

»Wir würden dir so gerne ein Schränkchen für deinen Flur schenken. Oder die neuen Tapeten für die Wohnung spendieren.«

Diese Idee gefiel Jule grundsätzlich gut. Nur brauchte sie jetzt eine höfliche Umschreibung dafür, dass ihre Mutter normalerweise zielsicher Sachen heraussuchte, die Jule ganz fürchterlich fand. »Es ist gar nicht so leicht, meinen Geschmack zu treffen.« Sie trat sich selbst auf den Fuß, um freundlich zu bleiben.

»Das war es nie, Schatz.«

»Aber bei den Gewürzen und beim Met, da probiere ich gerne aus.«

»Also gut«, gab ihre Mutter nach. »Dann sag mir noch, was du zu essen haben möchtest.«

»Nichts, danke. Ich feiere hier. Mit meinen Freunden.«

»Ja, aber …« Sie verstummte kurz, ehe sie noch einmal ansetzte: »Wir vermissen dich, Schatz. Wir haben dich schon so lange nicht mehr gesehen. Für Weihnachten erwarte ich deinen Besuch, wenn wir schon deinen Geburtstag nicht gemeinsam feiern können.«

Jule kniff die Augen zusammen. *Sehnsucht. Sie hat Sehnsucht. Keine Ahnung, ob wirklich nach mir. Warum merkt sie bloß so überhaupt nicht, wie viel Druck sie auf mich ausübt?*

Um ein Haar hätte sie ihren nächsten Satz mit »Ich werde an Weihnachten nicht zu euch kommen« begonnen. Diesmal war ihr Verstand schneller als ihre Zunge. Ihr gelang ein positiver Einstieg: »Für Weihnachten lade ich euch herzlich in die Lindenblüte ein.«

Das wirkte. Die Verblüffung war beinahe greifbar.

»Wir sollen zu dir kommen?«

»Ja, natürlich. Zum ersten Mal in meinem Leben besitze ich ein eigenes Heim. Weihnachten will ich hier feiern, bei mir zu Hause.«

»Solange deine Wohnung nicht renoviert ist, feiert die Familie in Bad Homburg.«

»Das Café ist renoviert.«

»Du sagst, du hast ein Zuhause. Das ist ein Gastraum, kein Zuhause.«

Das flaue Gefühl in Jules Magen flackerte wieder auf, stärker als zuvor. Wie immer hatte ihre Mutter einen wunden Punkt gefunden und sofort den Finger hineingebohrt.

»Jule? Bis du noch dran? Schick mir doch eine Mail mit Essensvorschlägen. Und komm doch einen Tag vor Heiligabend, ja? Dann können wir zusammen ein Lebkuchenhaus machen. Wie früher.«

Noch immer wusste Jule nicht, was sie sagen oder denken sollte.

Ihre Mutter wartete einen kurzen Augenblick und beendete dann das Gespräch: »Wir freuen uns schon, Schatz. Bis bald.«

Wie erstarrt stand Jule da, bis ein lautes »Wie entzückend!« sie in die Wirklichkeit riss. Steifbeinig löste sie sich von der Theke und ging zurück in die Schankstube.

Mit vor Begeisterung glühenden Wangen hob Frau Mürle gerade ein winziges, gestricktes Babyjäckchen hoch. »Das wäre genau richtig für meine Cousine. Kann ich mir das irgendwie reservieren?«

Gerta stellte ihr Spinnrad zur Seite, bückte sich kurz und schob ihr eine Geldkassette hin. »Wir haben sogar eine Vorab-Kasse. Jeder darf ein paar Sachen früher verkaufen, solange noch genug für unsere Stände bleibt.«

Jule atmete ruhig ein und aus. Es half nichts, sie hatte ein Haus voller Gäste, da war kein Platz für Grübeleien über ihre Mutter. Sie nahm Kurs auf eins der letzten Lebkuchenstücke auf einem der Tische und biss hinein. Sofort wurde sie von einem Hauch von Pfeffer, sanfter Süße und Piment erfüllt. Die Lebkuchen waren wunderbar weich und auf den Punkt durch. Sofort fühlte sie sich besser.

Sie hörte ein Klicken. Die Eingangstür wurde einen Spaltbreit aufgedrückt, fiel aber sofort wieder zu. Schnell griff Jule zur Klinke. Die Nachzüglerin war Ewa, die beinahe hinter Kartons und Taschen verschwand.

»Kann ich dir etwas abnehmen, Ewa?«

»Geht schon«, keuchte sie und drückte sich an Jule vorbei. Die kleine, etwas pummelige Frau war beladen mit zwei großen Kisten und einem halben Dutzend prall gefüllter Taschen.

Ob Ewa wollte oder nicht, Jule schnappte sich die Kisten und schleppte sie zum Webstuhl. Was auch immer drin war, wog eine gefühlte Tonne. Jule schwankte bedenklich.

»Du bist in einem früheren Leben Hafenarbeiter gewesen, kann das sein?«

»Nu, ich hab halt meinen Acker, und das gibt Kraft.«

Da denkt man immer, Landfrauen sitzen nur beschaulich in Tracht herum und stricken. Ganz harte Knochen sind das!

»Ich glaube, als Stadtmensch vergisst man oft, dass diese hübschen Dörfer mit den gepflegten Vorgärten nicht von alleine so ordentlich aussehen.«

Ewa zuckte mit den Schultern und wuchtete die Taschen auf einen Tisch. »Ich kenn's doch nicht anders. Dafür würd ich in der Stadt sofort auf den nächsten Taschendieb reinfallen und mich mit der U-Bahn verfahren. So kann jeder, was er braucht.«

»Brauchst du noch eine Hand am Webstuhl?« Jule beäugte die geschätzten 400 oder 500 Litzen, durch die nun die Fäden gezogen werden mussten. Sie hatte das einmal probiert und mochte es nicht besonders. Insofern war sie froh, dass Ewa ihr Angebot ablehnte: »Leihst du mir den Mika aus? Du musst doch noch ganz viel für dein Adventsfenster machen.«

»Wo du recht hast ...«

Blitzschnell setzte Jule sich an den Basteltisch. Nicht, dass doch noch jemand auf die Idee kam, sie fürs Litzenstechen einzuteilen.

Also dann, frisch ans Werk!

Sie rieb sich die Hände. In den vergangenen Tagen hatte sie die Vorlagen für das Fensterbild abgepaust und auf weißes Tonpapier übertragen. Nun blieb nur noch, diese auszuschneiden und mit dem Bastelmesser die vielen Details herauszuarbeiten.

Als sie kurz aufblickte, sah sie, wie Frau Mürle einen großen Beutel vor Gerta abstellte.

»In der Zeitung stand, ihr sammelt noch für die Flickenteppiche. Wie gut, dass Upcycling im Trend liegt.«

Gerta strich sich durch das Vogelnesthaar und sortierte Haarklammern, die den Kampf längst verloren hatten. »Das haben unsere Großmütter doch auch schon so gemacht – gute Ware einkaufen und immer wieder und wieder aufbereiten und nutzen. Nichts verschwenden.«

»Aus dem Alten wird etwas Neues, das den Geist der Vergangenheit in sich trägt.« Frau Mürle lächelte selig.

»Aus altem Kram wird neuer Kram«, stimmte Gerta zu. Sie zog ein geblümtes Betttuch aus dem Beutel und begann, es in Streifen zu schneiden.

Frau Mürle wirkte leicht angesäuert. »So kann man das natürlich auch ausdrücken.«

»Ach«, meinte Gerta. »Nehmen Sie das nicht so schwer. Für die meisten von uns ist das halt keine große Sache. Wir haben das schon immer so gemacht. Ich weiß, es ist gerade in Mode, solchen Sachen moderne Namen zu geben und sie zum Trend zu erklären, und Sie sind ja auch erst kürzlich aus der Stadt zugezogen.«

»Ähm. Ich lebe seit fast zehn Jahren hier.«

»Sage ich doch. Ihr Mann kennt das von der Familie sicher noch, dass man alles wiederverwendet, was einem in die Finger kommt.«

Jule hustete in ihren Ellbogen, um nicht offensichtlich zu schmunzeln. Manchmal wusste man nicht, ob Gerta die Leute absichtlich necken wollte oder ob diese Direktheit einfach ihre Art war.

Nach einem kurzen Schlucken fing sich Frau Mürle wieder und beschloss offenbar, dass es besser war, das Thema zu wechseln: »In jedem Fall bin ich froh, auch den Dennighof bald in neuem Gewand erstrahlen zu sehen. Das ist eine wunderbare Sache, die wir von der Bürgerinitiative – und damit natürlich auch mein Mann – da unterstützen. Die Renovierung wird weitaus liebevoller und originalgetreuer als …«, sie sah sich bedeutungsschwer im Raum um. »… als andere Projekte der vergangenen Jahre erfolgen.«

Jule knirschte mit den Zähnen.

Moment! Hat Milla nicht gesagt, sie würde den Hof kaufen?

Auch Gerta schien überrascht: »Ist denn der Verkauf an die Bürgerinitiative schon über die Bühne?«

»Er ist so gut wie sicher.«

»Ah. Das war also eine Wunschvorstellung, mit der Renovierung des Dennighofs, aber noch nichts Konkretes.«

Frau Mürle zwinkerte. »Ich bin sehr zuversichtlich, dass wir mit unserem Vorschlag den Bürgermeister überzeugen und den Weihnachtsmarkt und damit auch das Kulturzentrum retten werden.«

»Na«, meinte Gerta. »Dann hoffen wir mal das Beste.«

»Man muss seine Ziele hochstecken, wenn man etwas erreichen möchte. So. Genug geredet. Selbstverständlich helfe ich auch mit. Was muss ich tun, um eine Einkaufstasche zu weben?«

»Schneiden«, meinte Gerta bloß trocken. »Viel schneiden.«

Sie kramte in ihrer Handarbeitstasche, von der Jule noch immer nicht wusste, wie viele Fächer sie eigentlich im Innenraum hatte. Es mussten Dutzende in allen Größen sein. »Haben Sie eine ordentliche Stoffschere dabei? Ich kann Ihnen gerade keine leihen.«

Triumphierend hielt Frau Mürle zwei davon in die Höhe.

»Gut. Dann zeige ich Ihnen jetzt, wie Sie die Sachen am besten schneiden, damit Sie möglichst viel Bändchengarn erhalten. Weben können Sie dann eigentlich auf allem. Auf dem Webstuhl ist es natürlich komfortabel, aber so eine Tasche oder einen Flickenteppich kann man auch auf einem selbstgebastelten Webrahmen, Brett oder Schrank weben.«

»Auf einem Schrank?« Frau Mürle sah kurz hoch. Sie war mitnichten dabei, sich mit Feuereifer auf das Schneiden zu stürzen, sondern packte ein großes Tablet aus.

Gerta lachte. »Bei mir stand mal ein alter Schrank herum, der auf den Sperrmüll sollte. Da habe ich an der einen Tür oben und unten Nägel eingeschlagen und die als Webrahmen benutzt. Ist natürlich etwas umständlich, funktioniert aber tadellos. Und als Webschiffchen geht eigentlich auch alles: Zurechtgeschnitzte Äste oder Klopapierrollen. Die drücke ich immer platt, wickle auf eine die Stoffstreifen und auf die andere das gleiche, dicke Baumwollgarn, das ich auch als Kettgarn benutze. Man braucht noch ein langes, flaches Stück Holz, um das Gewebe nach jedem Schuss zusammenzuschieben, das war's.«

»Kettgarn?« Frau Mürle wirkte ehrlich verwirrt. »Gibt es da denn eine einfachere Anleitung? Ich wollte eine Tasche weben, keine Weberausbildung machen.«

Gerta schüttelte gutmütig den Kopf. »Ein wenig Grundwissen schadet nie. Kettgarn ist das Garn, mit dem der Webrahmen bespannt wird. Wenn ich etwas so Grobes wie eine Tasche mache, lasse ich etwa einen halben Fingerbreit Abstand.«

»Wie viele Zentimeter sind das?« Frau Mürle notierte eifrig auf ihrem Tablet mit.

»Keine Ahnung.« Gerta hob die Schultern. »Halt nach Gefühl.«

»Also aus der Erfahrung heraus?«

»Wie es eben passt.«

»Das ist ja ganz schön viel Aufwand für eine einfache Tasche.«

»Dafür ist es dann auch ein unverwechselbares Unikat«, merkte Jule an.

»Kann ich denn mit etwas ganz Kleinem anfangen und den restlichen Stoff als Spende hierlassen?«, stöhnte Frau Mürle.

Jetzt war Jule sicher, aus Gertas Augen den Schalk blitzen zu sehen. Natürlich würde sie nicht riskieren, eine ihrer besten Kundinnen zu verlieren, aber die gerne mal etwas hochmütige Frau Mürle ein wenig zu necken, das bereitete ihr ganz offensichtlich diebische Freude.

»Dann suchen Sie sich am besten Ihr Lieblingsstück heraus und schneiden ausreichend Garn für eine Smartphone-Hülle. Für die braucht man wirklich keinen Webrahmen und kein großes Nähgeschick. Da reichen ein Karton und ein kleiner Kissenbezug. Jule, kannst du kurz eine Pause mit dem Tonpapier machen und aus diesem Bezug hier ein paar Meter Garn schneiden? Das Muster passt hervorragend zu den zwei Taschen, die ich gleich anfangen möchte.«

»Klar.« Ohne nachzudenken, ging Jule zu den beiden hinüber. Sie griff nach dem Bezug mit den großen aufgedruckten Rosen. Dann fiel ihr auf, dass sie keine Stoffschere hatte und ihr nichts anderes übrigblieb, als eine von Frau Mürle zu nehmen. Diese streckte ihr die Schere bereits entgegen. Für einen Sekundenbruchteil begegneten sich ihre Blicke.

Frau Mürle bemühte sich um ein Lächeln. »Ich finde es ja so eine großherzige Geste von Ihnen, dem Handarbeitstreffen eine neue Heimat zu bieten. Da hatte ich Sie offenbar falsch eingeschätzt. Anscheinend liegen Ihnen unser Dorf und die Traditionen sehr am Herzen. Lassen Sie uns gemeinsam für den Weihnachtsmarkt kämpfen, damit der ganze Aufwand sich lohnt.«

»Hm.« Jule brummte und tat, als wäre sie hochkonzentriert dabei, den Stoff richtig vorzubereiten. Glatter konnte sie den Bezug kaum noch streichen.

»Mag noch jemand Kaffee?«, fragte Mika und hielt genau in diesem Moment das Tablett zwischen Jule und Frau Mürle. »Pfefferminztee? Schwarztee? Lebkuchen?«

»Wie hast du die so schnell mit Schokolade überzogen?«

»Gar nicht. Ich hatte Anja gesagt, dass eigentlich jeder zu diesen Gemeinschaftsabenden irgendwas zu essen mitbringt.«

Vor der nächsten Frage biss Jule sich auf die Zunge. Als Mika sich endlich umdrehte und mit dem Tablett Kurs auf die nächste Gruppe nahm, spähte sie mit Argusaugen im Raum herum. Wie mochte diese Anja wohl aussehen? Jung auf jeden Fall, irgendwas Mitte zwanzig. War das diese spindeldürre Rothaarige, die Weihnachtsstrümpfe strickte? Oder diese hochgewachsene füllige Frau, die von Tisch zu Tisch ging, als wäre sie unentschlossen, wo sie anpacken sollte? Weshalb war Mika auch so unhöflich, ihr nicht einfach seine neue Mitarbeiterin vorzustellen?

Da bemerkte sie eine junge Frau, die gerade ihren Mantel aufhängte und auf deren schwarzem T-Shirt groß »Bibliotheken sind Nester für Superhelden!« prangte. Sie stand ein wenig herum wie bestellt und nicht abgeholt.

Mika winkte der Frau, die jetzt in ihre Richtung kam. Jule kniff sich ins Knie, um ein möglichst herzliches Lächeln zustande zu bringen.

»Jolanda, darf ich dir meine Kollegin Anja vorstellen?«

»Freut mich«, grüßte Anja sie mit ehrlicher Herzlichkeit. »Ich habe mir gerade eine Wohnung angesehen und dachte, dann sage ich doch auch anständig hallo, bevor ich wieder fahre.«

Jule legte Stoff und Schere beiseite, stand auf und reichte ihr die Hand. »Hallo und willkommen in Müggebach. Dann bin ich ja bald nicht mehr die Einzige, die neu aus der Großstadt zugezogen ist.«

»Das ist gut. Mika meinte schon, es sei hier gar nicht so provinziell. Also«, sie verzog den Mund, »wenn man von der Bibliothek absieht. Aber das werden wir ja bald ändern.«

»Oha!«, entfuhr es Frau Mürle. Alle drehten sich zu ihr herum, und zum ersten Mal an diesem Abend wirkte sie nicht mehr ganz so selbstsicher. Verlegen klatschte sie in die Hände. »Es ist viel zu tun. Hier und in der Bibliothek. Meine Rede seit Jahren. Und mein Mann setzt sich ja ohnehin dafür ein, dass endlich moderne Zeiten anbrechen.«

Mika grinste. »Wir werden ihn sicherlich zur Mitarbeit im Förderverein bewegen können, wenn wir einen gründen.«

»Ich spreche ihn darauf an.«

»Kann ich eigentlich irgendwie helfen?« Anja fuhr sich über die Arme, als wäre ihr kalt. »Mein Zug fährt erst in zwei Stunden, und vorher will ich mich noch irgendwie nützlich machen. Gibt's vielleicht etwas mit Elektronik. Das liegt mir mehr als … äh …«

»Da drüben«, beeilte Jule sich zu sagen, bevor Anja aus Versehen »Stricken« herausrutschte und sie damit in dasselbe Fettnäpfchen trat, das Jule schon mehrfach erwischt hatte. »Da werden beleuchtete Drahtskulpturen gebogen.«

»Klingt gut. Nur klassische Sachen? Schneemänner, Tannenbäume und so? Ich habe schon mal einen Drachen aus Draht gebogen.«

»Ach, ich, ähm, … meinst du, das verkauft sich?«

Anja hob die Schultern. »Wenn ich das wüsste. Ich würde mir jedenfalls sofort einen holen. Tannenbäumchen hat doch jeder schon, oder?«

»Lasst es uns doch versuchen«, fiel Gerta gutgelaunt ein. »Und jetzt wieder alle an die Arbeit, sonst werden wir ja nie fertig!«

Kurz nach Beginn der Dämmerung schneite schließlich Milena herein. Diesmal legte sie keinen Wert auf den großen Auftritt, sondern schlüpfte in ihrem dezenten dunkelroten Walkmantel so lautlos durch die Tür, dass niemand auch nur den Kopf hob. Jule fiel ihr Kommen erst auf, als ein prall gefüllter Kissenbezug vor ihr auf dem Tisch abgestellt wurde.

»Schön, dich zu sehen, Jule. Tut mir leid, dass es so spät geworden ist. Mein Kreislauf verträgt das Wetter wohl nicht. Wo kann ich anpacken?« Sie wickelte sich ihren Pashminaschal vom Hals und hatte den Blick so intensiv auf Jule gerichtet, dass es fürchterlich offensichtlich war, wie sehr sie Grace Mürle ignorierte.

»Wo du möchtest.«

»Sag mal, Gerta, lässt du deine Haare rauswachsen?«

Gerta lächelte geheimnisvoll.

Milena wartete nicht auf Antwort, sondern fuhr einfach fort: »Ich habe euch Bettzeug mitgebracht. Für das Upcycling. Ihr macht da so schöne Taschen aus altem …«

»Ja«, seufzte Gerta lautstark. »Du bist heute nicht die Erste und auch nicht die Letzte. Wir hätten das mit dem Bettzeug nicht in der Zeitung erwähnen sollen.«

»Es ist alles reine Baumwolle. Aber wer nicht will, der hat schon.«

Niemand spielt so schön die beleidigte Leberwurst wie Milla, seufzte Jule in Gedanken.

Prompt kam Gerta ihr entgegen: »Alla gut, lass das Zeug stehen! Wir werden schon ein paar Flickenteppiche und Taschen mehr weben und verkaufen können.«

»Eben. Die habe ich bei meinen Eltern ausgegraben, und ich finde, die gehören wirklich nicht zu den Dingen, die man aufheben und bewahren sollte. Wenn ich nicht gerade in einen Bettwäschekatalog geschaut hätte, könnte ich glatt glauben, die 90er waren das schlimmste Jahrzehnt, was Blumendruck und Raubtiermuster angeht.«

Mit mildem Lächeln reichte Frau Mürle ihre Schere hinüber. »Das werden bestimmt ganz allerliebste Taschen. Du kannst dir gerne meine Schere leihen, ich bin fertig und fange gleich mit dem Weben an.«

Milena setzte ihr geheimnisvollstes Hepburn-Lächeln auf und zog zwei große, noch originalverpackte Scheren aus ihrer Manteltasche. »Ich danke dir, Grace. Aber ich habe nicht vor, selbst zu schneiden. Das überlasse ich den Profis. Ich spende nur das Material.«

Mit leisem Räuspern stand Jule auf, bevor die beiden in Fahrt kommen konnten. »Darf ich mal etwas vorschlagen?« Unwillkürlich hob sie die Hand, als würde sie sich in der Schule melden. »Ihr seid beide hier und wollt euch einbringen. Frau Mürle ist mit Herz und Hand beim Weben eingespannt. Milena, ich würde mich sehr freuen, wenn du dich um die Getränke und um die Lebkuchen kümmerst.«

Die Kontrahentinnen funkelten sich an.

Milena nickte, lächelte und entfernte sich in Richtung Theke. Jule konnte den Stein, der ihr vom Herzen fiel, beinahe auf dem Boden aufschlagen hören.

Noch jemand anderes schien erleichtert zu sein, nämlich Frau Mürle, deren Handy lautstarke keltische Harfenklänge durch den gesamten Schankraum schickte. Sofort sprang sie auf. Zackig entfernte sie sich so weit wie nur möglich von Milena, nur um wenige Sekunden später bereits umzukehren und vor allen Anwesenden zu verkünden: »Der Dennighof wird nicht abgerissen! Ihr Lieben, es ist meinem Mann gelungen, die Erben zu überzeugen. Es ist amtlich, dass dort keine Luxusappartements gebaut werden!«

HIER IST PLATZ FÜR IHRE IDEEN:

Kapitel 7

Jules Start in den Donnerstag war so verhangen wie die Wolkendecke, denn ihre Putzkraft lag mit Grippe im Bett, und so blieb alles Aufräumen und Putzen an ihr und Mika hängen. Gemeinsam kämpften sie sich durch winzige Schnipsel, Wollflusen und andere Handarbeitsreste, die an Polstern, auf Tischen und in den Ritzen der Dielen klebten, und schrubbten die Küche und die Sanitäranlagen. Zum ersten Mal, seit sie den Handarbeiterinnen angeboten hatte, die Lindenblüte als Treffpunkt zu nutzen, bereute sie es für einen kurzen Moment. Kaum waren sie mit dem Putzen durch, ging es mit dem Betrieb schon los.

Es war kurz vor Mittag, als Jule mit der Nase an Mikas Brust plumpste und stöhnte: »Ich brauche eine Pause! Der Tag ist noch so lang.«

Die meisten Frühstücksgäste hatten sich bereits wieder auf den Weg gemacht. Für ein oder zwei Stunden würde es ruhig sein.

»Ich wollte schon sagen, dass du dich endlich mal setzen und etwas trinken sollst.« Sanft drückte er sie auf einen Stuhl, von dem Jule sofort wieder hochschoss, als hätte sie sich auf eine Sprungfeder gesetzt.

»Muss. Raus. Frischluft!« Mit dem Zeigefinger stocherte sie unbestimmt in der Gegend herum.

Mika zeigte zur Tür. »Aber zackig!«

»Machst du mir einen Pfefferminztee, bis ich wieder da bin?« Sie nahm ihre Jacke vom Haken neben der Küchentür.

»Alla gut, weil du es bist. Und jetzt …« Mikas Finger landete treffsicher im Glas mit Achtsamkeit und spießte eine Rolle auf. Mit bedeutungsschwerem Blick wickelte er die Rolle von seinem Finger und las laut vor: »Sing dein Lieblingslied, nur für dich.«

Erwartungsvoll sah Jule ihn an. »Ich bin gespannt.«

»Nein, das habe ich für dich gezogen.«

»Ah. Äh … Jetzt sortiere ich erst mal meinen Kopf. Sonst rennt mir die Aushilfe nachher noch weg, wenn ich nur unverständliches Zeug lalle. Und später singe ich dann vielleicht.«

Sie küssten sich im Vorbeigehen, dann war Jule schon mit einem Schälchen geriebener Möhre zur Küchentür hinaus.

Nach der Anstrengung des Vormittags und der abgestandenen Wärme des Schankraums erfrischte die kühle Luft Jule sofort. Sie lehnte sich gegen die Hauswand und atmete tief ein und aus. Schnee lag keiner mehr, die Luft war kalt und klamm und kroch ihr in die Glieder. Trotzdem wäre sie um nichts in der Welt umgekehrt und nach drinnen gegangen.

Ich habe das Gefühl, ich friere weniger, seit ich nicht mehr in der Stadt wohne.

Etwas in ihrer Jackentasche drückte zwischen Rücken und Wand. Sie griff danach und hielt ihr Notizbuch in der Hand, schlug es bei den gesammelten Wörtern auf und ergänzte: *Alla – Badisches Universalwort. Alla gut (Na dann, Also dann, Gespräch beendet), Alla tschüss (Also dann: Auf Wiedersehen – wobei hier auch* »Ade« *oder* »Adele« *gesagt wird), Alla hopp! (Auf jetzt!).*

Allez, Allez! Sie steckte das Buch wieder ein. *Allez, Allez – auf, auf! – wir sind immer am Laufen, immer am Hetzen.*

Irgendwann verebbte das leise Summen, das ihre Ohren seit dem Aufstehen in Beschlag genommen hatte. Jule ging langsam auf den Hühnerstall zu und pfiff ein Lied, das ihre Atemwolken in einem fröhlichen Takt in den grauen Tag hinaus entließ. Aus dem Pfeifen wurde ein Singen, die Luft füllte sich mit schiefen Tönen und etwas, das klang wie: »Ich wollt, ich wär ein Huhn.« Nur kannte Jule den Text nicht komplett und wiederholte einfach, was ihr gerade in den Sinn kam.

Von Berthe war nichts zu sehen. Der Stall war leer. Das Huhn hatte wieder einmal den geräumigen, komfortablen Hühnerstall ignoriert und sich durch das winzige Loch in den Schuppen gequetscht. Jule brachte es nicht übers Herz, ihr diesen Unterschlupf zu verwehren, obwohl Gertas Mann Peter jedes Mal sehr traurig darüber war, dass sein selbstgebauter Stall immer und immer wieder ignoriert wurde. Noch im Herbst hatte Peter seine weiche Seite gezeigt und zusammen mit Mika den Auslauf so gebaut, dass auch das Loch in der Schuppenwand einigermaßen fuchssicher war.

»Du bist doch echt ein verrücktes Huhn«, flüsterte Jule. Sie stellte das Schälchen mit den Möhren neben einem Topf mit Salbei ab und wartete. Das war fast so, als würde sie einer Göttin huldigen – passende Devotionalie organisieren, huldvoll abstellen, geduldig warten. Ohm.

Endlich gackerte die Hühnergöttin, streckte ihren Kopf aus dem Loch heraus, prüfte misstrauisch das Angebot und stürzte sich dann darauf.

Jule setzte sich an den Rand der Terrasse und schaute einfach nur dabei zu, wie Berthe sich über den Leckerbissen hermachte. Sie wusste noch immer nicht, woher die braune Henne ihr eigentlich zugelaufen war, aber selbst wenn sie es noch herausfinden sollte – Berthe wollte sie nie wieder hergeben.

»Ist das eigentlich ein entspanntes Leben? Ich meine, so als Huhn, das alles hat? Bist du zufrieden? Oder strebst du jeden Tag nach mehr, weil du nicht erfassen kannst, wie gut es dir geht?« Jule zog das Haargummi ab und fuhr mit den Händen durch ihre Locken, die schon knapp über ihre Schulter reichten. »Ich muss dringend mal zum Friseur. Und dringend mal zur Massage. Ach, und die Tetanusimpfung auffrischen, mich langsam mal um die Weihnachtsgeschenke kümmern und so vieles mehr. Man muss so viel erledigen, Berthe. Ab und zu wünsche ich mir, ich wäre vor hundert Jahren Bäuerin gewesen. Einfach den ganzen Tag hart arbeiten und am Abend ins Bett kippen. Keine Entscheidungen, die man treffen muss, keine Überlegungen, ob etwas jetzt Selbstverwirklichung, Hobby oder neuer Stress ist, keine Dutzend Klamotten, die hinter der Schranktür auf einen lauern. Nicht so viel Grübeln, Nachdenken, Zweifeln, denn die Welt hat schließlich Gott gemacht, und der passt auf einen auf, wenn man anständig und fleißig ist.« Berthe gackerte. Die geriebenen Möhren waren beinahe alle. »Ja, du hast recht. Dann würde ich mich über die Schwielen an meinen Händen beklagen, über Löcher in meinen Schuhen und über ein zugiges Plumpsklo. Vielleicht würde ich auch gerne eine Lilie auf mein Kleid sticken wollen, aber ich dürfte nicht, weil man im Dorf ja nur Rosen stickt. Keine Ahnung. Das einfache Leben war damals sicherlich nicht unkompliziert und schon gar nicht romantisch.« Berthe scharrte und schaute zu ihr herüber, als würde sie ganz genau zuhören. »Ist ganz schön kompliziert, ein Mensch zu sein, hm? Ja, wir meckern wirklich viel. Aber es tut zwischendurch einfach mal gut, kurz anzuhalten, vor die Tür zu gehen und rauszulassen, was einen so beschäftigt. Weißt du: Ich bin glücklich. Ein bisschen gestresst, aber auf dem Weg von glücklich zu sehr glücklich.«

Jule legte den Kopf in den Nacken und schaute in die kahlen Zweige des großen, alten Lindenbaums. »Doch«, bestätigte sie sich selbst. »Ich bin glücklich. Es fällt mir nur ganz oft nicht mehr ein.«

Sie saß noch einen kurzen Augenblick einfach da und beobachtete: ihren Atem, Berthe, die tiefhängenden Wolken, die paar Unkräuter, die sich einen Weg durch die festgestampfte Erde der Einfahrt erkämpft hatten. Ab und zu hörte sie ein Auto auf der Hauptstraße vorbeifahren, dann das Dröhnen des Busses. Jule genoss den Frieden und wurde ganz ruhig.

Schließlich fühlte sie sich wieder wach und regeneriert. Sie warf ihrem Huhn einen Handkuss zu. »Ich muss dann, Berthe. Bis später.«

Kurz bevor die Lindenblüte schloss, wurde Mika zu einem Feuerwehreinsatz gerufen. Jule fluchte im Stillen, weil sie das Vorstellungsgespräch nun allein führen musste. Zum Glück steckte sie bis zum Hals in Arbeit und hatte keine Zeit, nervös zu werden.

Während Jule die Kasse erledigte, klopfte es laut an der Tür. Das entlockte ihr ein weiteres Fluchen, weil es einfach nicht wahr sein konnte, dass die Klingel schon wieder kaputt war. Mit weiten Schritten durchmaß sie die Schankstube, um Jean zu öffnen. Jetzt spürte sie die Aufregung doch als kleinen Ball im Magen.

Sie versuchte, sich an ihn zu erinnern. Ein sympathischer, etwas verträumter junger Mann mit einem leicht schrägen Modegeschmack, etwas experimentell, fast schon ein wenig in Richtung Hipster. Sie hoffte inständig, dass er für den Job geeignet war, denn sie ahnte bereits, wie schwer es ihr bei einem so sympathischen Menschen fallen würde, nein zu sagen.

Noch einmal tief durchatmen. Jule öffnete die Tür. Davor stand ein schlaksiger junger Mann Mitte zwanzig. Er hatte seinen Stil etwas verändert, weg vom Hipster und hin zu Rockabilly, soweit Jule das beurteilen konnte; umgekrempelte Jeansbeine, abgenutzte Arbeitsschuhe, dunkelblaues Tweed-Sakko, ein Haarschnitt wie James Dean. Es stand ihm ausgezeichnet.

»Hallo! Komm rein, komm rein. Es sieht aus, als wäre es kalt. Wir waren beim *Du*, nicht?«

»Danke, danke.« Wie ein geölter Blitz flitzte er ins Warme. »Ja, gerne *Du*.«

Sie schüttelten sich die Hand – seine war eiskalt.

»Setz dich doch dort drüben hin. Willst du was trinken? Was Warmes?«

»Das wäre jetzt meine Rettung, ja. Ich konnte mir noch keinen passenden Mantel besorgen. War dumm von mir. Lieber doof aussehen als frieren. Ähm, Trinken ... Eine Latte macchiato mit einem Schuss Haselnusslikör vielleicht? Oder macht das zu viele Umstände?« Er wirkte verlegen und nicht so locker, wie sie es bei seinem selbstbewussten modischen Auftreten erwartet hätte.

»Umstände macht das nicht.« Jule überlegte. »Na, dann gehen wir einfach gemeinsam an die Kaffeemaschine. Dann hast du gleich Gelegenheit, dein Können zu zeigen.«

Jetzt wurde er etwas hektisch. »Zu Hause brühe ich mir meinen Kaffee allerdings mit einer French Press.«

Jule schaute ihn skeptisch an. »Du weißt schon, dass das ein Bewerbungsgespräch ist?«

»Jaja«, entgegnete er. »Aber man muss doch ehrlich sein, nicht?« Jetzt knetete er seine Hände und rieb die Schuhe aneinander, als wollte er am liebsten sofort im Erdboden versinken.

Jule kam es merkwürdig vor, plötzlich auf der anderen Seite zu stehen und sich um einen seriösen Ton zu bemühen. Sie erinnerte sich nur zu gut an ihr erstes Bewerbungsgespräch im Café. Sie hatte damals wenigstens schon einmal an einem Kaffeevollautomaten gestanden und bereits bei Sommerfesten von Sportvereinen gekellnert, aber dennoch unendliches Muffensausen gehabt. Denn wie es in einem richtigen Café hinter den Kulissen zuging, das hatte sie damals nicht gewusst.

»Ehrlichkeit ist nie ein Fehler, aber es klingt halt schon etwas komisch, wenn man sich als Aushilfe in einem Café bewirbt und gleich am Anfang sagt, dass man sich mit Kaffeemaschinen nicht auskennt. Wie steht es denn mit Kuchen?«

»Sie hatten da bei der Eröffnung eine wundervolle Schwarzwälder Kirschtorte.«

»Kennst du dich denn mit Kuchen aus? Also, backst du sogar selbst?«

Jean wirkte leicht bedrückt. Er tat Jule irgendwie leid, aber Mitleid war nun mal kein Kriterium, um jemanden einzustellen. So schwer es ihr auch fiel, sie konnte es sich nicht leisten, jemanden einzustellen, der weder Interesse noch Lernbereitschaft zeigte. Sonst würde sie die anfallende Arbeit nicht schaffen. Womöglich war er aber auch einfach derart nervös, dass er einen Blackout hatte.

»Erzähl mir doch ein wenig über dich. Weshalb bewirbst du dich hier?«

Mittlerweile standen sie neben der Kaffeemaschine, und Jean zeigte sich sichtlich beeindruckt von der Vielzahl an Knöpfen und Möglichkeiten. »Wenn man das einmal raushat, ist es bestimmt nicht schwierig.«

»Es ist sogar ziemlich einfach und sehr logisch.«

»Also, zu mir: Eigentlich studiere ich Geschichte.«

Das erstaunte Jule jetzt wirklich. »Als Künstler?«

»Kunst zu studieren, habe ich mich dann doch nicht getraut. Ich hatte Angst, später keinen Arbeitsplatz zu finden, und die Selbständigkeit liegt mir nicht – nicht, wenn es darum geht, den Lebensunterhalt zu verdienen. Mit meiner Kunst will ich frei sein von monetären Zwängen.«

Jean wirkte erschrocken, als er ihren Gesichtsausdruck bemerkte. Sie räusperte sich und fragte sich, ob sie wirklich so entsetzt ausgesehen hatte, wie sie sich fühlte.

»Ja, ich weiß, was du jetzt denkst: Geschichte ist doch genauso brotlos. Man darf aber nicht vergessen, dass man als Geschichtsstudent eine sehr hohe Methoden- und Problemlösungskompetenz erwirbt, und auch die Sprachkenntnisse sind nicht schlecht. Ich kenne viele Absolventen, die eine Weile suchen mussten und dann einen ganz gut bezahlten Job gefunden haben. Wie auch immer, im Moment lege ich ein Urlaubssemester ein, um mich selbst zu finden.« Unwillkürlich fragte Jule sich, ob der Kleidungsstil zu dieser Selbstfindung dazugehörte. Er schien nicht ganz zu seiner zurückhaltenden Art zu passen.

Andererseits macht ihn das auch interessant. Und für so ein Geschichtsstudium muss man ja auch über ein gewisses Maß an Disziplin verfügen.

Er deutete ihr Schweigen falsch und geriet ins Plappern: »Durch mein Studium bin ich darauf gekommen, ehrenamtlich im Heimatmuseum von Nüddebach mitzuhelfen. Darüber bin ich auf die Idee gekommen, Collagen aus Gegenständen des Landlebens zu erstellen. Das liegt mir – ich liebe den Manierismus und Arcimboldo. Irgendwo in dieser Richtung werde ich sicher meine eigene Handschrift entwickeln. Momentan plane ich, mein Studium im nächsten Wintersemester wieder aufzunehmen, zumindest in Teilzeit. Dann würde ich auch weiterhin hier arbeiten können. Weißt du, ich würde es mir nie verzeihen, wenn ich diese Zeit jetzt, in der ich mich voller Inspiration fühle, nicht meiner Kunst widmen, sondern stur über alten Quellen brüten würde!«

Wieder glühten seine Wangen, diesmal jedoch nicht, weil ihm die Unterhaltung unangenehm war, sondern seine Augen leuchteten vor Begeisterung. Er brannte für das, was er tat. Jule nickte anerkennend, denn sie verstand diese Euphorie nur zu gut und auch diesen Spagat, an dem man fast erstickte. Um sich die Kunst leisten zu können, musste man meist auch einen großen Teil seiner Zeit der Erwerbsarbeit opfern.

»Ist nicht ganz leicht, den richtigen Weg für sich selbst zu finden.«

»Nee, wirklich nicht. Und vor allem hatte ich mir das einfacher vorgestellt, mal auszusetzen und mich ganz der Kunst zu widmen. Das Leben kostet dann doch eine Stange Geld mehr als erwartet.«

Jean hatte sich währenddessen ein wenig hinter der Theke umgesehen. Er nahm ein kleines Tablett und stellte zwei Unterteller und Gläser darauf.

Jule winkte ihn zu sich und erweckte die Maschine zu rumpelndem Leben. »Gut. Dann bereite ich jetzt die Latte mit Haselnusslikör zu, und anschließend machst du mir auch eine. Was kommt alles in Latte macchiato?«

»Eine Schicht heiße Milch, dann eine Schicht Espresso, dann Milchschaum – und vielleicht noch ein Hauch Zimt oder Kakaopulver obendrauf.«

»Zimt hier bitte nicht! Wie hast du dich informiert?«

»Ein Buch in der Bibliothek ausgeliehen. Backbücher habe ich da auch gefunden. Nur hatte ich noch keine Zeit, sie zu lesen. Die Fotografien haben mich dazu inspiriert, ein Bild zu gestalten, bei dem Kuchen in Springformen als Ufos am Wüstenhimmel auftauchen. Tarte au Citron, gedeckter Apfelkuchen und Schwarzwälder am Himmel, Maulwurfkuchen am Boden. Und das Meer ist ein Zwetschgenkuchen mit Butterstreuselgischt.« Sein Blick schweifte ab, seine Stimme wurde rauh, er malte große Gesten in die Luft und stieß mit der Hand die frisch zubereitete Latte um. Mit einem Knall zersprang das Glas auf den Dielen.

»Oh«, machte er und stand noch immer da wie der Dirigent der Berliner Symphoniker.

»Passiert dir das öfter?« Jule ging zur Spüle, um einen feuchten Lappen und ein Kehrblech zu holen.

»Na jaaaa …« Er nahm Lappen und Kehrblech an sich und säuberte den Fußboden mustergültig.

Schwere, schwere Entscheidung.

»Uff!« Jule blies die Backen auf. Ein klares »Nein« wurde Jeans offensichtlich vorhandenen Fähigkeiten nicht gerecht, ein »Ja« erschien ihr aber auch etwas voreilig zu sein.

»Die Kuchen muss ich noch üben«, meldete Jean sich vom Boden. »Aber falls du jemanden brauchst, der richtig gute Rühreier macht, bin ich der Richtige.«

»Hm«, überlegte Jule laut. Insgeheim hatte er da gerade einen dicken Bonuspunkt eingefahren, aber das wollte sie sich noch nicht anmerken lassen. Die Sonderwünsche wie Omelett und Rührei waren nämlich genau das, was den Arbeitsfluss störte. Außerdem kümmerte Jule sich viel lieber um die Gäste, als Koch zu spielen.

»Kennst du dich mit Ernährung aus?«

»Paläo? Vegan?«

»Ohne Laktose, Gluten …«

»Jep. Das ist übrigens einer der Gründe, weshalb ich ausgerechnet hier arbeiten will – die Auswahl an veganem und vor allem regionalem Frühstück.«

»Oh. Tatsächlich habe ich schon überlegt, ob ich Paläo-Kuchen anbieten soll oder zumindest eine Alternative für Menschen, die Schwierigkeiten mit Gluten haben.«

»Finde ich eine ausgezeichnete Idee! Also, nicht dass ich mich jetzt einschmeicheln will …«

»Also, du kannst kochen?«

»Ja.«

»Und du kochst gerne?«

»Ja.«

»Aber backen kannst du nicht?«

»Nein.«

»Okay, dann würde ich sagen, wir verlagern das Gespräch in die Küche, und du bereitest uns ein leckeres Rührei zu.« Sie lächelte Jean an. »Und wenn mich das überzeugt, probieren wir es mal für eine Woche und sehen dann weiter.«

Strahlend hielt Jean ihr die Hand hin, und Jule schlug ein.

Jean war gerade gegangen, und Jule schwelgte noch immer in der Erinnerung an sein fantastisches Rührei, da stand schon Gerta vor der Tür. Ihr riesiger zitronengelber Strickschal leuchtete hell gegen die Dämmerung an.

»Es wird sicherlich nicht lange dauern.«

»Muss ich noch eine Mistgabel mitnehmen, oder reicht meine Handtasche?« Jule zwinkerte, aber der Scherz kam wohl nicht gut an.

»Ach, Jule! Wir werden ihm unseren Vorschlag erklären, und ich sehe keinen Grund, weshalb er darauf nicht eingehen sollte.«

Jule zog die Tür ins Schloss und schlug den Kragen hoch. Sie schaute Gerta zweifelnd an. »Für mich wäre das natürlich schade, weil der Termin eh mit meiner Adventsfensteröffnung zusammenfällt. Ich hatte auf den Rathausplatz gehofft. Da haben es die Leute nicht weit zu laufen.«

Sie überquerten die Straße, passierten den Brunnen, der winterlich still zwischen Kräuterspirale, leeren Bänken und einem kleinen Grünstreifen vor sich hinschlummerte, und erreichten den Rathausplatz. Der Anblick des klotzigen Zweckbaus, der als Rathaus diente, ließ Jule wieder einmal schaudern. Eine kleine Menschenmenge hatte sich davor versammelt. Dutzende Atemwolken stiegen in den makellos blauen Himmel. Jule verlangsamte ihre Schritte.

»Liebe Güte, Gerta. Wie viele kommen denn da mit?«

»Jeder, der möchte.«

»Äh. Und wozu brauchst du mich dann?«

»Als Stimme der Vernunft. He!«, rief Gerta plötzlich und wetzte los. »Beeil dich, die haben schon mit der Diskussion angefangen!«

Tatsächlich stand die Gruppe Menschen einem schmalen Mann gegenüber, der ständig die Hände hob, als müsste er sich verteidigen. Wahrscheinlich musste er das auch, denn es war der Bürgermeister. Links und rechts flankierten ihn zwei Damen mittleren Alters. Die eine hielt eine Blumenvase aus Ton in der Hand und flüsterte mit Ewa, die andere trug ein Klemmbrett unter dem Arm.

Jule war irritiert. »Weshalb machen wir das denn vor der Tür?«

»Das werden wir sicher gleich erfahren.« Gerta fasste sie am Arm und drängte sich mit ihr durch die Menge. Frau Mürle wartete bereits in der ersten Reihe.

»Meine Damen!«, versuchte der Bürgermeister sich gerade Gehör zu verschaffen.

»Und Herren!«, rief einer der zwei anwesenden Männer.

»Meine Damen und Herren. Mäßigen Sie sich bitte. Dann können wir endlich anfangen.«

Die Glastüren hinter ihm schwangen auf, ein gemütlicher Herr mit grauem Schnäuzer brachte in aller Seelenruhe einen Hocker heraus, auf den sich der Bürgermeister nun stellte.

»Ah, danke.«

Frau Mürle trat nun vor und hielt ihm einige Blätter unter die Nase. Sie kam direkt zur Sache: »Wir sind mit einem Großteil der anderen Teilnehmer am Weihnachtsmarkt übereingekommen, den Markt in der Schule und auf dem Schulhof abzuhalten. Die Vorab-Informationen dazu haben Sie ja bereits als E-Mail erhalten. Hier«, sie drückte ihm die Blätter jetzt geradezu ins Gesicht, »finden Sie einen Brief der Schulleiterin, einen möglichen Plan für die Stände und eine Aufstellung der möglichen Probleme – plus Lösungsvorschläge!«

Weil er keine andere Wahl mehr hatte, nahm er die Blätter entgegen, reichte sie aber direkt an die Dame mit dem Klemmbrett weiter.

»Wir haben bereits sämtliche Vorschläge geprüft. Allerdings finde ich persönlich einen Weihnachtsmarkt unter freiem Himmel romantischer. Klassenzimmer sind doch eher klein, und das Flair ist einem Weihnachtsmarkt einfach nicht angemessen.«

»Mit ein bisschen Fantasie und guter Dekoration lässt sich das lösen«, brummte jemand im Publikum.

Der Bürgermeister reagierte leicht verschnupft: »Der Rathausplatz ist schon richtig. Im Freien fühlt es sich auf jeden Fall nicht so gedrängt an. Man spürt, wie nah man der Natur ist. Man spürt den Winter und die Adventszeit.« Seine Gesten wurden weit, sein Blick hob sich zum wolkenverhangenen Himmel. Jule spürte das Rednertalent, das in diesem schmächtigen Mann steckte – allerdings auch seinen Anspruch, dass man ihm widerspruchslos zuhörte.

»Selbstverständlich haben auch wir uns Gedanken gemacht, wie unser berühmter Weihnachtsmarkt in angemessenem Gewand stattfinden kann, unter Berücksichtigung sämtlicher Verordnungen und der Infrastruktur. Außerdem haben wir natürlich die Anregungen mit einfließen lassen, das Ganze fair und transparent zu gestalten. Insofern haben wir natürlich auch mit den anderen Ortsteilen unserer schönen Gemeinde gesprochen …«, Brummen, Schnauben und starkes Räuspern unterbrachen ihn, »… und sind …«, er hob die Hand und wurde lauter, »… zu dem Schluss gekommen, dass aufgrund des Bahnanschlusses nur Müggebach für die Durchführung in Frage kommt. Das ist auch eins der Kriterien, die in fast jedem Vorschlag auftauchen: gute Infrastruktur.«

Jule stupste Gerta mit dem Ellbogen an. »Was soll denn das?«

»Pure Machtdemonstration. Da kommt gleich noch was. Pst!«

Die Dame zu seiner Linken reichte ihm jetzt die Vase, die zur Rechten ließ den Kugelschreiber klicken.

»Und hier in Müggebach bleibt in diesem Jahr nur der Rathausplatz. Hier fahren die Busse, hier bietet auch die Umgebung Parkplätze. Wer gut zu Fuß ist, kann zum Bahnhof laufen. Zusätzlich bieten der Pferdehof Schwartz und der Reiterhof Engerle an, Gäste für kleines Geld mit der Kutsche vom Bahnhof und vom Supermarktparkplatz zu holen – eine zusätzliche Attraktion.« Er holte tief Luft, die Anwesenden hielten den Atem an. »Trotzdem müssen wir Abstriche für die Rettungswege und den allgemeinen Komfort machen. Leider hat nur ein Stand einen möglichen Rückzug angekündigt, und nur einer würde sich fürs Gemeinwohl etwas verkleinern.« Er blickte streng in die Menge. Niemand schien peinlich berührt zu sein, der Bürgermeister erntete nur stures Zurückstarren.

»Liebe Leute! Da keiner sich freiwillig meldet, werden wir das Los entscheiden lassen.«

Noch während alle mit offenem Mund dastanden, griff er in die Vase und holte den ersten Loszettel heraus. »Einen Stand bekommt: der Förderverein der Freiwilligen Feuerwehr. Die nächste Bude geht an den mobilen Hospizdienst.«

Die Klemmbrett-Dame notierte.

»Die waren doch noch nie dabei!«, rief jemand.

Der Bürgermeister sprach schnell und beeilte sich, die Lose zu ziehen, verlas einen Namen nach dem anderen. »Die Landfrauen. Der Töpfer-Abrecht.«

»Das mit den Losen ist doch ein Scherz?«, entfuhr es Jule. Offenbar zu leise, denn niemand beachtete sie. Alle starrten ungläubig auf das, was sich vor ihren Augen abspielte.

»Die Rotkreuzjugend. Die evangelische Jugend. Der Förderverein der Schule.«

Frau Mürle war die Erste, sie sich berappelte. Sie rückte ihm auf die Pelle. »Das können Sie mit uns nicht machen!«

»Und die Sparkasse und aus. Frau Mürle, es ist meine Aufgabe, den Weihnachtsmarkt innerhalb unserer Möglichkeiten stattfinden zu lassen. Ich bin Ihnen allen entgegengekommen. Die Absage ist zurückgenommen, jetzt müssen wir einen für alle gangbaren Weg finden.«

»Indem Sie uns einladen, Vorschläge zu machen, um sie zu ignorieren? Und das auch noch vor unser aller Augen? Das ist keine Mitgestaltung des politischen Lebens, das ist dreist!«

Mit ruhiger Geste gab er die Vase zurück und stieg vom Hocker. »Was wollen Sie denn von mir, Frau Mürle? Dass ich die Gewinner des Losverfahrens nach einer geheimen und nicht nachvollziehbaren Ziehung in der Zeitung verkünde? Schauen Sie ruhig in die Vase, Sie werden dort sämtliche Bewerber um Stände finden. Und ich bleibe bei meinem Wort: Wir prüfen die Vorschläge, und sollte einer darunter sein, der praktikabler ist, wird er umgesetzt.«

»Das wird wahrscheinlich gar nicht passieren. Sie haben doch gerade Tatsachen geschaffen.«

»Frau Mürle«, seine Miene drückte Verständnis aus, aber auch Unnachgiebigkeit. »Manchmal muss man Tatsachen schaffen, ja. Uns läuft die Zeit davon. Was denken Sie, wie überrascht ich über die Zusage der Fördermittel für den Bahnhofsvorplatz war. Wenn wir jetzt noch über Wochen diskutieren, wird das nichts mit dem Weihnachtsmarkt, dann gibt es nur Kuddelmuddel. Ich habe da gerade Planungssicherheit für die Gemeinde und für einige Vereine geschaffen, ja?«

»Sie haben zementiert, wie alles zu laufen hat!«

»Ja, das habe ich. Mit der Option, einen der noch zu prüfenden Vorschläge anzunehmen, sollte einer überzeugen. Und jetzt guten Tag.«

Bevor die nächste Runde an Einwänden auf ihn einprasseln konnte, verschwanden er und seine Entourage flink durch die Rathaustüren.

Verständnislos schüttelte Gerta den Kopf: »Was für ein Blödsinn!«

»Im Grunde genommen ist das Losverfahren logisch und vernünftig«, murmelte Jule

»Es ist weder vernünftig noch tragbar. Was ist denn ein Weihnachtsmarkt mit einem Stand der Sparkasse, aber fast ohne Kunsthandwerk!«

»Was meinst du damit, Gerta? Jeder Teilnehmer am Weihnachtsmarkt ist gleichberechtigt. Und so ärgerlich es ist, fairer geht es nicht.«

»Fairness ist nicht immer alles«, beschloss Gerta, schnaubte und ging los. Jule blieb an ihrer Seite.

»Ja, was denn dann?«

»Ein Weihnachtsmarkt braucht bestimmte Stände, sonst funktioniert er nicht. Das erscheint dir vielleicht ungerecht, aber wir müssen auch an die Besucher des Marktes denken. Die erwarten in Müggebach Kunsthandwerk und Landfrauen – und nicht nur ein paar Töpferwaren, sosehr ich dem Abrecht den Stand auch gönne.«

»Was wird jetzt mit dem Dennighof? Legt jemand privat das Geld obendrauf?«

»Privat setzen schon viel zu viele Leute ihr Geld für den Hof ein. Milena hat mir die Zahlen gezeigt, und ich glaube nicht, dass irgendein Sponsor noch mehr Geld investieren wird.«

»Und jetzt? Frau Mürle klang gestern so, als wäre der Kaufvertrag schon unterzeichnet.«

»Jetzt müssen wir uns etwas einfallen lassen. Und überleg mal, was Grace Mürle am Telefon gesagt hat: Der Dennighof wird nicht abgerissen. Nicht mehr und nicht weniger.«

Jule wusste nicht recht, ob sie wütend sein sollte. Frau Mürle hatte nicht gelogen, aber sie hatte einen Teil der Wahrheit verschwiegen. Immerhin fand der Weihnachtsmarkt jetzt quasi vor ihrer Haustür und vor ihrem Adventsfenster statt.

Wie man etwas macht, man macht es immer verkehrt, egal ob man Bürgermeister ist oder Bürger.

In den folgenden Nächten schlief Jule schlecht und überstand die arbeitsreichen Tage im Halbschlaf. Sie war froh, als es endlich Montag war und sie sich neben einen selig lächelnden Mika ins Wohnzimmer setzen konnte. Er hielt zwei Schallplatten mit Märchen in den Händen. »*O du Falada, da du hangest*«, murmelte er.

»*O du Jungfer Königin, da du gangest*«, antwortete Jule. »Mir scheint, wir hatten als Kinder die gleichen Schallplatten.«

»Das ist keine Sache der Wahrscheinlichkeit: Die Auswahl war kleiner als heute.«

»Jetzt tu doch nicht so unsentimental! Ich sehe deine Augen leuchten!«

Schnell küsste er sie und strahlte dann weiter die Schallplatten an. Sie saßen auf dem Wohnzimmerboden, umgeben von beigebraunen Vasen aus den 80ern, Plastikblumen, Dutzenden Videoaufnahmen von Telekollegsendungen und anderen Dingen, die aus den Schränken im Wohnzimmer quollen. Es war Montag, der vorerst letzte gemeinsame freie Montag, und sie hatten alle Zeit der Welt, weshalb auf dem gläsernen Couchtisch noch das halb aufgegessene Frühstück stand, das allmählich zum Brunch wurde und hinter Stapeln alter Fernsehzeitschriften verschwand.

»Ich kann gar nicht glauben, wie viele Schallplatten hier noch liegen! Mensch, was habe ich mit meinem Bruder gestritten, wer die versehentlich mal weggeschmissen hat, und hier liegen sie unter den Diakisten.«

»Warum bist du vor dem Verkauf nicht noch einmal durch die Wohnung gegangen?«

Sein Kopf und die Schultern sackten herab. »Es hat dermaßen gekracht zwischen mir und meinem Vater, dass er vor einem Jahr noch die Schließzylinder ausgetauscht hat, damit ich nicht mehr ins Haus komme.«

»Das ist ... hart.« Jule rutschte näher und lehnte seinen Kopf an ihre Schulter. »Wo ist er jetzt, dein Vater? Auch in Greifswald?«

Mika legte seinen Arm um ihre Hüfte und kuschelte sich fester an sie. »Auf Mallorca. Sein ganzes Leben lang hat er es nicht weiter als bis nach Stuttgart geschafft, und seit dem Verkauf ist er weg.«

Unwillkürlich drängten sich Jule die Bilder von der Entrümpelung auf: Zinnkrüge über Zinnkrüge, die sich an den Wänden reihten. Ein paar davon hatte sie sogar im Wohnzimmer gefunden. Jule griff nach einem mit dem Wappen der Balearen.

»Wollte er nie weg? An seiner Stelle würde ich eine Weltreise machen und schauen, aus welchen Ecken der Welt mir meine Gäste die Krüge und Wappen mitgebracht haben.«

»Reisen war nicht seins. Er mochte einfach das exotische Flair dieser Wappen. Ich glaube ja, die meisten Menschen träumen viel lieber von der Ferne, als sie hinreisen wollen – vielleicht weil sie ahnen, dass es anderswo gar nicht so idyllisch ist, wie der Reisekatalog das vorgaukelt.«

Jule zuckte zusammen, er hob den Kopf und sah sie fragend an.

»Ich reise sehr gerne. Und ich merke zwar, dass die Lindenblüte für mich ein wundervoller Anker in diesem Leben ist, aber sobald ich schwarze Zahlen schreibe, will ich alle zwei Jahre für ein paar Wochen schließen und ganz weit weg – nicht bloß an den nächsten Baggersee.«

Es ärgerte sie, dass sie ihm dabei nicht in die Augen sehen konnte.

»Keine Sorge, ich habe mein Leben auch nicht nur hier im Dorf verbracht.«

Jetzt sah sie ihn doch an. Ihre Wangen wurden heiß, die Antwort konnte er ihr vom Gesicht ablesen.

»Mir geht es wie dir. Müggebach ist meine Heimat, mein Nest, in das ich immer wieder zurückkehre. Aber nur hierbleiben, das kann ich nicht, da werde ich unruhig. Ganz kribbelig. Nächstes Jahr geht es mit dem Rucksack durch Schottland.«

»Hach, Schottland! Mit Maike und Cora war ich Interrailen in Irland. Damals, als wir noch jung und schön waren. Aber Schottland, das haben wir nicht mehr geschafft.«

»Gemeinsam?« Seine Stimme war warm, seine hellgrünen Augen schimmerten.

»Nach Inverness und noch viel weiter.« Jule drückte ihm einen Kuss auf die Stirn und stand auf.

»Stört es dich, wenn ich eine Märchenplatte auflege?«

»Nein, mach! Und ich hole kurz etwas aus dem Keller. Zum ... *Anstoßen*, sozusagen.«

Wenige Minuten später stellte sie ein Einmachglas auf den Tisch. Darin schimmerten eingelegte Mirabellen.

»Weißt du, Jule, was ich an dir so liebe?«

»Hm?«

»Abgesehen von fast allem: Dein Gespür für den richtigen Moment.«

»Nur heute funktioniert es nicht so recht.«

Mika sah sie fragend an.

»Ich habe gerade auf die Uhr gesehen. Gerta und Milla kommen gleich. Die Mirabellen müssen wohl warten.«

Mika lächelte. »Das werden sie. Die haben sicher alle Zeit der Welt.«

Milena und Gerta gehörten zu den Menschen, auf die man ab und an sehr zuverlässige Wetten abschließen konnte. Beispielsweise die, dass sie zu einem bestimmten Zeitpunkt zusammen vor der Tür stehen würden. Jule war sich sehr sicher, dass die beiden sich nicht absprachen, und trotzdem schafften sie es fast immer, zu gemeinsamen Aktivitäten gleichzeitig einzutrudeln – standardmäßig sechs Minuten zu früh. Wahrscheinlich war das eine Uhrzeit, bei der man nicht pedantisch pünktlich wirkte und dennoch nicht unhöflich zu früh dran war.

So auch heute. Nur war Jule diesmal vorbereitet. Vom Wohnzimmerfenster aus hatte sie Ausschau gehalten. »Hah! Da unten kommen sie, Mika.«

»Na, dann schaffe ich mal Platz und fange an, den Schrank zu zerlegen. Bist du sicher, dass Oles Cousin den haben will?«

Schon halb auf der Treppe, rief sie über die Schulter: »Er und die Teenager, mit denen er die Möbel aufbereitet, freuen sich über alles, das nicht kaputt ist.«

Ein kurzer Sprint, und schon riss sie die Tür auf, noch bevor Milenas Finger auch nur den Klingelknopf berührt hatte.

»Schön, euch zu sehen!«, empfing sie die beiden und freute sich diebisch über die Überraschung in ihren Gesichtern. »Und schön, dass ihr daran glaubt, die Klingel ginge endlich! Der Elektriker hat's noch nicht hinbekommen.«

»Wir haben uns zufällig auf dem Weg getroffen«, erklärte Milena, die Hände tief in den Manteltaschen vergraben.

»Jetzt kommt schon rein, so schnell wird es nicht Sommer.«

»Ich kann es gar nicht erwarten, wenn es endlich um diese Uhrzeit wieder hell ist«, murrte Gerta und pellte sich aus ihrem beeindruckend bunten Strickmantel. »Schnee und Frost kann ich ja immer haben. Aber diese Dunkelheit, die soll bleiben, wo der Pfeffer wächst!«

Bis auf den Frost konnte Jule das nur zu gut nachvollziehen. Sosehr sie auch damit liebäugelte, einmal einen Urlaub in Skandinavien zu verbringen, fragte sie sich doch, wie es den Menschen dort eigentlich gelang, diese endlos langen und dunklen Winter zu überstehen, ohne völlig wahnsinnig zu werden.

Als unter Gertas Mantel eine blaue Kittelschürze zum Vorschein kam, weiteten sich Milenas Augen. »Woher bekommt man denn heutzutage so ein Ding!«

»Aus dem Katalog, wie früher auch«, antwortete Gerta kaltschnäuzig. »Diese Kittelschürze hier ist aber tatsächlich stolze dreißig Jahre alt. Es gibt nichts Besseres, wenn die Kleidung sauber bleiben soll und man viele Taschen für Kleinkram braucht. Außerdem hast du doch auch einen schicken Laborkittel zum Malern!«

Die beiden funkelten sich kurz an.

Jule dagegen schüttelte den Kopf. Sie schaltete noch zwei Lampen über dem Basteltisch an und goss grünen Tee in die bereitstehenden Becher. Auf dem Tisch befanden sich kleine Kisten mit vorsortiertem Bastelmaterial. Jede davon enthielt alles, was man für einen Adventskalender brauchte.

»Also, ich musste mich ja echt zurückhalten, nichts zu sagen«, plapperte Milena drauflos. Sie legte eine Kunstpause ein und schaute die anderen bedeutungsvoll an.

Jule spitzte die Ohren, vielleicht gedachte Milla ja jetzt, den »Cliffhanger« von neulich aufzulösen. Und auch Gerta wirkte mit einem Mal sehr aufmerksam.

»Ihr kennt ja meine Mädchen. Sie haben natürlich im Nu herausgefunden, dass wir heimlich Adventskalender basteln wollen. Ist mit euch alles in Ordnung? Ihr schaut so seltsam.« Sie stellte ihren Korb auf einen Tisch und begann damit, ihn auszuräumen. »Und natürlich hatten wir dann eine ewige Diskussion, von wegen ich könne ihnen doch jeden Tag ein neues

Elektrobauteil in den Adventskalender stecken, damit sie an Weihnachten mit Lars einen Roboter bauen können. Stellt euch das mal vor! Diese ausgefuchsten Racker sind drei und fünf und wünschen sich weniger Gummibärchen und auf keinen Fall Haarspangen, nur damit sie Elektrokram bekommen!«

Tatsächlich schien sie dem Wunsch ihrer Kinder nachzukommen, denn sie packte gleich mehrere Dosen mit Widerständen und winzigen Schaltern aus.

»Ah. Oh«, machte Gerta. »Und ich dachte, du lüftest endlich dein großes Geheimnis.« Scheinbar hatte Milena auch bei Gerta schon ein paar Andeutungen fallenlassen.

»Ach, Gerta!« Milena lächelte mit einem Mal, und ihre Augen strahlten. »Meine Schwangerschaft ist doch wirklich kein Geheimnis mehr, oder?«

Jule und Gerta fiel gleichzeitig die Kinnlade herunter. Sie schauten sich an.

»Du bist schwanger?« Jule musste sich setzen.

»Ich wollte euch ja gar nicht auf die Folter spannen, nur ist es immer so schwierig, den richtigen Zeitpunkt zu erwischen und keine Dorftratsche in Hörweite zu haben. Grace Mürle braucht das nun wirklich nicht zu wissen. Die soll noch eine Weile bibbern, dass ich bald wieder ins Büro komme. Hah! Und keine Sorge, Jule, ich habe noch eine Weile, bevor ich mich dem Nestbautrieb und später dem Mutterschutz stelle. Im alten Jahr stehe ich dir hier noch tatkräftig zur Seite – nur in die Küche bekommt mich keiner mehr. Wenn ich Spiegeleier rieche, wird mir übel.«

Jule zupfte verlegen an ihrer Nasenspitze. »Dann, ähm … gratuliere dir. Oder was macht man da? Feiern wir, oder gehen wir zur Tagesordnung über?«

»Es geht auch beides«, schlug Gerta vor. »Ich habe nämlich zufällig Kichererbsenchips dabei, weil du ja sagtest, du willst neben Kuchen noch Herzhaftes anbieten, das sich schnell und einfach zubereiten lässt. Wir machen jetzt die Testrunde. Und Milena«, sie zwinkerte Milla zu, die bereits den Mund geöffnet hatte, »vergisst einfach mal für ein paar Minuten irgendwelche Ernährungsticks und genießt einfach.«

»Fruktose, Histamin und Auszugsmehle haben …«

»… in dem Rezept eh nix zu suchen. Kichererbsenmehl, Wasser, Kurkuma, Salz, Pfeffer und ein klein wenig Butter. Aber weil ich das schon geahnt habe: Hier ist deine Alternative.« Triumphierend packte Gerta eine Glasdose aus, stellte sie auf den Tisch und öffnete sie. »Voilà, ein Gemüseteller für dich! Ich habe mir schon gedacht, dass du uns beim Essen von Kichererbsenchips lieber zuschaust, und bevor du mir den Spaß daran verdirbst, kriegst du von mir Möhren aus meinem Garten. Habe ich selbst eingekellert. Die lagere ich in Sandkisten, wie meine Großmutter das schon getan hat.«

»Oh, das ist wundervoll von dir! In den nächsten Monaten versuche ich mich übrigens ein wenig an Paläo, und gelegentlich nehme ich dann doch mal Milchprodukte zu mir.«

»Gedanken lesen kann ich noch nicht.« Gerta zog eine Augenbraue hoch.

Milla zauberte seelenruhig eine Flasche alkoholfreien Fruchtsekt aus ihrem Korb.

»Also wie jetzt?« Jule verschränkte die Arme. »Feiern wir doch groß?«

»Man feiert, wenn das Baby da ist«, meinte Milena lapidar und strahlte dabei aber über das ganze Gesicht. »Das wird dann im Mai sein. Bis dahin freuen wir uns einfach, dass es uns allen gutgeht und wir hier zusammensitzen und das Leben genießen können. Über diesen alkoholfreien Sekt müsst ihr übrigens wissen, …«

Es gab einen lauten Rums, und die drei fuhren zusammen.

Jule blickte zur Decke und beschwichtigte die anderen: »Mika räumt im Wohnzimmer um.«

»Willst du das wirklich noch vor Weihnachten angehen?«, wollte Gerta wissen. »Du hast doch schon genug um die Ohren.«

»Ich weiß, ich weiß. Aber ich habe mich in den letzten Monaten so sehr auf die Lindenblüte konzentriert, dass ich meine eigene Wohnung komplett vernachlässigt habe. Ihr seid ja selten oben, aber ich kann euch sagen, dass sich kaum etwas verändert hat. Ich lebe mehr oder weniger in der Einrichtung von Mikas Familie.«

Wieder rumpelte es über ihnen.

Milena hatte erschrocken die Hand vor den Mund geschlagen. »Da würde ich auch alles daransetzen, meinen eigenen Stil zu verwirklichen. Diese Möbel haben ja so gar keinen Zeitgeist-Charme. Dann lieber jetzt tüchtig sein und das Jahresende in stilvollem Ambiente feiern.«

Gerta stemmte die Hände in die Hüften. »Es gibt weitaus Schlimmeres als hässliche Möbel, die noch ihren Zweck erfüllen. Da muss man doch nichts übers Knie brechen.«

»Hm«, machte Milla und entkorkte den Sekt. »Meine Meinung ist da eine ganz andere. Vor allem, weil man im eigenen Haus ja räumen kann, wann man möchte. Also, wenn es freistehend ist. Bei uns kann man am Wochenende oder nachts ja kaum einen Nagel in die Wand schlagen, ohne dass die halbe Siedlung aus dem Bett fällt.«

Auf eine seltsame Art genoss Jule die Zankereien ihrer Freundinnen jedes Mal aufs Neue. Auch wenn es auf einen Außenstehenden anders wirken mochte: Die zwei hielten zusammen, und sie hielten zu Jule, die oft die ausgleichende Mitte zwischen ihnen war.

Also doch Gertas Stimme der Vernunft.

Sie nahm eins der Gläser, die Milena mitgebracht hatte, und ließ es sich füllen. »Stoßen wir auf viele weitere Jahre an, in denen wir zusammensitzen und gemeinsam etwas anpacken werden.«

»Eine hervorragende Idee!«

»Wirklich schön.« Gerta legte Jule kurz die Hand auf den Arm.

Sie tranken, und für eine Minute wurde es wohlig ruhig in der Schankstube, bis Milena ihr Glas abstellte und rief: »Nächster Punkt! Adventskalender!« Milena hatte vieles, aber der Sinn für den Moment fehlte ihr gänzlich.

»Also«, Jule schob jeder eine der Kisten hin. Ich werde morgen und übermorgen zwei vorweihnachtliche Veranstaltungen haben. Wir basteln Adventskalender, backen Plätzchen und bauen Lebkuchenhäuser. Es soll drei verschiedene Arten von Adventskalendern geben. Das Material will ich für die Teilnehmer so zusammenpacken wie hier für euch. Außerdem brauche ich eure Kalender die Woche über noch als Anschauungsmaterial. Anschließend könnt ihr sie mitnehmen.«

»Bist du schon ausgebucht?«, wollte Milena wissen. »Ich überlege, ob ich mit den Mädels komme. Ich koche ja gerne, aber Plätzchen lasse ich immer backen – meine Mutter und meine Schwiegermutter schicken uns immer was. Für die Kinder wäre es natürlich das absolute Highlight, wenn sie mal selbst backen dürften.«

»Wenn es in euren Terminkalender passt, gerne.« Jule nickte und schob Milena den Zettel mit den Terminen hin. »Ein paar Plätze sind noch frei.«

»Also gut, dann gib mir bitte den einfachsten Kalender. Den für Menschen, die keinen Schwarzgurt im Bastelfu haben und auch keine Lust, den noch zu machen.«

Milena strahlte in die Runde. Es war ungewöhnlich, dass sie sich an etwas anderem als trockenem Humor versuchte, und entsprechend unentschlossen reagierten Jule und Gerta auch darauf.

»Du kannst die Säckchen haben. Die sollen mit Sprühfarbe verziert werden.«

Jule schob einen Karton über den Tisch.

»Klingt irgendwie fast zu einfach.«

»Einfache Methoden sind oft komplexer, als man denkt. Das Grundprinzip erscheint vielleicht einfach, ja. Aber das macht doch nichts. Auf der ganzen Welt erschaffen Menschen mit den einfachsten Hilfsmitteln die großartigsten Dinge!«

»Wenn sie denn einen Funken Talent fürs Basteln haben … Sag mal, sind die selbstgenäht?« Milena nahm das erste Säckchen aus der Kiste.

Gerta antwortete ihr, nicht ohne Stolz in der Stimme: »An einem Abend ruck, zuck mit der Overlockmaschine genäht, ja. Überall die Kordeln durch die Tunnelzüge zu fädeln, das war noch das Aufwendigste daran.«

»Stopfst du die mit einem Kochlöffel durch?«

»Nein, mit einer Sicherheitsnadel. Da hänge ich die Kordel dran und schiebe die Nadel Stück für Stück durch. Das ist so, als würde man ein neues Gummiband in eine Sporthose ziehen.«

»Verstehe«, sagte Milena und sah dabei aus, als würde sie mit Sicherheit niemals Gummibänder in Hosen stopfen. Sie legte die Beutel in zwei Stapeln vor sich hin. »Wie ich sehe, habe ich ausreichend Stoffbeutel für beide Mädchen. Rührend, dass ihr so mitdenkt.« Tatsächlich sah Milena gerührt aus, ihr Lächeln wirkte entrückt. Zwischen Jule und Gerta flogen die Blicke hin und her.

Hormone, formte Gerta lautlos mit den Lippen.

Jule grinste und erläuterte Milena, wie sie den Adventskalender gestalten konnte: »Du wirst bei der Menge vermutlich nicht alle Zahlen mit dem Pinsel aufmalen wollen. Wir haben hier eine ganz simple Schablone. Sprühkleber dafür ist hier. Die Textilfarben habe ich mit Wasser verdünnt und in ganz normale Sprühflaschen gefüllt. Du kannst die Zahlen also einfach aufsprühen.«

»Und was macht ihr zwei?«

»Ich mache was mit Streichholzschachteln.«

»Wo gibt es denn so was noch?«

»Na, im Internet. Diese Menge kann ja heutzutage keiner mehr auf die Schnelle sammeln. So ganz in Weiß finde ich die Schachteln für einen Adventskalender auch passender. Die hänge ich an Schnüre und schneide aus schwarzem Tonpapier ganz klassische Scherenschnitte: eine Kerze, einen Weihnachtsengel, eine Schneeflocke und so weiter. In die Schachteln kommen dann kleine Süßigkeiten und Gutscheine.«

»Für mehr Zeit?« Gerta lächelte Jule an. »Der Adventskalender ist doch sicher für Mika.«

Jule seufzte. »Ich hoffe, mir fallen ein paar Sachen ein, wie wir uns in den nächsten Wochen einspielen. Das wird ganz schön schwierig, wenn der Montag der einzige Tag ist, an dem wir gemeinsam freihaben.«

»Ihr bekommt das hin.« Gerta wirkte sehr zuversichtlich. Sie faltete bereits die ersten Briefumschläge.

»Und du machst nur Gutscheine?«, wollte Milena von ihr wissen.

»Noch besser: Die Briefumschläge bestemple ich schön. Man kann sie weiterverwenden, weil ich die Zahlen nur mit Post-its draufklebe, und in jedem Umschlag steckt ein besonderes Origamipapier mit einer Anleitung.«

Milena war bereits dabei, die Schablonen aufzulegen und die Zahlen mit Stofffarbe aufzusprühen. »Falls ihr mal einen Kalender für mich macht: Ich mag ganz schlicht Schokolade – aber bloß keine gefüllte! – oder probiere gerne Gewürze aus.«

»Gewürze mag ich auch«, stimmte Jule zu, »aber mein schönster Adventskalender war, als meine Eltern mir einen Kasten mit guten Aquarellstiften geschenkt haben und ich jeden Tag einen davon bekam.«

»Mein idealer Adventskalender wäre ja ziemlich aufwendig«, mischte Gerta sich ein. »Am meisten würde ich mich freuen, von ganz vielen Freunden und Verwandten ein aktuelles Foto geschickt zu bekommen und ein paar Zeilen. Dann könnte ich mich jeden Tag überraschen lassen, wer an mich gedacht hat, und demjenigen einen Brief schreiben.«

Jule nickte anerkennend, von dieser Idee hatte sie noch nie gehört, aber sie gefiel ihr.

Wieder wurde oben ein Schrank verschoben. Milena schaute zur Decke. »Du kennst dich doch mit Entrümpelungen aus, Jule?«

»Geht so.« *Ich schaffe es ja nicht mal, meine eigene Wohnung zu entrümpeln.*

»Wenn es sich zeitlich irgendwie einrichten lässt, hätte ich dich gerne an meiner Seite, wenn ich darangehe, den Dennighof bewohnbar zu machen.«

»Wie!« Gerta sah von ihrer Bastelarbeit auf. »Du hast schon den Zuschlag?«

»Es ist nur noch eine Formsache. Es gibt geeignetere Standorte für Seniorenwohnungen und Kulturzentrum.«

»Ach ja? Grace Mürle hat auf der Versammlung laut und deutlich verkündet, die Bürgerinitiative hätte den Dennighof gerettet – und in der Zeitung steht es auch.«

»Man muss nicht lügen, um die Wahrheit nicht zu sagen«, dozierte Milena und sprühte eine blaue »1« auf ein Säckchen und dann auf ein weiteres. »Der Investor hat sich zurückgezogen und baut jetzt entweder hier hinten auf den Feldern oder am Bahnhof. Generationenwohnen. Ihr wisst schon: Wegen der

Fördermittel und Vergünstigungen. Heutzutage macht ja keiner mehr einen Handschlag, wenn er nicht irgendwoher Fördergelder bekommt. Insofern ist der Hof ›gerettet‹, ja. Vor dem Abriss. Mehr nicht.«

Gerta schob ihre Arbeit zur Seite und faltete ihre Hände so, dass die Daumen zusammenstießen. »Was soll das Theater eigentlich, Milena. Du weißt genau, dass wir uns richtig reinhängen, um mit dem Weihnachtsmarkt Spenden zu sammeln, damit der Hof wieder für alle erhalten bleibt. Und du willst ihn einfach kaufen und der Öffentlichkeit entziehen.«

»Gerta, ihr sammelt doch Geld für ein Kulturzentrum. Für die Fördermittel, die mit dem Standort nichts zu tun haben. Außerdem ist der Dennighof ohnehin zu klein. Für mich und meine Familie passt er aber wunderbar. Wir werden im nächsten Jahr mehr Platz benötigen. Das alte Gebäude bleibt erhalten, und das Kulturzentrum wird an anderer Stelle mit mehr Platz gegründet – dort, wo die Leute auch hinkommen. Nicht mitten in einem Wohngebiet.«

Gertas Kiefer zuckte, aber sie schwieg. Jule brummelte vor sich hin. »Hoffentlich bauen sie die Appartements dann hinter dem Bahnhof und nicht hinter der Lindenblüte.«

Milena zuckte mit den Schultern. »Dabei ist es eigentlich eine gute Lösung: Zur Hauptstraße hin bleibt durch das alte Haus der Charme des Orts erhalten, deinen wunderschönen Garten hast du weiterhin als Puffer. Die Senioren freuen sich dann, dass sie schnell auf den Radweg kommen, schnell ins Einhorn, zu Jules Café oder zur Bushaltestelle.«

»Wenn die Lindenblüte dein Eigentum wäre, würdest du doch nicht ernsthaft in Erwägung ziehen, deine Aussicht auf die Felder mit einem Appartementkomplex zu verbauen?«

»Also, so dicht dran ist es ja nicht. Mit einer geschickten Bepflanzung siehst du von deinen neuen Nachbarn nichts.«

Jule hielt mit ihren Scherenschnitten inne. »Mich hat übrigens ein Immobilienbüro angeschrieben und mir ein Angebot für Haus und Grundstück gemacht. Vielleicht spekuliert da jemand auf eine Wertsteigerung, wenn gebaut wird.«

»Die Geier warten schon«, sagte Gerta nachdenklich. »Wirf denen bloß nicht in den Rachen, was du hast!«

»Mich wundert eher«, merkte Milena an, »dass du die Lindenblüte so günstig kaufen konntest. Die Grundstückspreise sind hier ja nicht ohne.«

»Da hatte wohl noch keiner Morgenluft gewittert. Für mich ist das ein Fall für die Ablage P. Da denke ich nicht mal drüber nach!«

»Warte mal ab. Wenn die Pläne konkret werden sollten, kommen die sicher alle aus ihren Löchern gekrochen und wittern Profit. Sei also besser vorbereitet!«

Sie verfielen in Schweigen. Jede werkelte vor sich hin und hing ihren Gedanken nach.

Mit den Scherenschnitten für den Adventskalender wurde Jule gerade fertig, bis Gerta und Milena sich auf den Weg machten. »Die Gutscheine mache ich morgen«, murmelte sie, mehr zu sich selbst. Dann verabschiedete sie ihre Freundinnen und schaute nach, wie weit Mika mit dem Ausräumen gekommen war.

Ohne die wuchtige Schrankwand wirkte das Wohnzimmer mit seinen gut fünfzehn Quadratmetern beinahe großzügig. Nur die hellen Umrisse auf der Tapete erinnerten noch an das Möbelstück.

Mit verschränkten Armen drehte Jule sich in der Mitte des Zimmers. »Wie findest du es, Mika?«

»Weniger beklemmend.« Er saß auf dem Boden und hielt sich an einer Schallplatte fest. Aus den Lautsprechern kam ein knisterndes Kasperletheaterstück. »Ich habe nie verstanden, wie meine Eltern hier schlafen konnten. Die dunklen Möbel und die Enge waren so erdrückend. Ich wollte nie zu meinen Eltern auf die Schlafcouch, weil ich hier immer das Gefühl hatte, zu ersticken.«

»Oh.« Jule schluckte, weil sie in diesem Raum immer etwas Ähnliches empfunden hatte. »Sehr erleichtert siehst du nicht aus?«

»Sollte ich es sein?« Er wirkte nachdenklich. »Ich weiß es einfach nicht. Die Linde ist verkauft, und trotzdem sitze ich hier und halte meine Kindheit in Händen. Gut, dass dieses jahrelange Hickhack ein Ende hat. Gut, dass ich dich habe.«

Jule nahm das Mirabellenglas vom Tisch und setzte sich neben ihn. »Und nicht gut, dass die Linde nicht mehr im Familienbesitz ist.«

»Wer weiß.«

»Ob es das Richtige war?« Mit dem Zeigefinger schob Jule den feinen Staub beiseite, der sich auf dem Glasdeckel abgesetzt hatte. Sie öffnete das Einmachglas. Der süße Duft eingelegter Mirabellen strömte unter dem Deckel hervor, als hätte sich ein langer, warmer Sommer im Glas versteckt. »Diese Gläser erinnern mich an den Tag, an dem wir die Mirabellen geerntet und eingeweckt haben.« Sie rückte näher an ihn heran, legte ihren Kopf an seine Schulter. Der süße Duft der Mirabellen mischte sich mit Mikas warmem Eigengeruch.

Er strich ihr übers Haar. »Wir waren ein gutes Team.«

»Als hätten wir in den letzten Jahren nie etwas anderes getan, als gemeinsam Mirabellen zu pflücken.«

»Dabei war es noch gar nicht so lange her, da hast du mich angeblafft, ich sollte klingeln, bevor ich in den Garten gehe.«

Jule musste lachen, als sie sich an ihre ersten Begegnungen erinnerte. Einmal hatte sie ihn sogar mit einem Besen verscheucht, auch wenn es nur ein Missverständnis gewesen war.

»Und später das Picknick im Abendlicht.« Jule reckte sich, um ihre juckende Nase an seiner zu reiben. »Bis dahin war ich mir gar nicht so sicher, ob du nur wegen der Linde immer wieder vorbeikommst oder ob du dasselbe fühlst wie ich.«

Mika beugte sich zu ihr hinunter. »Ich habe auch eine Weile gebraucht, um mir darüber klarzuwerden.«

»Besser spät als nie.« Jule schloss die Augen und küsste ihn zärtlich, wie an jenem warmen Sommerabend. Der Geruch der Mirabellen schwebte im Raum, und für einen Abend war es wieder Sommer.

Kapitel 8

Von: Jolanda Moller <jule@jules_linde.de
An: Wilhelmine Arbt <Wilhelmine@mailmail.de>
Betreff: Die sind hier alle wahnsinnig!

Liebste Oma,

der Bürgermeister hat die Alternativvorschläge für den Weihnachtsmarkt abgelehnt, und alle sehen sich nun darin bestätigt, dass die Verlosung ein abgekartetes Spiel war. Im Dorf herrscht jetzt dicke Luft, keiner weiß so recht, ob es sich lohnt, weiter an den Weihnachtssachen zu arbeiten. Jetzt steht die Idee im Raum, über das Internet zu verkaufen, aber wenn man da keine Werbung macht, wie sollen die Leute die schönen Produkte dann finden? Meine Adventskalender sind übrigens gebastelt. Jetzt fehlen mir noch ein paar Weihnachtsgeschenke. In diesem Jahr wird das zum Glück wieder nicht besonders aufwendig, weil Cora, Maike und ich uns wieder nichts schenken. Mittlerweile habe ich mich daran gewöhnt, die ersten Jahre fand ich das schrecklich! Aber es ist wirklich entspannter, unter dem Jahr etwas zu schenken, wenn einem genau das Richtige in die Hände fällt oder man eine tolle Idee hat. Dieses krampfhafte Suchen nach dem passenden Geschenk, nur weil eben Weihnachten ist und man schenken *muss* und ja nichts Unkreatives oder Nützliches, das ist schon eine stressige Sache, die einem die schöne Adventszeit völlig vermiesen kann.

Und manche Dinge kann man einfach nicht zu Weihnachten schenken: so etwas wie die Tomatensetzlinge von Maike beispielsweise.
Ein Weihnachtsgeschenk wird es aber auf jeden Fall geben: Mit Gertas Hilfe webe ich eine einfache, breite Brettchenborte für Mikas Gitarre. Seinen alten Gurt findet er nicht schön, er will etwas Bunteres haben. Und für dich, liebste Oma, habe ich auch schon eine Kleinigkeit …

Ich küsse und umarme dich, je t'embrasse
Deine Jolanda

Die Lindenblüte roch von oben bis unten nach Honig, Anis, Nelken und Zimt. An den Tischen wurde geknetet, ausgestochen und verziert. Einige Kinder begnügten sich nicht mit einem klassischen Hexenhaus, sondern bauten große Burgen voller Gummibärchen. Die Tischplatten klebten vor Puderzucker. Auf dem Basteltisch stapelten sich die fertigen Adventskalender, unter dem Basteltisch die Papierschnipsel. Der Plattenspieler sorgte für weihnachtliche und zugleich sehr nostalgische Stimmung.

Auch der zweite Back- und Basteltag in der Lindenblüte war ein voller Erfolg. Es war Mittwoch, und die Veranstaltung ging fließend in das Treffen der Handarbeiterinnen über, die beschlossen hatten, stur zu bleiben, weiter an den Weihnachtssachen zu arbeiten und eine Lösung zu finden.

Jule schleppte ein Blech nach dem anderen in die Küche und überreichte es Jean, der diesen stressigen Arbeitseinstieg bravourös meisterte.

»Die Springerle nicht!«, rief sie ihm zu, als er nach dem Blech mit den weißen Vierecken griff. »Deck die bitte mit einem sauberen Geschirrtuch ab, die können wir erst morgen backen.«

»Die sind doch nicht aus Hefe und müssen gehen, oder?« Statt zu den Springerle griff er zu einem Blech mit Lebkuchentieren.

»Keine Hefe, aber Hirschhornsalz. Das lässt den Teig ganz leicht hochgehen. Das Springerle bekommt ein ›Füßchen‹. Meine Oma ist immer total sauer, wenn das nicht schön gleichmäßig wird.«

»Die backt sicherlich schon so lange, da ist es doch klar, dass sie einen gewissen Ehrgeiz hat.«

»Als Kind fand ich die krummen Springerle immer besser. Die durfte nämlich ich essen, weil ihr die zum Verschenken zu hässlich waren.«

»Wenn die diesen leichten Anisgeschmack behalten, ist das auch voll meine Linie. Von den schiefen bekomme ich dann hoffentlich auch was.«

»Klar. Ich finde übrigens, du schlägst dich sehr gut.«

»Glück für mich, dass Mika nicht da ist und ich heute schon beweisen kann, wie sehr ich diese Küche liebe.«

Mit dem Blech in der Hand hielt er inne und starrte zum Fenster hinaus. »Die Aussicht in den Garten und dabei kochen. Das ist Zen, das ist Arbeits-Leben, wie ich es mir vorstelle. Arbeit und Leben als fließende Einheit.«

»Das … klingt, als sollte ich mir das auch einmal durch den Kopf gehen lassen.«

Vorsichtshalber stellte Jule auf ihrem Handy die Backzeit ein. Bislang hatte er nichts verbrennen lassen, aber so ganz traute sie seiner Konzentration noch nicht.

»Ich bin dann wieder draußen, ja?«

»Jaja«, murmelte er geistesabwesend. »Ich glaube, dein Huhn beobachtet mich.«

»Kann sein. Ab und zu bin ich fast sicher, in Berthe ist eine frühere Bewohnerin der Lindenblüte wiedergeboren worden, die jetzt nach dem Rechten schaut.«

»Krass!« Jean drehte sich zu ihr um. »Du glaubst echt an Wiedergeburt?«

»Äh. Eigentlich nicht.«

»Die Atmosphäre hier ist super.«

Jule war bereits halb zur Tür hinaus. »Was meinst du?«

»Na, die ganze Atmosphäre! Man riecht ja förmlich die Kreativität, die durch die Lindenblüte strömt! Es ist so elektrisierend und gleichzeitig so gemütlich. Verstehst du, was ich meine?«

Sie schaute in die Schankstube, dann wieder zu Jean. »Ja, ich glaube, ich verstehe es.«

Und war es nicht genau das gewesen, was sie mit ihrem Kreativ-Café hatte erreichen wollen? Jeans Bestätigung tat ihr sehr gut.

»Weißt du, was ich mir überlegt habe, Jule? Wenn die beim Weihnachtsmarkt nicht zusammenrücken, um diesen tollen Künstlerinnen Platz zu machen, warum machst du es dann nicht einfach hier?«

»Was, hier? Jetzt kann ich dir nicht mehr folgen.«

Jean hob das Blech bis zum Kinn. »Ein eigener kleiner Kunsthandwerkermarkt. In der Lindenblüte. Wo auch sonst?«

Jule stockte. *Hier?*

»Ja, das ist ... gar keine schlechte Idee«, sagte sie zögerlich.

Im Grunde war das, was Jean da gerade vorgeschlagen hatte, die perfekte Lösung. Es war nicht weit bis zum Rathausplatz, so dass die Leute bequem zwischen beiden Veranstaltungsorten wechseln konnten, ohne weit laufen zu müssen. Wahrscheinlich würde den meisten Besuchern gar nicht auffallen, dass zwei unterschiedliche Märkte stattfanden. Die Handarbeiterinnen könnten ihre Waren verkaufen, und sie selbst bekäme einmalige Werbung. Aber gleichzeitig war es auch verdammt viel Arbeit.

Schaffe ich das überhaupt? Allein?

Sie spürte, dass sie die Idee noch etwas gedanklich hin und her schieben musste, bevor sie sich dafür oder dagegen entscheiden konnte.

»So. Ich bin jetzt aber wirklich draußen«, sagte sie hastig zu Jean. »Vergiss nicht, dass du da ein Blech in den Händen hältst.«

»Nein, nein.«

Aus den Augenwinkeln beobachtete Jule, wie er zum Backofen schlenderte, dann lehnte sie die Küchentür an – und stieß beinahe mit Gerta zusammen.

»Wohin willst du denn?«

»Wir brauchen dich, sonst hole ich den Besen und kehre Milla und die Mürle vor die Tür, und dann kriegt jede von denen noch eine extra auf die Kehrseite! Das hält ja kein Mensch aus!«

Im Eiltempo folgte Jule der zeternden Gerta zu den Webstühlen. Frau Mürle und Milla saßen nebeneinander auf der Eckbank, jede hatte einen Teil von Gertas Webrahmen auf dem Schoß. Die Hinterseite rutschte immer wieder von der Tischkante ab, weil die beiden sich offensichtlich uneinig waren.

Milena hob den Gatterkamm, schob das Schiffchen einmal durch die Kettfäden und klopfte den Stoffstreifen fest. »So geht das. Nicht gerade durch, sondern leicht schräg nach oben, sonst zieht sich nachher alles zusammen.«

»Ich weiß, ich habe oft genug zugesehen.«

Frau Mürle nahm das Schiffchen entgegen, senkte den Gatterkamm und schob es zurück. »Bitte setz dich woandershin, sonst werde ich hier nie fertig.«

»Sollen wir jetzt auch Lose ziehen?«

»Verstehe«, flüsterte Jule Gerta zu. Schnell sah sie sich im Raum um. Dann räusperte sie sich und trat einen Schritt vor. »Gerta übernimmt jetzt. Wir brauchen dringend Hilfe bei den Dekosachen. Da ist jemand abgesprungen, weil sie nicht mehr daran glaubt, dass wir am Weihnachtsmarkt teilnehmen.«

Beide Streithähne schauten zu ihr hoch und wirkten, als habe man sie gerade von etwas ganz Schrecklichem erlöst.

Milla stand auf. »Sehr gut. Weißt du, ich hatte schon befürchtet, wir müssten uns das hier bis zum Schluss antun. Wie kann man nur Türkis, Orange und Pink mischen? Und auch noch in Pastell? Nein, diese Modesünde ist hoffentlich in einem halben Jahr wieder Vergangenheit.«

»Es gibt Leute«, regte sich nun Frau Mürle auf, »die sogar ihre Haare so färben! Und diese Stoffe … Türkis, ja. Orange, ja.

Pink, ja – meinetwegen alles in blass, aber bitte nur einzeln und nicht als Kombination.«

»Äh. Ich finde bunte Haare wirklich spannend.« Jule gab auf. Niemand hörte ihr zu.

Theatralisch legte Milla sich die Hand auf die Brust. »Ich hätte ja nie gedacht, dass ich so schnell alt werde und Mitte dreißig schon sage: Früher war alles besser.«

»Wenn wir die 80er größtenteils vergessen, gebe ich dir recht.«

In ihre Diskussion vertieft, zogen die beiden einträchtig zum Tisch mit den Dekostücken weiter. Gerta hob eine Augenbraue, schüttelte den Kopf und setzte sich vor ihren Webrahmen. »Recht haben sie. Aber die Leute mögen diese Farben, und wer bin ich, dass ich meinen Kunden vorschreibe, was ihnen gefallen soll?«

»Na, Hauptsache, die beiden arbeiten jetzt zusammen und fallen nicht gleich wieder übereinanderher. Ich erkläre ihnen kurz, was sie tun müssen.«

Jule schlenderte hinüber und schob den vorerst versöhnten Streithähnen einen Stapel alter Bücher hin. »Daraus machen wir jetzt zwei Sachen. Zum einen brauchen wir viele große Schnipsel, die dann als Pappmaché um Luftballons herumgeklebt werden.«

Aus Milenas Blick las Jule sofort das Wort »Kindergarten«, ging aber geflissentlich darüber hinweg. »Diese Schalen werden außen klar lackiert und innen in mattem Silber.«

»Gold. Ein paar Schalen sollten innen golden werden.«

»Wir haben aber nur silberne Farbe.«

Milena seufzte, als stünde der Untergang der Zivilisation bevor. »Fürs nächste Mal besorge ich mattes Gold und glänzendes Rot. Du weißt schon: so ein Weihnachtskugelrot. Und am besten noch Eisblau und Weiß. Dann passen die Schalen auch wirklich zu jedem Tannenbaum. Wo können wir sie aufbewahren, bis ich die Farben organisiert habe?«

»Hm. Irgendwie passen die schon in den Keller.«

Jedenfalls, wenn ich alle Augen und Türen fest zudrücke.

Unwillkürlich dachte sie an Mikas Versuche, den vollgestopften Keller so zu sortieren, dass er den Brandschutzvorschriften entsprach.

»Für heute brauchen wir auf jeden Fall erst mal ganz viele Papierschnipsel. Und die Adleraugen von Menschen, die ein Gespür für Trends und Ästhetik haben. Für die zweite Sache müsst ihr nämlich aus den alten Buchseiten die schönsten Ausschnitte heraussuchen und auf die Größe der Cabochons zuschneiden. Das sind diese halbrunden, transparenten Glassteine da. Auf jedes Bildchen kommt dann etwas Haarspray. Wenn das getrocknet ist, macht ihr einen Tropfen Schmuckkleber drauf und drückt den Cabochon ganz fest an – dafür braucht man geschickte Finger, sonst gibt es Luftblasen. Legt am besten alles da drüben auf das Tablett. Am Schluss kommt da ein Brett drauf und auf das Brett ein paar schwere Bücher, damit nichts verrutscht. Bis zum nächsten Treffen ist dann alles gut durchgetrocknet, und wir können die Fassungen für die Ohrringe und die Anhänger bestücken. Noch Fragen?«

Frau Mürle wirkte, als hätte Jule ihr gerade erklärt, wie man eine Gabel hielt. »Nein, wieso?«

Mit Mühe rang Jule sich ein Lächeln ab. »Sehr schön.«

Erschöpft holte sie sich die Kiste mit dem Tonkarton für das Adventsfenster und setzte sich neben Gerta. »Sag mal, läuft dahinten die Presse herum?«

Gerta wischte sich über die Stirn. »Ja, mit denen habe ich gesprochen, bevor ich in die Küche gegangen bin. Hoffentlich dient es unserer Sache, wenn die Öffentlichkeit mitbekommt, mit wie viel Einsatz alle Vereine hinter dem Weihnachtsmarkt stehen.«

»Warum gründen die Handarbeiterinnen eigentlich keinen Verein?«

»Ach«, sagte Gerta. Dann schnitt sie eine ganze Weile vor sich hin, anscheinend in Gedanken vertieft. »Wir haben uns bisher nie als Verein gesehen. Aber wo du es jetzt auf den Tisch bringst: Wir machen genau das, was ein Verein macht. Nur halt ohne die ganzen formellen Strukturen.«

»Wolltet ihr nie einen gründen?« Jule packte den Inhalt der Kiste aus und prüfte, ob das Bastelmesser noch scharf genug war.

»Es ging doch auch immer ohne. Wir haben auch so Spaß an den Treffen und schaffen es, uns zu organisieren. Mal sehen, wie sich alles entwickelt.«

»Aber ein schmissiger Name wäre doch schön, für die Gruppe. Dann wären die Anzeigen in der Zeitung etwas weniger nüchtern.«

Gerta wirkte irritiert. »Wichtiger ist doch, dass jeder sofort versteht, was wir tun und woran er ist, gell? Wenn die Müggebacher Handarbeits-Hasen zum Treffen laden, klingt's für mich nicht mehr seriös.«

»Wenn man es so sieht, hast du recht.« Jule musste lachen. »Aber sag mal: Wenn der Dennighof wirklich ein Veranstaltungszentrum wird, würdet ihr euch dann dort treffen wollen? Und nicht mehr bei mir?«

Gerta hatte unterdessen das Betttuch zerschnitten und wickelte den langen Streifen nun geschickt auf ein langes Ski-Schiffchen. »Weißt du, so weit denke ich gar nicht. Mir ist gerade völlig unklar, wer sich da eigentlich alles um den Hof bemüht, und wie das ausgehen wird. Da sollen sich mal schön Milena und die Mürle drum balgen, und dann schauen wir weiter. Ich sehe jedenfalls keine Veranlassung dazu, die Webstühle hier wieder abzubauen. Wie du schon sagtest: Der Dennighof liegt nicht so zentral und hat keine Bushaltestelle.«

»Andererseits wäre es schon schade, wenn Milena nicht mehr in der Nähe wohnen würde.«

»Ach, das ist ja nicht so weit weg wie deine Freundin da in Berlin.«

Maike ... Ah! Ich habe schon wieder das Geschenk für Ron vergessen! Das darf doch nicht wahr sein!

»Apropos Maike: Ich habe dir doch von Cora erzählt.«

»Die, die jetzt auf dem Biobauernhof lebt? Hatte die nicht Architektur studiert?«

»Genau die. Sie hat mir Wolle von den eigenen Schafen geschickt, um für Maikes kleinen Ron eine Decke zu machen. Könnte ich das eigentlich auch selbst auf einem Karton machen?«

»Das wäre eine Heidenarbeit! Wolldecken webt man am besten in Köperbindung, damit die Wolle Platz hat, um aufzufluffen. Sonst hat man am Ende schlimmstenfalls ein steifes Brett. Dafür braucht man mindestens drei Schäfte, besser vier. Selbst auf dem Webrahmen musst du da mit zwei Gatterkämmen arbeiten.«

»Okay, ich verstehe nur Bahnhof, aber ich glaube dir. Was kostet es, wenn ich die von dir weben lasse.«

»Gar nichts. Lass mich im Sommer eine Handvoll von deinen Mirabellen naschen, das wäre wunderbar.«

»Gemacht«, sagte Jule.

»Da habt ihr ja noch eine Weile hin.« Ewa legte Gerta und Jule je einen ihrer warmen, nach Holzfeuer riechenden Arme ums Genick. »Haben wir jetzt eigentlich einen neuen Vorschlag, den wir dem Bürgermeister unter die Nase reiben können? Die Schule begeistert im Rathaus ja niemanden.«

Gerta schüttelte den Kopf. »Nein, leider noch immer nicht.«

Jule ließ das Bastelmesser sinken und schlug sich die Hand vor den Mund.

Aber ich habe einen.

»Wir machen das hier«, sagte sie, bevor sie es sich anders überlegen konnte.

Skeptische Blicke trafen sie.

»Doch, ja, das machen wir so«, sprach Jule sich selbst Mut zu. Sie stellte sich auf ihren Stuhl und klatschte in die Hände.

Die Gespräche verebbten wie Wellen an einem Sandstrand.

»Ich brauche nur ganz kurz eure Aufmerksamkeit. Und zwar möchte ich einen Vorschlag machen, wie wir doch noch am Weihnachtsmarkt teilnehmen können.«

Jetzt war es mucksmäuschenstill.

»Wenn ihr einverstanden seid, lade ich euch ein, den Kunsthandwerkermarkt in der Lindenblüte zu veranstalten. Wir sind direkt gegenüber dem ganzen Budenzauber. Wir haben hier das Adventsfenster, das Publikum anziehen wird. Dazu passen dann noch Ole und die Landfrauen.«

»Ach ja«, sagte eine ältere Dame, die sich bis gerade eben noch über ihr Strickzeug gebeugt hatte. »Darauf hätte man kommen können.«

»Aber wirklich!«, rief jemand.

An den Tischen wurde gemurmelt. Überall sah Jule Erleichterung in den Gesichtern.

Sie formte mit ihren Händen einen Trichter vor dem Mund. »Ich nehme dann mal an, dass der Vorschlag angenommen ist?«

Hände wurden zustimmend gehoben.

»Dann bedanke ich mich ganz herzlich bei Jean.« Jule zeigte auf die Küchentür. Dort hatte Jean den Kopf neugierig herausgestreckt und errötete nun heftig.

»Wir werden hier wunderschön dekorieren, den Garten in ein Lichtermeer verwandeln und allen unseren Gästen einen zauberhaften Weihnachtsmarkt bieten!«

Gerta nickte zustimmend.

Jule lächelte noch einmal in die Runde, dann setzte sie sich wieder hin. Eigentlich wollte sie kurz durchatmen, konnte aber die Hände nicht stillhalten und nahm das Bastelmesser zur Hand.

Mache ich kleine Sterne in die Tannenbäume, oder lasse ich es bleiben?

Nach einigen Minuten, in denen sie sich ohnehin nicht aufs Basteln konzentrieren konnte, drehte sie sich zu Gerta hin. »Habe ich das alles wirklich gesagt?«

»Ja, das hast du.« Gerta ließ es sich nicht nehmen, Jule fest zu drücken. »Danke dir, Jule, danke. Ich kann dir gar nicht sagen, wie erleichtert ich bin.«

Als Jule schließlich im Bett lag, kribbelte es sie überall. Sie war erschöpft und gleichzeitig aufgeregt.

Eine Nacht drüber schlafen, wenn ich überhaupt schlafen kann, dachte sie und dämmerte dann doch weg, bevor sie sich über den Weihnachtsmarkt oder irgendetwas anderes Gedanken machen konnte. Dafür träumte sie umso intensiver.

Ihr Bett war aus Lebkuchen und so dick mit cremig gerührtem Puderzucker bestrichen, dass sie sich nicht mehr bewegen konnte. Um sie herum bauten Gestalten Buden auf.

In Berthes schief gezimmerter Hütte gab es Ostereier. Milena und Gerta hatten den Bürgermeister in einen Kochtopf gesetzt und servierten Suppe. Mika verkaufte Mirabellen, aß jedoch die Gläser selbst leer.

Jules lautes Magenknurren brachte sie schließlich auf die Idee, das Bett einfach aufzuessen. Danach aß sie auch noch sämtliche der alten Möbel auf und die Wohnung dazu. Zufrieden schwebte sie in der Schankstube herum, zwischen munter werkelnden und gegrillten Kuchen essenden Gästen.

Als sie endlich aufwachte, spürte sie ein seliges Lächeln auf ihrem Gesicht und einen unbändigen Hunger.

Der Traum haftete an Jule wie ein unsichtbares Spinnennetz. Zu ihrem Glück lagen auf dem Schreibtisch noch Lebkuchen herum, die ein ganz anständiges Frühstück abgaben. Und weil sie noch mehr Glück hatte, kam Mika heute sehr früh vorbei und brachte ihr einen Kaffee ans Bett.

Mit überkreuzten Beinen setzte er sich ans Bettende. »Guten Morgen, meine Weihnachtsmarkttretterin.«

Sofort war die Aufregung vom Vorabend wieder da.

Ich habe es also wirklich gesagt. Ihr Herz klopfte wild. *Wir schaffen das! Und es wird so schön, den Weihnachtsmarkt in der Lindenblüte zu haben.*

»Du lächelst so selig, Jolanda.«

»Wusstest du, dass ›Jolanda‹ ›Veilchenblüte‹ bedeutet?«

Jetzt lächelte er auch. »Darf ich dir ein Geheimnis verraten? Ich sammle zwar keine Wörter, aber schöne Namen und deren Bedeutung. Als ich wusste, wer die Linde gekauft hat, musste ich sofort erfahren, was für ein Mensch du bist – ich glaube, ich habe damals schon beschlossen, dass ich dich niemals anders nennen kann als bei deinem richtigen Namen.«

»Die Macht der Namen und Worte«, sinnierte Jule und blies über ihren Kaffee.

Mika beugte sich so nah zu ihr, dass ihm eine freche Locke ins Gesicht fiel und Jule an der Nase kitzelte. »Ich flüstere dir jetzt ein besonders magisches Wort ins Ohr.«

Jule küsste ihn schnell. »Lass mich raten: …«

Sie sagten es gleichzeitig: »Frühstück.«

Am Freitag brachte Ole ihr in aller Früh ihre Regiokiste vorbei. Er fuhr heute die Tour zu den Kunden und brauchte eine Ewigkeit, um ihren Namen auf der Liste zu finden.

»Mensch, Ole, wann hast du das letzte Mal eine Nacht durchgeschlafen?«

»Definiere *Nacht*.« Er hielt den Kopf gesenkt, der Bleistift kreiste über einem Namen. »Verrat mir lieber, ob ich dich falsch aufgeschrieben habe.«

»Wenn du mich ignorierst, telefoniere ich mit Oma!«

»Ach nee!« Er stützte sich auf den Ellbogen ab und raufte sich die Haare. »Mir geht es gut, Jule, glaub mir.«

»Ich glaube, du siehst gar nicht, wie ausgelaugt du bist.«

»Es ist nicht so schlimm. Ich bekomme das hin. Bald ist Frühling, dann ist es länger hell, und ich bin wieder fitter.«

Jule war sich nicht sicher, ob sie sich die Hand an ihre oder an Oles Stirn klatschen sollte. »Wirf mal einen Blick in den Kalender: Wir haben noch einen Monat hin, bis überhaupt Wintersonnenwende ist.«

»Das wird schön. Ich zünde dann immer bei Sonnenuntergang eine Kerze an und stelle sie mir ans Fenster. Hast du eigentlich mal darüber nachgedacht, dir ein Bienenvolk zu mieten?«

»Wie in aller Welt kommst du jetzt darauf?«

»Diese Woche ist Honig in der Kiste.« Er schaute hoch. Für den Moment war er wieder Ole, wie er leibte und lebte. Blitzende blaue Augen, ein Lächeln, das einen einfach mitriss, verwuscheltes Blondhaar. Doch mit jedem Wort wurde sein Blick verhangener und seine Stimme müder: »Überleg doch mal: Lindenblütenhonig in der Lindenblüte. Und dazu selbst angesetzter Lindenblütenhonigmet in der Lindenblüte, die Lindenblütenhonig herstellt.«

Lindenblütenhonig ist wirklich eine gute Idee. Da mache ich mich mal schlau, aber fürs Erste muss ich mich um Ole kümmern.

»Wer hat morgen Dienst im Laden. Lutz?«

»Ich.«

»Warum?«

»Weil Lutz krank ist.«

»Na gut. Komm nach dem Abschließen kurz hier vorbei. Ich möchte dir Jean vorstellen.«

»Ich bin zwar Single, aber eine Frau wäre mir lieber.«

»Häh?«, sagte Jule, die einen Moment länger brauchte, bis sie begriff, dass er sie falsch verstanden hatte. »Ach! Jean ist mein neuer Angestellter. Momentan noch mit fünfzehn Stunden in der Woche. Aber er braucht Geld und ist deshalb auf der Suche nach einem zweiten Job. Wenn ich länger öffne, kann ich ihm maximal dreißig Stunden anbieten.«

Ole reagierte nicht, sondern starrte zum Fenster hinaus, woraufJule ihm kameradschaftlich den Ellbogen in die Rippen stieß.

»Das war ein Hinweis!«

Obwohl Ole wie wild zwinkerte, wurde sein Blick nicht klarer. »Der wird verarbeitet, aber das dauert.«

»Liebe Güte, Ole!« Jule packte ihn bei den Armen und schüttelte ihn gründlich durch. »Ich sage jetzt Mika, er soll die restliche Tour mit dir fahren und dich dann ins Bett bringen.«

»Gib mir einfach einen Espresso. Dann schaffe ich es bis nach Hause und lege die Füße hoch.«

»Machst du das wirklich?«

»Ganz, ganz wirklich, ja.« Er verzog das Gesicht und streckte sich. Seine Rippen knackten. »Und … ich schaue mir diesen Jean morgen mal an. Ich … wahrscheinlich.« Umständlich kratzte er sich am Kopf, dann am Ellbogen, bis Jule sich deutlich räusperte. »Wahrscheinlich ist es besser, ich trete kürzer und wir stellen eine Aushilfe ein.«

»Das wollte ich hören!« Jule gab ihm einen Klaps auf die Schulter. »Dann hast du im Frühling Zeit, um mir mit den Bienen zu helfen. Und jetzt hole ich Mika.«

»Aber du hast doch gefragt, ob ich …«

»Ja, glaubst du, ich lasse dich so übermüdet ans Steuer?«

Es war Jule ganz recht, Mika mit Ole aus der Lindenblüte zu schicken. Dann konnte sie in aller Ruhe noch etwas mehr Dekoration aufhängen, ohne dass jemand sie eindringlich daran erinnerte, dass weihnachtliche Dekoration vor dem Totensonntag nichts in der Lindenblüte verloren hatte.

Schneeflocken sind Jahreszeitenschmuck. Und die Engelsfedern sind ... die laufen unter »Schnee«. Hat alles nichts mit Weihnachten zu tun. Basta!

Die Terrassentür stand offen, Berthe schaute interessiert herein. Jule hob einen der Fäden hoch, an dem weiße Federn baumelten. »Nein, die sind nicht von dir. Ich glaube, die Hühner und Gänse kanntest du nicht mal.«

Das Huhn trapste herein.

»Hat Mika nach dem Füttern den Stall nicht richtig zugemacht, hm? Oder hast du ihn mit deinen wunderschönen Augen bezirzt, mal wieder einen Ausflug ins Brötchenkrümeltraumland machen zu dürfen?«

Berthe verharrte in der Bewegung und legte den Kopf schief. Dann wackelte sie würdevoll durch die Tür von dannen.

»Ah, Langeweile«, schlussfolgerte Jule.

In den Backentaschen kaute sie schnell noch einen Apfelschnitz und kletterte währenddessen schon auf eine Leiter. Sie nahm die Bestecke ab, die sie vor der Eröffnung der Lindenblüte im Juni mit langen, lindgrünen Bändern an die Vorhangstangen gebunden hatte. Es waren die alten Bestecke der Schankwirtschaft, und wenn die Weihnachtszeit vorüber war, wollte Jule sie wieder genau hier aufhängen. Eins nach dem anderen ließ sie in einen langen Sack gleiten, den sie um ihren Gürtel geschlungen hatte – eine Idee von Gerta, die Jule gleich mit einem halben Dutzend verschiedener Gürtelsäckchen ausgestattet hatte, damit sie die diversen Dekoelemente mit sich herumtragen konnte und trotzdem die Hände frei hatte, wenn sie ihre Gäste bewirtete.

Für die gewisse winterliche Note kamen schmale hellblaue Bänder zum Einsatz, in die Jule kleine weiße Federn geknotet hatte. Ganz ans Ende kam jeweils noch eine lange Gänsefeder. Von weitem sah es aus, als würden an den Fenstern Schnee und Engelsfedern sanft herabfallen.

Andächtig bestaunte sie ihr Werk. *Manchmal gibt es nichts Gemütlicheres als ein wenig Kitsch!*

Während Jule vor sich hin werkelte, füllte sich die Stube langsam für das Frühstück. Eine der Weberinnen arbeitete sogar am Wochenende, um die Geschirrtücher für den Weihnachtsmarkt fertigzubekommen. Jules alte Nachbarin mit ihrem Golden Retriever kam mit Freundinnen vorbei und fragte so nett, ob sie ausnahmsweise wieder ihren Hund mit hineinbringen dürfe, dass Jule es nicht übers Herz brachte, das alte und gutmütige Tier nach draußen zu verbannen. Dazu gesellten sich einige Gäste aus dem Nachbarort, die Jule nicht kannte, und schließlich kam Herr Mürle herein.

Das war keine Überraschung, denn er hatte im Wintergarten einen Tisch für zwei Personen reserviert. Überraschend war nur, wen er mit sich brachte. Hatte Jule fest mit seiner Frau gerechnet, sah sie sich plötzlich wieder dem ernst dreinblickenden Anzugträger mit charmant ergrauten Schläfen gegenüber, mit dem Mürles bereits einmal hier gefrühstückt hatten.

Zu allem Überfluss blieb Herr Mürle auch noch neben ihrer Leiter stehen und grüßte freundlich. »Guten Morgen, Frau Moller. Schön, Sie zu sehen. Wie geht es Ihnen?«

»Danke, gut. Kann ich Ihnen Ihren Tisch zeigen?«

Er schüttelte den Kopf und bat seinen Begleiter mit einer Geste, in den Wintergarten voranzugehen.

»Machen Sie sich keine Umstände! Sie scheinen ja immerzu am Basteln und Werkeln zu sein, und ich will Sie nicht in Ihrer Muße stören. Da ich Sie gerade auf der Leiter sehe, wollte ich eigentlich nur fragen, ob denn die alten Bestecke als Dekoration ausgedient haben?«

»Nur bist zum Frühjahr.«

»Wie schade.« Er legte die Hände übereinander, als wollte er klatschen, hätte es sich aber anders überlegt. »Also, nicht schade, dass Sie die wieder aufhängen. Die sehen dort sehr gut aus. Schade für mich. Meine Frau hat sich nämlich regelrecht in diese Dekoration verliebt, und das wäre jetzt natürlich das perfekte Weihnachtsgeschenk gewesen. Da muss ich wohl anderes Besteck auftreiben.«

»Und ein schönes Band dazu weben. Kommen Sie ruhig einmal zu einem Handarbeitstreffen.«

Am liebsten hätte sie sich auf ihre schnelle Zunge gebissen.

»Wenn ich einmal Zeit habe, kann ich es ja versuchen.« Er war wohl Profi genug, denn es klang recht überzeugend.

»Können Sie ein Geheimnis für sich bewahren?« Jule zwinkerte ihm zu und wusste in diesem Moment nicht, weshalb sie ausgerechnet ihm etwas verraten sollte, das sie vor fast allen geheim hielt.

»Aber selbstverständlich!« Sein Lächeln blitzte auf und machte den grauen Tag vergessen. Ein Lächeln, dem man einfach vertrauen wollte.

Ob der mit seinem Charisma und seinem Geschick nicht nur Bürgermeister, sondern irgendwann Ministerpräsident wird?

»Also gut: Kommen Sie zu meiner Adventsfenstereröffnung.«

»Und wo ist das Geheimnis?«

»Ich verrate Ihnen hiermit, dass es sich lohnt, wenn man noch ein ganz klein wenig an der Alten Linde hängt und sich nach einer Erinnerung sehnt.«

»Nun gut, mehr kann ich wohl nicht aus Ihnen herauskitzeln. Ich sagte ja bereits, dass ich Sie eigentlich nicht stören wollte, nicht wahr? Und jetzt rede und rede ich und halte Sie von der Arbeit ab.« Mit federnden Schritten ging er zu seinem Geschäftspartner hinüber. Jean war bereits dabei, die Bestellung aufzunehmen. Stocksteif stand er vor Herrn Mürles Geschäftspartner und bemühte sich augenscheinlich sehr, alles umzusetzen, was Jule ihm beigebracht hatte.

Jule klappte ihre Leiter zusammen, um auch einmal rund um den Wintergarten Federschnüre zu verteilen. Nebenbei spitzte sie die Ohren. Und obwohl es offensichtlich war, dass sie lauschte, vergaßen die Herren zwischendurch wohl ihre Gegenwart, oder es war ihnen egal.

»Ein Filetstück«, sagte der Anzugträger gerade, als Jule die Leiter aufstellte.

»Wie ich Ihnen bereits sagte, sieht es momentan nicht danach aus, als würde das Wohngebiet noch auf die Felder erweitert werden. Wir haben jedoch grünes Licht, das Gelände am Bahnhof zu bebauen.«

»Das freut mich zu hören. Mich wundert, dass bei einem ehemaligen Holzlager überhaupt ein Bodengutachten gemacht werden musste.«

Herr Mürle hob die Schultern. »Auch dort wurde mit schweren Maschinen gearbeitet, und es wäre nicht das erste Grundstück, auf dem ein paar Fässer Altöl kostengünstig verschwunden sind – Gott sei Dank ist der Boden aber in allerbester Ordnung!«

»Wenn also nicht gebaut wird, dann kann man hier in der Gegend wohl doch nur wohnen, wenn man das Glück hat, etwas aus dem Bestand zu kaufen. Es muss sehr idyllisch sein, hier zu leben: Hinter dem Garten die Felder, im Frühjahr und im Sommer kommt ab und an mal ein Trecker vorbei, und wenn man nur ein klein wenig nach Norden wandert, kommt man schon auf den Fernradweg und an die Mügge. Erholung und Landleben pur. Aber leider habe ich bislang vergeblich versucht, hier ein Grundstück zu erwerben.«

»Mooooment!« Jules Kopf ruckte herum. »Sind Sie etwa derjenige, der mir ständig Verkaufsangebote schickt?«

Jule war kurz versucht, das Säckchen mit den Federn auf den Tisch zu werfen und einfach zu beobachten, was passierte, wenn es plötzlich weiß und flauschig schneite.

Das ist doch echt nicht die feine Art, hier hereinzuspazieren und sich lautstark über die wunderschöne Lage zu unterhalten, anstatt einfach mit mir zu reden!

»Mein Angebot scheint Ihnen leider zu niedrig zu sein.« Er lehnte sich zurück und sah zu ihr hoch. »Deshalb wollte ich heute noch einmal persönlich hierherkommen und mit Ihnen reden.«

»Das brauchen Sie gar nicht. Meine Antwort wird immer ›Nein‹ lauten. Und wenn Sie mit mir sprechen wollen: Weshalb haben Sie das nicht schon längst getan?«

»Hm«, machte er und schaute sie auf eine Art und Weise an, wie ältere Leute Kinder oder junge Hunde betrachten, wenn sie ihnen etwas erklären wollen, das über ihren Horizont hinausgeht.

Jule bedachte ihn nur kurz mit einem Blick, der hoffentlich klarmachte, dass er und sein Geld ihr gestohlen bleiben konnten, dann wandte sie sich wieder ihrer Dekoration zu.

»Herr Besmer«, Herr Mürle wies auf die Papiere, die zwischen Kuchentellern und Kaffeetassen lagen, »lassen Sie uns über das Gelände am Bahnhof sprechen.«

»Das ist ja immerhin kein Hanggrundstück, das sich dann doch als ungeeignet für die Bebauung herausstellt. Wie schade, dass wir zu Beginn der Planung noch nicht wussten, dass es doch auf den Markt kommt. Wir hätten einiges an Kosten sparen können.« Sein Blick fiel auf den Basteltisch. »Was ist das dahinten eigentlich? Für die Kinder?«

Jule fiel vor Empörung beinahe von der Leiter.

Erstaunlicherweise war es Herr Mürle, der für sie in die Bresche sprang, die Arme öffnete und die Lindenblüte anpries, als wäre er auch für den Fremdenverkehr zuständig: »Das alles hier gründet auf der Idee, dass jeder seine Kreativität ausleben und ausprobieren kann. Zweimal im Monat treffen sich hier beispielsweise unsere Handarbeiterinnen. Da kann man sich dann altes Handwerk beibringen lassen oder moderne Strickmuster lernen.«

»Das klingt mir ein wenig provinziell. Aus diesem ausgezeichneten Standort ließe sich noch mehr rausholen. Jammerschade.« Sein Blick schweifte kurz in Jules Richtung.

»Alla, Herr Besmer, lassen Sie sich jetzt in aller Ruhe dieses ausgezeichnete Frühstück schmecken, und dann liegt die Entscheidung bei Ihnen. Der Gemeinderat wird Ihnen keine Steine in den Weg legen.« Herr Mürle war wohl der Ansicht, dass es an der Zeit war, wieder zum eigentlichen Thema zurückzukommen.

»Das kann ich mir vorstellen«, sagte der Anzugträger und spähte über die Kante des Ordners hinweg. Seine Hand schwankte zwischen einem weiteren Ordner und seinem Teller. »Schließlich wollen Sie vermeiden, dass wir in die Nachbargemeinde ausweichen.«

Herr Mürle lächelte gelassen und hob die Schultern. »Ich tue, was in meiner Macht steht, und wie ich bereits sagte: Die letzte Entscheidung liegt bei Ihnen.«

Der Mann entschied sich vorerst für sein Brötchen und nahm einen großen Bissen. »Hervorragend!«, bemerkte er und kaute andächtig, ehe er fortfuhr: »Wir teilen Ihnen Anfang der Woche unsere Entscheidung mit. Zusätzlich würde ich mich freuen, ganz privat natürlich«, er sprach jetzt wesentlich lauter, »wenn die Besitzerin der Lindenblüte sich ebenfalls entschließen würde, zu veräußern.«

»Wird sie nicht!«, sagte Jule so laut, dass es an den übrigen Tischen schlagartig still wurde. »Und falls ich es vorhin noch nicht deutlich gesagt habe: Meine Antwort lautet ›Nein‹, egal, wie viele Angebote Sie mir noch schicken. Dieses wunderschöne Haus und der Garten bleiben mein Eigentum!«

Herr Besmer blieb gelassen und tupfte sich mit der Serviette die Lippen ab. »Ich möchte Sie nur wissen lassen, dass Herr Mürle bestimmt jederzeit gerne bereit ist, einen Kontakt herzustellen, sollten Sie es sich anders überlegen.«

»Ich wünsche Ihnen noch einen schönen Tag und einen guten Appetit.«

Sie versuchte, sich ihre Anspannung nicht anmerken zu lassen, als sie wieder auf die Leiter stieg und damit fortfuhr, die Dekoration aufzuhängen. Wie zufällig blickte Herr Besmer in die spiegelnde Scheibe, wo er Jule genau sehen konnte und sie ihn. »Man sagt zwar, jeder Mensch sei käuflich«, raunte er Herrn Mürle zu, »aber wenn es nicht die Höhe der Summe ist, wird es sehr schwierig.«

»Genau«, sagte Jule leise und starrte grimmig zurück.

Kapitel 9

Menschen, die nicht über Montage fluchten, konnte man sicher an einer Hand abzählen. Jule kannte keinen Einzigen davon. Während ihrer Zeit in Frankfurt, als sie sich noch als Kellnerin ihr Studium finanziert hatte, fluchte sie an Montagmorgen immer wie ein Bierkutscher, wenn sie mit müden, schmerzenden Beinen im Bett lag und für die erste Vorlesung aufstehen musste. Und heute war es auch nicht besser, obwohl sie nach einem langen und anstrengenden Wochenende immerhin hatte ausschlafen können. Sie fühlte sich an den Jahresanfang erinnert, als jeden Tag der Punkt »Entrümpeln« weit oben auf ihrer To-do-Liste gestanden hatte. Offenbar war sie noch lange nicht über diese fürchterlich anstrengende und nicht besonders inspirierende Epoche ihres Lebens hinweg, denn trotz aller Vorfreude auf das Ergebnis hing ihr das Entrümpeln der Wohnung bereits nach einer halben Woche zum Hals heraus. Nur gut, dass sie am späten Nachmittag endlich loskonnte, um Mika von seinem ersten Arbeitstag abzuholen.

Vor dem Aufbruch fettete sie sich noch ordentlich die Lippen ein und steckte die Dose mit dem Lippenbalsam in die Manteltasche. Ein kleiner Rest war noch darin, aber bald musste sie neuen machen. Sie warf ihrem Spiegelbild ein nach Orangen duftendes Küsschen zu.

»Der kleine Montag möchte aus der Woche abgeholt werden!«, säuselte sie. »Und diesen fiesen kalten Wind, den kann er in die Spielecke mitnehmen!«

Es war tatsächlich ziemlich frostig. Vor einer Stunde hatte der Wind gedreht, und jetzt wehte er direkt aus dem südlich gelegenen Schwarzwald herüber. Jule verschwand noch weiter in dem voluminösen, doppelt gestrickten Schal aus Alpakawolle. Gerta und Ole sei Dank verfügte sie dazu noch über ein Paar äußerst kuscheliger Handschuhe und über dicke, flauschige Socken.

Was für ein Glück, wenn der Cousin Alpakas hält und die beste Freundin stricksüchtig ist! Jetzt fehlt mir nur noch Alpakaunterwäsche, und ich kann durch die Antarktis wandern.

Ganz so weit brauchte Jule heute allerdings nicht zu gehen, sie musste es nur die paar Meter zur Bushaltestelle schaffen, um von dort aus zum Bahnhof zu fahren.

Mit einem erleichterten Seufzer plumpste sie schließlich auf einen der Sitze. Die Türen quietschten und zischten beim Schließen. Hinter der Scheibe, die den Wind aussperrte, spürte sie die Wärme der Wintersonne und taute im geheizten Innenraum des Busses langsam wieder auf.

Ob Frau Putz heute wirklich ihr Büro geräumt hat? Ob die beiden wohl in Ruhe alles durchsehen konnten?

Montags war die Bibliothek geschlossen. Zeit für Mika und Anja, ihren neuen Arbeitsplatz in Ruhe kennenzulernen.

Die Fahrt mit dem Bus war kurz, und schon wenige Minuten später stand Jule auf dem kalten Bahnhofsvorplatz. Dort war es mit der winterlichen Ruhe vorbei, denn zwei Bagger mit Bohrhämmern meißelten sich eifrig durch die alten, kaputten Platten. Das wäre wirklich keine gute Kulisse für den Weihnachtsmarkt geworden, und an Platz mangelte es ohnehin.

Nächstes Jahr wieder.

Eine ganze Weile beobachtete sie das Treiben der Baumaschinen und pilgerte dann zur winzigen Bahnhofsvorhalle, um dem Wind zu entgehen. Hier befand sich ein kleiner Zeitschriftenkiosk, die Bäckerei und der Eingang zur Bibliothek. Vor dieser Tür blieb Jule nun stehen und schrieb Mika eine Nachricht. Ursprünglich waren sie lose für vor fünf Minuten verabredet gewesen.

Gerade, als sie die Nachricht abschickte, öffnete sich die Tür, und Anja streckte den Kopf heraus.

»Hallo Jule! Ist es schon so spät? Ich wollte eben belegte Brötchen holen. Soll ich dir auch eins mitbringen?«

»Hallo. Äh. Danke, ich bekomme die Sachen von diesem Bäcker wirklich nicht runter.«

Anja knöpfte ihre knallrote Jacke zu und sah jetzt ein bisschen aus wie Rotkäppchen. »Also ich finde die Brötchen okay. Auch nicht anders als die aus dem Backshop.«

»Über Geschmack lässt sich streiten, sagte der Affe und biss in die Seife«, lächelte Jule. »Seid ihr denn noch nicht fertig? Eigentlich bin ich ja mit Mika verabredet, er wollte jetzt Feierabend machen.«

»Soll ich kurz nachsehen, wo er sich vergraben hat?«

»Darf ich reinkommen?« Obwohl Jule es als Frage formulierte, war es nicht als eine gemeint. Sie hatte keineswegs vor, vor der Tür stehen zu bleiben, zu frieren und zu warten.

Anja wirkte kurz irritiert, hielt ihr dann aber die Tür auf. »Bitte, komm doch rein. Aber nicht erschrecken: Die Bibliothek ist antik!«

»Ich weiß, ich war schon öfter hier.«

Anja seufzte schwer. »Na dann … weißt du ja, was für eine Zeitreise dich erwartet. Wir würden uns am liebsten für einen Monat hier drin einschließen und alles modernisieren.«

»Hm. Einschließen.« Jule war froh, dass es vor der Ausleihtheke keinen Spiegel gab. Sie war sicher, auszusehen wie eine missgünstige alte Vettel, die gerade in eine Zitrone gebissen hatte.

Anja errötete. »Ach, ups, sorry! Nicht falsch verstehen, ist alles rein beruflich gemeint. Es muss so viel gemacht werden, ich weiß gar nicht, wie wir das neben den Öffnungszeiten hinbekommen sollen. Wobei sich wahrscheinlich eh kaum ein Leser blicken lässt, wenn ich mir die Statistiken so ansehe. Miiiiikaaaaa!«, brüllte sie durch die Flure.

»So schlimm?«

»Also momentan leiht kaum noch einer freiwillig etwas aus. Wenn hier nicht in den nächsten Monaten frischer Wind reinkommt, dann macht die Gemeinde irgendwann zu. Was soll sie sich auch eine Bibliothek leisten, die nicht benutzt wird?«

»Aber irgendwer glaubt an euch und hat durchgesetzt, dass für Frau Putz gleich zwei neue Kräfte kommen!«

Mika kam mit einem überfüllten Bücherwagen um die Ecke. Sie umarmten sich kurz. »Bitte entschuldige. Wir haben absolut die Zeit vergessen. Es ist unglaublich, was hier alles liegengeblieben ist.«

»Eigentlich sind laut Plan für die Bibliothek sogar drei Vollzeitstellen vorgesehen«, erklärte Anja.

Mika nickte. »Aber unsere Vorgängerin hat immer wieder verhindern können, dass die besetzt wurden. Ich nehme an, sie wollte nicht, dass jemand ihre Herrschaft hier in Frage stellt. Vor allem da sie ja nicht einmal Bibliothekarin, sondern nur eine angelernte Kraft ist. Na ja, und wo einer arbeitet, der ein bisschen Ahnung hat, bleibt dann die Arbeit für drei, die sich auskennen, liegen.«

»Durchatmen, Mika! Jetzt seid ihr ja da.«

Anja legte ihren Mantel wieder ab und warf ihn achtlos über einen Wagen voller halb zerfallener Romane. »Das musst du dir mal vorstellen: Jahrelang kann nicht modernisiert werden, und ein ganzes Dorf hat keine Lust mehr auf die Bücherei, weil sich eine Person an ihren Posten klammert.«

»Na, dann ist es ja gut, dass sie jetzt in Rente ist.«

Anja schüttelte den Kopf. »Eigentlich hätte sie noch zwei Jahre gehabt. Sie hat gekündigt, damit sie nicht mit uns zusammenarbeiten muss. Im Gemeinderat streitet ein Herr Mürle seit Jahren für mehr Bibliothekspersonal, und endlich hat er sich durchgesetzt.«

»Ausgerechnet der? Menschen haben wohl wirklich Schichten.«

»Falls du dich auch für die Schichten von Frau Putz interessierst ...« Wahllos zog Mika ein Buch aus dem Haufen auf seinem Wagen und hielt es Jule unter die Nase.

Jule betrachtete es von allen Seiten. Erst sah sie nur einen sehr alten Schinken, der zwar in einigermaßen gutem Zustand war, weil ihn sicherlich kaum noch jemand auslieh, aber dennoch unansehnlich vergilbt. »Bewahr den Traum«. Ja, das stand auch bei ihren Eltern im Regal und war ihr schon als Jugendliche nicht attraktiv genug zum Lesen erschienen.

»Schau genau hin.« Mika drehte das Buch ein wenig.

Etwas daran war merkwürdig. Die hinteren Seiten des Buchschnitts waren heller als der Rest. Sie öffnete das Buch an dieser Stelle und stellte fest, dass die letzten vierzig Seiten von fachkundiger Hand herausgetrennt und durch ausgedruckte Blätter ersetzt worden waren. Buchbinderisch war das eine beeindruckend gut ausgeführte Arbeit.

»Uns sind die Augen rausgefallen, als wir das gesehen haben.« Mika zog ein weiteres Buch aus dem Stapel. »Vom Winde verweht«. Fast die Hälfte des Buches hatte neue Seiten. »Schätzungsweise haben dreißig Prozent aller Romane ein umgeschriebenes Ende oder geänderte und ergänzte Szenen.«

»Das ist doch ein Witz, oder? Ihr veralbert mich?«

Beide schüttelten den Kopf.

»Die Putz war echt so dreist und hat in den Romanen umgeschrieben, was ihr nicht gefallen hat?«

»Irgendwie ist das schon fast cool!«, schwärmte Anja. »Wenn ich sie das nächste Mal sehe, dann sage ich ihr, wo sie ein paar richtig gute Fan-Fiction-Seiten im Netz findet, auf denen sie sich nach Herzenslust austoben kann!«

Ihr Gekicher brachte ihr einen schrägen Blick von Mika ein, der auf Jule ziemlich beruhigend wirkte. »Dafür müsste sie aber erst einmal richtig im Computerzeitalter ankommen.«

»Müsst ihr jetzt die ganzen Romane wegschmeißen?« Allein die Vorstellung entsetzte Jule.

»Zum Glück!«, sagte Mika und strahlte.

Jule blieb beinahe das Herz stehen. »Fällt es dir etwa leicht, Bücher wegzuschmeißen?«

»Geht so. Aber hier sind seit Jahren kaum noch neue Romane gekauft worden und auch die Sachbücher … wer braucht heute noch einen Ratgeber für DOS-Programme? Oder einen vierzig Jahre alten Reiseführer? Die Seiten sind so verklebt, die muss man einzeln mit dem Brieföffner aufstemmen.«

»Wäh.«

»Genau.«

»Das klingt, als würde man mit dem Papier nicht mal mehr basteln wollen.«

»Wirklich nicht. Alles noch halbwegs Brauchbare suche ich für deinen Basteltisch raus, versprochen. Und diese exquisiten Unikate, da müssen wir uns noch überlegen, ob wir eine Ausstellung machen – wir wissen nur nicht, ob die Putz dann nicht richtig Ärger bekommt. Aber lassen wir mal meine Sorgen um die Bude hier sein. Du kommst, um mich an die frische Luft zu entführen?«

»Hm«, brummte Jule. »Das war der Plan. Mir ist es nur ein wenig zu frisch. Der Wind ist so eisig kalt, dass ich mich lieber wieder auf mein Sofa kuscheln möchte.«

»Nix da! Wir sitzen schon den ganzen Tag in der Bude und waren in den letzten Tagen auch eher Maulwürfe als Sonnenanbeter. Ich muss endlich wieder den Himmel über mir haben!«

Anja dagegen zog zwar ihre Jacke wieder an, klopfte aber auf die vielen Buchrücken. »Wenn es recht ist, hole ich mir einen Happen zu essen und mache weiter.«

Mika sah auf die Uhr. »Wenn du unbedingt meinst, dann mach das. Nimm aber spätestens den Zug in eineinhalb Stunden. Bitte. Ich brauche dich hier morgen wieder fit.«

»Klar. Ich kann ja im Zug den Blogeintrag vorbereiten.«

»Schickst du das noch heute Abend ab und die Pressemitteilung raus? Sonst bekommt keiner mit, dass wir erst im neuen Jahr wieder samstags offen haben.«

»Ihr bloggt?«, wollte Jule wissen.

»Über die Neugestaltung, ja. Ich habe mir bei meiner Einstellung geschworen, das transparent zu gestalten. Hier wird schon genug hinter vorgehaltener Hand getuschelt. Ich will die Müggebacher mit ins Boot holen, damit sie ihre Bibliothek wieder lieben lernen.«

»Na dann.« Jule hielt ihm galant den Arm hin. »Dann auf ans Tageslicht!«

Die Sonne lugte heute eher schüchtern hinter den Bäumen hervor, setzte sich jedoch immer mehr durch. Mika störte sich nicht an der Kälte. Er hielt die Nase in den Wind, schloss die Augen und atmete tief ein und aus. »Tut das gut!«

Dagegen schlotterten Jule trotz diverser Unterkleider aus Alpaka die Knie. Hatte sie nicht erst am Wochenende gedacht, sie wäre keine so große Frostbeule mehr wie früher? Da hatte sie sich wohl von der Euphorie des Augenblicks blenden lassen.

Sie waren noch nicht weit gegangen. Nur ein Stück in die Brache hinein, die sich hinter dem Bahnhof auftat. Früher hatte auf diesem Gelände eine Holzfabrik ihr Lager gehabt und die Stämme mit der Bahn abtransportiert. Heute wurde das Gebiet teilweise von der Natur zurückerobert und war weder ein richtiger Wald noch eine Wiese, sondern irgendetwas dazwischen, mit verfilzten Büschen und morastigen Spuren großer Maschinen. Jule ging hier leidlich gerne spazieren, aber es war die beste Abkürzung, wenn man in den Wald dahinter gelangen wollte.

Ein wirklich schöner Ort für ein Wohngebiet.

»Wer hätte gedacht«, stotterte sie mit klappernden Zähnen, »dass heute noch mal der blaue Himmel rauskommt!«

»Du bist doch sonst die Optimistin von uns.«

»Brrr!«

»Wir sind gleich im Wald. Da sind wir vor dem Wind geschützt.«

»Kaum scheint mal die Sonne, schon tauen hier die Pfützen auf«, moserte Jule und klammerte sich an seinen Arm. »Kannst du dir vorstellen, dass hier im neuen Jahr gebaut wird? Generationenwohnen, Einfamilienhäuser, barrierefreie Appartements, möglicherweise ein kleines Gewerbegebiet mit einem neuen Supermarkt – in der Zeitung überschlagen sie sich ja geradezu mit angeblichen Plänen.«

»Hauptsache, man sieht vom Bahnhof aus noch ein wenig Wald. Und schön wäre es natürlich auch, wenn nicht alles mit den gleichen langweiligen Neubaukästen vollgepflastert wird.«

»Wer hat bei den Grundstückspreisen schon das Geld, sich einen anständigen Architekten zu leisten?«

Mika hob die Schultern. »Wie bist du mit dem Entrümpeln vorangekommen?«

»Mäßig gut. Ich meine, ich habe ja langsam Übung, aber irgendwie kann ich mich nur schwer dazu motivieren.«

Endlich erreichten sie den Wald und verschnauften für einen Moment. Die Buchen schirmten sie vor dem Wind ab, und unter ihren mächtigen Blätterkronen war es deutlich wärmer als im freien Gelände.

»Zeig mir doch einmal deine To-do-Liste. Die hast du doch bestimmt dabei?«

Jule nahm ihren Rucksack ab und stellte ihn auf einen Baumstumpf. Neuerdings hatte sie einen kleinen A5-Ordner umgerüstet. Innen waren jetzt eine Reihe von Klemmen befestigt, die ihre Tagesaufgaben festhielten – meistens mit einer schnell hingeworfenen kleinen Grafik verziert, damit sie auf einen Blick sehen konnte, was noch anstand. Jule war einfach ein visueller Mensch.

Und immer, wenn ein Zettelchen abgearbeitet war, steckte Jule es in einen schön bestempelten Umschlag, der auf der Vorderseite klebte. Am Abend konnte sie dann mit Genuss einen kleinen Stapel Zettel herausnehmen und hatte bildlich in der Hand, was sie alles geschafft hatte.

»Okay, das ist jetzt vor allem für die Entrümpelung, oder?«

»Und für den Weihnachtsmarkt.«

»Kocht das Strichmännchen?« Skeptisch besah er sich ihre Zeichnungen.

»Ich brauche mindestens ein Probeessen für die ganzen Sachen, die ich neu anbieten möchte.«

»Also, wenn ich mir deine Zettelsammlung so anschaue, hast du dir die Schritte ja gut eingeteilt, aber es geht nicht voran. Hast du Angst davor, in der Wohnung irgendetwas zu finden? Mein altes Tagebuch? Das kannst du lange suchen.«

»Ach, du! Ich würde niemals dein Tagebuch lesen.«

Mika runzelte die Stirn. »Das weiß man nie, bis man eins gefunden hat. Oder denkst du, du findest zu viel hübschen Kitsch, von dem du dich nicht trennen willst, weil er noch zu irgendwas nütze sein könnte?«

»Oh Mann!« Jule begann, auf den Zehenspitzen zu wippen. Das trockene Buchenlaub knisterte leise unter ihren Schuhen, ansonsten wirkte der Wald leer und still, wie es bei solchen fast unterholzfreien Buchenwäldern oft der Fall war.

»Nein, ich glaube, das ist es nicht. Ich mache mir natürlich Sorgen, dass ich mich verzettle und ewig Kleinkram sortiere, aber es ist etwas anderes.«

»Schreckt es dich, neue Möbel zu kaufen?«

Jule schüttelte den Kopf. »Ich habe sogar schon bei Ole angerufen und ihn gebeten, im Dezember wieder mit seinem Cousin vorbeizukommen und Sperrmüll abzuholen. Eure alte Wohnwand wird also irgendwo ein zweites Leben bekommen.«

»Das werde ich meinem Vater ausrichten. Wir haben wenig Kontakt, aber er hat sich bislang noch über jedes Bild gefreut, das ich ihm von einem geretteten Möbelstück geschickt habe.«

Sie drückte seine Hand. »Gibt es irgendetwas aus der Lindenblüte, das er gerne hätte? Eine Erinnerung?«

»Nein, ich habe ihn schon mehrfach gefragt. Er sagt, er habe beim Auszug seinen liebsten Zinnkrug mitgenommen und sei damit zufrieden. Als ich ihm sagte, du hättest die übrigen Krüge einem echten Sammler gegeben und nicht einfach irgendwo verscherbelt oder weggeschmissen, da war er sehr glücklich. Er kannte den Mann sogar noch von früher und weiß, dass der die Krüge wirklich zu schätzen weiß.«

Zu-frieden. Ein schönes Wort, wenn man es so sieht.

Hektisch kramte Jule nach ihrem Notizbuch. Es steckte wie immer in ihrer Hosentasche, aber vor lauter Handschuhen und Mantel kam sie nur schlecht ran.

»Du fängst wieder an, Wörter zu sammeln?«, schmunzelte Mika.

»Ja, endlich!«

Jule legte den Kopf in den Nacken und schaute zu den hellen Buchenblättern auf. Allmählich brach die Dämmerung herein, und es wurde dunkel. »Lass uns schnell bis zum Forstweg gehen und den Bogen zurück zum Bahnhofsplatz schlagen. Mir ist so erbärmlich kalt, ich kann schon nicht mehr denken.«

»Ein paar Minuten noch. Es ist so schön weit und frei hier. Der Staub und die ganzen alten Sachen in der Bibliothek haben mich ziemlich frustriert. Es sind wunderschöne, recht neue Räume, und trotzdem hat Frau Putz es irgendwie geschafft, eine enge, muffelige Büchersammlung daraus zu machen.«

»Weit und frei«, kam es Jule über die Lippen. »Ich glaube, das ist es.«

»Was?«

»Mein Problem mit der Entrümpelung. Die Wohnung kommt mir so klein und dunkel vor. Selbst wenn ich alle Möbel rausschaffe. Ich glaube, ich muss die eine oder andere Wand einreißen, damit ich mich wirklich in den Räumen wohl fühle.«

Belustigt schnaubte er durch die Nase. »Du könntest ja auch gleich im Garten bauen. Hell und luftig und mit großen Räumen.«

»Findest du es schlimm, wenn ich die Wohnung so umgestalte?«

»Nein, ich … kann es mir einfach noch nicht vorstellen. Wie mit der Lindenblüte, da hattest du auch ein ganz bestimmtes Bild vor Augen, eine Vision.«

Sie atmete langsam aus. »Nur für die Wohnung habe ich kein Bild. Es ist schon seltsam: Egal, wie lange ich darüber nachdenke, die Vision bleibt aus.«

Sie erreichten den breiten, geschotterten Forstweg. Jules Blick schweifte durch den Wald, als könnte überall die entscheidende Inspiration lauern.

»Meinst du, auf dem Grundstück noch ein Haus zu bauen, das ist die Lösung? Für mich? Die Unentschlossenheit in Person?«

»Es muss ja gar kein Riesenhaus sein. Eher eine Art Gästehaus oder ein Anbau.«

»Manchmal schließe ich die Augen und sehe eins dieser *Tiny Houses,* oder wie die im Architektendeutsch heißen, vor mir. Diese winzigen Häuschen, die kaum größer als ein Wohnwagen oder Schuppen sind, aber total durchdacht. Oder ein Schwedenhaus. Seit ich Astrid Lindgren gelesen habe, will ich schon so eins haben.«

»Und die Wohnung? Vermieten?«

»Keine Ahnung, ob ich mich mit Mietern wohl fühle und die sich mit der Lindenblüte unten drunter.«

»Ich spinne gerade einfach so drauflos. Vielleicht kann man die Wohnung vermieten, vielleicht auch einfach eine Art Gemeinschaftsraum einrichten. Für noch ein paar Webstühle und andere Großgeräte. Dort könnte Wissen weitergegeben werden.«

»Sagtest du nicht gerade, dass du keine Visionen für dein Elternhaus hast?«

Er lächelte. »Du inspirierst mich. Und auch mein Beruf. Ich merke richtig, wie sich mein Hirn entrostet, weil ich wieder das tue, was ich liebe. Ich sehe überall Möglichkeiten, wie Menschen lernen und Wissen weitergeben können. Und wenn ich kann, dann helfe ich bei solchen Projekten gerne mit.«

Jules Handy klingelte.

»Das muss ich erst mal sacken lassen. Aber ich bin erleichtert, dass du mich da verstehst.« Sie zog das Handy aus der Tasche und hielt es sofort weit von sich, als hätte sie eine Ratte in den Händen. »Ach, vergiss die Erleichterung! Meine Mutter.«

Langsam, ganz langsam hob sie den Hörer ans Ohr.

»Hallo Mama.«

Ausnahmsweise schien ihre Mutter guter Stimmung zu sein. Sie lachte ein höfliches kleines Lachen und sagte ruhig: »Hallo, mein Schatz.«

Sofort schellten bei Jule sämtliche Alarmglocken.

»Was gibt's denn? Geht es euch gut?«

»Wie soll es uns schon gehen? Das Alter zieht etwas an den Gliedern, aber wir kommen zurecht. Allerdings überlegen wir immer mehr, ob wir nicht das Haus verkaufen und uns eine gemütliche, altersgerechte Wohnung suchen sollen.«

Jule nahm das Handy vom Ohr und starrte darauf. Unzweifelhaft telefonierte sie mit ihrer Mutter. Auch wenn es ihr im Moment so vorkam, als wäre die von Außerirdischen auf einen fernen Planeten entführt worden.

»Das ist gar keine schlechte Idee.«

»Natürlich kommt es ganz darauf an, wo gebaut wird.«

Die Alarmglocken erreichten die Lautstärke eines mittelschweren Tinnitus. »Was genau möchtest du mir damit sagen?«

»Mich hat da gerade ein Kollege angerufen, ein Herr Besmer. Der hat wohl vor einigen Tagen mit dir gesprochen.«

»Was? Wie bitte?« Erst an Mikas entgeistertem Blick merkte Jule, dass sie geschrien hatte. Ihm klingelten schließlich nicht die Glocken im Ohr, er musste nichts übertönen, sondern hatte bis eben die sanfte Stille des Waldes genossen.

»Oh ja, das hat er! Wenn er das nächste Mal bei mir auftaucht, jage ich ihn mit dem Besen durchs Dorf. Und jetzt ist er so dreist und ruft meine Mutter an?«

»Das würde doch jeder vernünftige Mensch tun! Er hat angenommen, dass ich als Immobilienexpertin einen Anteil an der Lindenblüte besitze und mir zudem bewusst bin, was für ein einmaliges Angebot er dir da macht.«

»Es ist nicht einmalig. Momentan bekomme ich ständig Briefe von seinem Immobilienbüro. Es schmeichelt mir, wie gut ihm die Lindenblüte und der Garten gefallen, aber da hat er halt Pech gehabt.«

»Oh Schatz!«, bekniete ihre Mutter sie. »Gib dir einen Ruck und verkauf den alten Kasten!«

»Bestimmt nicht!«

»Du weißt doch genau, dass die meisten Neugründungen in der Gastronomie in den ersten Jahren pleitegehen.«

»Du sagst es: die meisten, nicht alle. Und eine komplette Neugründung ist es auch nicht. Schließlich gab es an gleicher Stelle viele Jahre lang eine beliebte Schankwirtschaft.«

»Schatz, lass uns einmal in Ruhe über das Thema reden. Der Herr Besmer lässt übrigens in Müggebach barrierefreie Wohnungen bauen. Er verhandelt wohl noch über den Standort, aber das klingt nach einer sinnvollen Kapitalanlage.«

»Jetzt rede doch mal Klartext: Du willst, dass ich alles verkaufe, in das ich meine Lebenszeit und mein Herzblut investiert habe, um in weiser Voraussicht für das kommende Alter vorzusorgen, in ein seniorengerechtes Appartement zu ziehen und mir einen Job zu suchen, auf den ich keine Lust habe?«

»Dann also Klartext: Ich möchte, dass du diese Liebelei von Café verkaufst, bevor es dich finanziell ruiniert. Du hast ein mehr als gutes Angebot vorliegen und wirst sogar ein klein wenig Gewinn damit machen. Der Herr Besmer meinte auch, er kommt dir entgegen, wenn du bei ihm ein Appartement kaufen möchtest. Später können dein Vater und ich dort einziehen und im Alter die gute Schwarzwaldluft genießen.«

»Hör doch endlich mal auf, mir zu unterstellen, die Lindenblüte wäre für mich nur ein Hobby, auf das ich bald keine Lust mehr habe. Und ganz ehrlich: In einem so schicken Appartement, wie sie das hier bauen und verkaufen wollen, da fühlst du dich nicht wohl! Ich weiß, dass du es gerne mal etwas höherklassiger hast, aber du kannst doch diese modernen, quadratischen Bauten überhaupt nicht ausstehen!«

»Es soll ein angenehmer Komplex mit hoher Lebensqualität werden.«

»Sag mal: Wer von uns erkennt Marketing-Gewäsch auf hundert Kilometer gegen den Wind? Bist du die Maklerin oder ich?«

Am anderen Ende der Leitung wurde deutlich gehüstelt. »Ich lasse mir die Unterlagen schicken, und du lässt dir das alles noch einmal gründlich durch den Kopf gehen, mein Kind.«

»Ja, dann denke ich halt drüber nach und sage morgen noch einmal ›Nein‹. Und spätestens, wenn du das Gefasel von modernen Fliesenböden liest, wirst du auch das Weite suchen.«

Zu Mikas augenscheinlicher Belustigung zog Jule beim Telefonieren wohl allerlei Grimassen. Mit den Händen deutete er an, wie er eine Tüte Popcorn aufriss und verspeiste.

Nur war die Vorstellung überraschend schnell vorbei.

»Am besten beruhigen wir uns erst mal, Schatz. Dein Vater und ich, wir würden uns freuen, wieder in deiner Nähe zu wohnen, das ist alles. Bis bald.« Sie legte auf.

Minutenlang starrte Jule ihr Smartphone an. »Ich glaube, jetzt ist es so weit: Sie wird alt und seltsam.«

»Oder sie lernt endlich, dich zu respektieren.«

»Kann ich mir nicht vorstellen. Sie will nach Müggebach ziehen.«

Mika drehte Daumen und Zeigefinger hin und her, als würde er dazwischen etwas halten. »Menschen, Schichten. Denk dran.«

»Ich habe ja auch Hoffnung.«

»Schauen wir zu, dass wir etwas schneller laufen. Selbst mir wird allmählich kalt.«

Er umfasste ihre Schulter, und schlotternd eilten sie zum Bus.

Wochentipp: Hexenhäuschen aus Lebkuchen

Für viele von uns ist es die weihnachtliche Kindheitserinnerung schlechthin: Das Pfefferkuchen- oder Hexenhaus. Unter Geschwistern entbrannte immerzu Streit darüber, wer die nächste Süßigkeit an sich reißen durfte, und auch wer keine Geschwister hat, kennt vielfältige Methoden, möglichst heimlich die eine oder andere Schokolinse zu naschen und ihr Fehlen im Zuckerguss zu vertuschen.

Wer sich bislang mit der Variante aus Pappe begnügt hat, dem sei gesagt: So ein Haus aus Lebkuchen ist wahrlich kein Hexenwerk. Allerdings eignet sich der Lebkuchen aus dem Supermarkt nicht dafür, und nicht jeder hat Zeit und Lust, den Lebkuchen selbst zu backen – beim Bäcker des Vertrauens kann man aber oft gute Lebkuchenplatten kaufen. Damit die Einzelteile zusammenhalten, wird eine großzügige Menge Puderzucker mit Wasser vermischt, bis ein zäher Kleister entsteht.

Die einfachste Form ist das Nur-Dach-Haus. Hierfür werden mit einem scharfen Messer zwei gleich große Rechtecke aus den Platten geschnitten und die langen Kanten auf einer Seite mit dem Zuckerkleister eingeschmiert und dann zu einem Dach zusammengesetzt. Anfangs kann es sein, dass die Dachschrägen noch rutschen – dann einfach mit Zahnstochern sichern und diese wieder vorsichtig entfernen, wenn der Zucker fast trocken ist.

Das Lebkuchenhaus sollte gut trocknen – übriggebliebenen Zuckerguss kann man so lange in einem geschlossenen Gefäß geschmeidig halten. Später verteilt man ihn dann großzügig auf Dach und Wänden, und jetzt kann nach Herzenslust mit Schokolinsen, Waffeln, Gummibärchen und Co. verziert werden.

Über das fertige Häuschen wird dann noch ein wenig Puderzucker gesiebt, und wer möchte, kann eine kleine Hexe aus Marzipan davor aufstellen.

Fröhliches Naschen und nicht vergessen, dass der Lebkuchen sich auch nach dem Plündern noch lange hält und köstlich schmeckt!

Ich wünsche allzeit ein offenes Auge für die schönen Dinge des Lebens.
Jolanda

Kapitel 10

Der Ärger der vergangenen Tage nagte an Jule. Sie gestand es sich selbst nicht gerne ein, aber eine halb schlaflose Nacht war dann doch ein Warnsignal, das sie nicht ignorieren wollte. Mika war bei ihr geblieben und hatte tapfer versucht, sie mit Umarmungen zu beruhigen und in den Schlaf zu kuscheln, aber Jule lag wach, als würde sie unter Strom stehen. Schließlich hatte sie irgendwann aufgegeben und ihn gebeten, sich einen Schlafplatz zu suchen, an dem er ein wenig Ruhe fand. Im Halbschlaf murmelnd und gähnend, war er mit seinem Bettzeug auf das Sofa im Wohnzimmer umgezogen und hatte es wohl geschafft, halbwegs auszuschlafen.

Jedenfalls stand er mit einem Mal vor Jules Bett und hielt ein Tablett in den Händen. Sie blinzelte und wusste gar nicht, wann sie geschlafen hatte. Draußen war es jedenfalls noch dunkel.

»Scht«, machte Mika und legte den Finger an die Lippen. »Es ist halb acht. Ich gehe zur Arbeit. Schlaf weiter.« Er stellte das Tablett auf ihrem Schreibtisch ab. Darauf sah sie eine Thermoskanne, eine Schüssel Müsli und einen Obstteller.

»Danke.« Jule gähnte, ihre Augenlider flatterten. »... liebe dich.« Dann sackte ihr Kopf wieder ins Kissen, und sie schlief sofort wieder ein.

Beim nächsten Aufwachen fühlte sie sich bereits besser. Ihre Laune hob sich endgültig, als sie das Tablett zu sich ins Bett holte, um gemütlich zu frühstücken. Unter der Thermoskanne lag ein Stapel mit gelben Papierweihnachtssternen, die alle sehr kunstvoll ausgeschnitten waren. Die größte Überraschung aber wartete in ihrer kleinen Küche auf sie: Ein handgebundener Adventskranz aus duftenden Tannenzweigen. Die dicken Stumpenkerzen waren in klassischem Rot gehalten, als Dekoration dienten ein schlichtes rotes Band und Weihnachtsgewürze wie Nelken und Sternanis. Der Duft erinnerte Jule an Weihnachtsgebäck und Glühwein und regte sie an, sich spontan eine To-do-Liste für den anbrechenden Tag zu schreiben:

- *Totensonntag ist rum, alles wird weihnachtlich! Jaaa!*
- *Schankstube dekorieren*
- *Wohnung dekorieren*
- *Noch mehr Lebkuchen backen*
- *Aus den Lebkuchen ein Hexenhäuschen machen, an dem alle knabbern dürfen*

Wie gut, dass Jule für das Plätzchenbacken viel mehr Lebkuchenteig gerührt hatte, als notwendig war. So konnte sie sofort ans Backen gehen. Denn eins hatte sie schon als Kind von ihrer Oma Wilhelmine gelernt: Ein richtig guter Lebkuchenteig musste mindestens über Nacht ruhen und reifen. Das brachte die Aromen zur Geltung, und das Hirschhornsalz konnte seine auflockernde Arbeit tun. Wilhelmine ging sogar so weit, den Teig manches Mal bereits im Sommer, spätestens im frühen Herbst zuzubereiten und an einem kühlen Platz im Keller zu verwahren.

Vielleicht liebte Jule selbstgebackenen Lebkuchen ja auch deshalb so sehr, weil er mit viel Sorgfalt und Zeit entstand. Man musste Lebkuchen wirklich machen wollen, sonst gelangen sie nicht. Und bei all der Mühe verwendete Jule natürlich nur die besten Zutaten, wie den Honig von Oles Nachbarn und das Mehl eines anderen Bauern aus Müggebach. Der handgemachte

Lebkuchen schmeckte normalerweise noch ein halbes Jahr nach dem Backen sehr gut – falls er nicht bis dahin aufgegessen war. Einmal hatte Jule mitten im Sommer eine noch volle Plätzchendose gefunden und kaum einen geschmacklichen Unterschied feststellen können. Wenn es das sagenhafte, ewig haltbare Lembas-Brot der Hobbits aus dem »Herrn der Ringe« in der wirklichen Welt gab, dann war es ganz sicher hausgemachter Lebkuchen.

Allein der Gedanke an den Teig versetzte Jule in Hochstimmung. Mit ihrem Marktkorb ging sie in den Keller, wo sie nicht nur die Schüssel mit dem Lebkuchenteig in geruchsneutraler Verpackung verwahrte, sondern auch Schokolinsen, Gummibärchen und andere süße Kleinigkeiten, die ihrer Meinung nach auf ein richtig schönes Hexenhaus gehörten.

Kaum aus dem Keller zurück, warf sie ihr Handy im Schlafzimmer auf das Bett. In den nächsten Stunden wollte sie es nicht in ihrer Nähe haben. Das Handy und damit das Internet hatten Pause. Dann rupfte sie sich einen der Zeitfresser-Zettel von der Wand, knüllte ihn zu einem winzigen Ball und stopfte ihn mit viel Genuss in den Beutel, der unten an der Pinnwand hing. Abschließend zog sie noch den Stecker des Routers und wusste, dass sie für die nächste Stunde absolute Ruhe haben würde. Nur sie und der Lebkuchenteig, das war für heute ihr erklärtes Ziel.

Ehrfürchtig stellte sie die Rührschüssel auf den Tisch und hob den Deckel ab. Es war jedes Mal wie das Öffnen einer Schatzkiste. Die eingeschlossenen Aromen strömten heraus, tanzten durch die Luft und verwandelten die altmodische Küche in einen Ort alter Geheimnisse.

Jule folgte dieser Verheißung auf kommende Köstlichkeiten nur zu gern und blieb bis zum Ende der Backzeit vor dem Ofen sitzen. Sie machte es sich auf einem Hocker gemütlich, schlürfte heiße Schokolade mit Kardamom und freute sich einfach darüber, hier, in ihrer Küche, zu sein. Es war einer dieser stillen Momente, die ihr immer wieder Kraft gaben und ihr halfen, nicht an sich zu zweifeln.

Mit dem Duft des Lebkuchens nahm in diesem stillen Augenblick eine Erinnerung Gestalt an, die lange am Grund ihres Bewusstseins geschlummert hatte.

Das ist das erste Mal, dass ich ganz alleine Lebkuchen backe. Ich vermisse Oma und Mama und diese Stunden voller Lachen und kleiner Kabbeleien.

Und mit einem Mal waren sie da, all die gut verschlossenen Erinnerungen. Jule sah sich selbst als kleines Mädchen auf der Anrichte sitzen, während ihre Mutter dem schweren Teig mit dem Wellholz zu Leibe rückte, sah sich als Teenager in dem riesigen Topf rühren, als Studentin mit ihrer Oma vom Kirschlikör naschen, der eigentlich für den Teig gedacht war. Und immer wieder hörte sie das Lachen, das all diese Szenen durchzogen hatte. Für diese drei Generationen von Frauen war das Lebkuchenbacken eine ganz besondere Adventstradition, und über viele Jahre hatten sie es sich nicht nehmen lassen, Ende November, immer kurz vor Jules Geburtstag, in einer Küche zusammenzufinden.

Weshalb nur haben wir damit aufgehört?

Der letzte Schluck heiße Schokolade war getrunken, Jule starrte in den Backofen. Zwei Bleche mit Lebkuchen standen bereits auf dem Tisch und kühlten ab.

War es ihre Schuld? Sie hatte mit dieser Tradition gebrochen, irgendwann Anfang zwanzig, als ihr alles aus ihrem Kinder- und Teenagerleben unendlich spießig vorgekommen war. Sie erinnerte sich noch genau daran, wie sie zum ersten Mal das Lebkuchenbacken abgesagt hatte, mit den Worten, dass sie ja nun kein Kind mehr sei und Hexenhäuschen doch irgendwie albern und aus dem vergangenen Jahrtausend.

Aber das war nicht der einzige Grund, überlegte sie. Dazu hatte damals auch das immer angespanntere Verhältnis zu ihrer Mutter beigetragen, die gerade in einer beruflichen Krise steckte, mit der Studienwahl ihrer Tochter so gar nicht einverstanden war und ihren angestauten Frust immer öfter an Jule ausließ. Diese reagierte darauf, indem sie so selten wie nur möglich in das Haus ihrer Eltern zurückkehrte, um all den Verpflichtungen und all dem, was sie damals erdrückte, zu entkommen – mit dem Ergebnis, dass sich die Konflikte bei den immer kürzer werdenden Besuchen stark verdichteten.

Jule ging in ihr Schlafzimmer, holte das Tagebuch und notierte, was ihr gerade in den Sinn kam. Vor allem aber auch die positiven Dinge, die ihr einfielen.

Wenn man es hinschreibt, klingt alles so erschreckend logisch und einfach. Aber das ist es sicherlich nicht. Selbst ein Rubik-Würfel ist einfacher zu lösen als das Geflecht menschlicher Beziehungen, Wünsche und Enttäuschungen.

Tief in Gedanken versunken, strich sie sich eine Strähne aus der Stirn. Mit der Kugelschreiberspitze tippte sie blaue Punkte auf die Buchseite, die sie schließlich mit Linien verband und mit zügigen Strichen zu einem dichten Buschwerk formte. Eigentlich mochte Jule dieses schnelle Kritzeln nicht besonders. Es war nicht ihre Art, beim Telefonieren die Seitenränder von Büchern vollzukritzeln oder beim Ausgehen Skizzen auf Bierdeckeln zu hinterlassen. Doch in diesem Moment half es ihr, ihre Gedanken etwas zu sortieren. Sie tauchte sogar so tief in die Zeichnerei ein, dass sie kaum das Klingeln des Küchenweckers hörte.

Beim Versuch, möglichst schnell das Blech aus dem Ofen zu holen, stieß sie den Hocker um, und als sie beherzt in den Backofen griff, rutschte einer der Topflappen ab, und Jule kam mit dem linken Daumen an das heiße Blech. Es fiel ihr aus der

Hand, der Lebkuchen landete auf dem Boden. Jule beachtete ihn nicht, sondern hielt ihren Finger schnellstmöglich unter den Wasserhahn und drehte das kalte Wasser auf.

»Oh, Mann!«, fluchte sie und besah sich das Chaos auf dem Küchenboden. Zu ihrem Ärger lag auch noch das Tagebuch unter dem Blech.

Sie lehnte sich mit der Stirn gegen einen der Hängeschränke und schimpfte leise vor sich hin, während sie weiterhin ihren Finger kühlte. Aus Gewohnheit schaute sie kurz über die Schulter, aber da war niemand, weder Mika noch Berthe. Über den Sommer hatte sie so manchen Gedankengang mit dem Huhn geteilt, und seine unaufdringliche Art fehlte ihr gerade sehr.

Eine Sache, die ihr an der Lindenblüte nicht gefiel, war eben, dass die Wohnung im ersten Stock lag. Ganz im Gegensatz zu ihrem Kinderzimmer, bei dem sie früher oft aus dem Fenster in den Garten geklettert war, um ganz früh am Morgen Obst und Gemüse zu naschen oder einfach nur in den Morgendunst zu schauen.

Ich muss mir wohl doch ein kleines Häuschen in den Garten bauen.

Jule blinzelte. War das der Punkt, weshalb sie sich die ganze Zeit so sträubte, die Wohnung auszuräumen und zu renovieren? Weil sie gar nicht hier leben wollte, sondern sich nach einem kleinen Häuschen sehnte, in dem sie von der Küche aus direkt in den Garten gehen konnte?

Ihr Daumen schmerzte kaum noch. Sie trocknete ihn ab und wickelte ihn in ein Handtuch. Im dick mit Eis überzogenen Eisfach fand sie ein Kühlpad. Ach ja, den Kühlschrank hatte sie schon längst ausmustern wollen, ein neuer sparte sicherlich enorm Energie.

Mit einem großen Schritt überquerte sie das Lebkuchenmassaker und schaute aus dem Fenster. Im Garten zog Berthe ihre

Runden, pickte mal hier und mal da und fühlte sich augenscheinlich absolut unbeobachtet.

Mika hat gesagt, wir schaffen das, also schaffen wir vor Weihnachten zumindest das Wohnzimmer. Und bei allem anderen warte ich mal ab, bis es wieder heller wird. Der Winter ist für mich einfach keine gute Jahreszeit, um solche Großprojekte anzugehen. Lieber schalte ich einen Gang runter und genieße die Adventszeit.

Als sie das Lebkuchenblech aufhob und sortierte, was sie noch verwerten konnte, reifte in ihr ein Vorsatz: Sie würde eine E-Mail an ihre Oma und an ihre Eltern schreiben und beide ganz offiziell zu Heiligabend in die Lindenblüte einladen. Sie würde die Frauen bitten, mit ihr zusammen einen Lebkuchenteig zuzubereiten und am nächsten Tag gemeinsam zu backen.

Und damit sie sich ja nicht davor drückte, schrieb sie es sofort riesengroß an ihre Pinnwand. So groß, dass Jule fast erschrocken war über ihre eigene Courage. Aber hatte ihre Mutter nicht bei ihrem letzten Gespräch versöhnlicher geklungen? War das nicht ein Grund zur Hoffnung?

Jule öffnete das Fenster. »Berthe?«, rief sie in den kalten, klaren Vormittag hinaus. Hektisch lief das Huhn um den Salbei herum.

»Berthe!«

Sie hörte nicht. Jule schälte einen Apfel und warf die Schalen hinunter. »Berthe!«

Endlich schaute das Huhn zu ihr hoch.

»Auf die Gefahr hin, dass du denkst, ich würde dich für die Suppe zu Weihnachten vorschlagen: Was hältst du von der Idee, meine Mutter einzuladen? Bin ich nicht völlig bescheuert?«

Das Huhn schien dem zuzustimmen und gackerte fröhlich.

»Na gut, deine Meinung zu dem Thema kenne ich ja. Klar bin ich da misstrauisch. Aber weißt du, vielleicht war sie ja bei unserem letzten Gespräch nicht nur deshalb so milde gestimmt, weil sie mein Grundstück verkaufen möchte. Es kann doch sein, dass sie sich auch danach sehnt, diese seit Jahren existierende Spirale endlich zu durchbrechen und Frieden mit mir zu schließen.«

Sosehr diese Überlegungen auch Jule aufwühlten: Berthe interessierten sie kein bisschen. Gemessenen Schritts hatte sich das Huhn längst aus Jules Sichtfeld entfernt und suchte wohl unter der üppig sprießenden Hecke nach Würmern.

»Trotzdem danke fürs Zuhören!«, rief Jule in den Garten hinunter. »Ich schreibe jetzt die Mail, und dann sehen wir, wie die Dinge sich entwickeln.«

Nach dem Schreiben der zwei E-Mails zögerte sie mit dem Abschicken. Es war sicherlich klug, den Text etwas sacken zu lassen. Sie hatte ihrer Mutter schon am Telefon gesagt, sie solle doch an Weihnachten kommen. Zu diesem Zeitpunkt war das eine reine Trotzreaktion gewesen. Jule war keine Sekunde lang davon ausgegangen, ihre Mutter könnte das Angebot annehmen. Schließlich hatte sie noch zur Eröffnung der Lindenblüte betont, das Café ihrer Tochter nicht zu betreten. Aber jetzt war alles anders. Jetzt meinte Jule es ernst.

Ist das nur diese Sehnsucht, die alten Zeiten wiederzubeleben? Oder kann es tatsächlich klappen, und wir versöhnen uns?

Unschlüssig klappte sie den Laptop zu, schob weitere Lebkuchenbleche in den Backofen und widmete sich schließlich dem Bau mehrerer Hexenhäuser: zwei ganz kleine Nur-Dach-Häuser für Gerta und Milla, ein etwas größeres Haus für Mika und sich selbst und ein sehr großes Haus für den Schankraum. Letzteres gestaltete sie ähnlich wie die Lindenblüte und sparte auch nicht an einem winzigen Lebkuchen-Webstuhl, der vor der Tür stand und an den sie eine winzige Gerta aus Marzipan setzte – die geriet ihr allerdings etwas schief und hätte auch die Märchenhexe vor dem Ofen sein können.

Bei jedem Handgriff wurde Jule schmerzlich bewusst, wie wichtig Daumen für das alltägliche Leben waren. Tapfer biss sie die Zähne zusammen und redete sich die eine oder andere leicht schiefe Mauer schön. Natürlich durften auch diverse Lebkuchenbäume und Hexen und Tiere aus Marzipan nicht fehlen. Auf den Dächern und in den Gärten verteilte Jule mehrere Packungen veganer Fruchtsaftbärchen, formte Wege aus Schokolinsen und Fenster aus durchsichtigem Esspapier.

Die anfallenden Lebkuchenreste verputzte sie sofort. Weil ihr Daumen unerträglich pochte, merkte sie gegen halb drei, dass der Mittag bereits verstrichen war.

»Heilig's Blechle, so wird es in der Schankstube ja nie weihnachtlich!«

Mit Körben voller Dekomaterial hüpfte sie die Treppe hinunter. Endlich konnte sie auch die Tannenzweige von der Terrasse holen und im Raum verteilen. Unter anderem schmückte sie den Spiegel mit dem Treibholzrahmen, legte großzügig Tannengrün in den Fensterzwischenräumen aus und nahm Schafwolle als Schnee. Dort drapierte sie auch allerlei Dekoration aus dem Fundus der Lindenblüte. Mikas Eltern schienen wahre Liebhaber von traditionellen Strohsternen zu sein, denn Jule fand eine ganze Menge davon, die sie großzügig auf alle Fenster verteilte, bis auf jenes, das bald ihr Adventsfenster werden sollte. Dazu gesellten sich diverse Figuren und Tiere, die aus Zweigen, Holzstücken und allerlei anderen Dingen gefertigt waren, die man im Wald finden konnte.

Jule war etwas zwiegespalten, ob diese Dekorationsgegenstände nicht hier und da etwas zu altbacken wirkten, aber da sie nicht die Zeit hatte, für die komplette Lindenblüte eine einheitliche Linie nach ihren Vorstellungen herzustellen, musste es in diesem Jahr eben eher rustikal-gemütlich sein.

Zurück zur Natur. Hat ja auch etwas für sich.

Ansonsten bereitete Jule den Platz für den zukünftigen Weihnachtsbaum vor und begann damit, rund um die Schankstube eine Lichterkette anzubringen. Sie hatte sich extra von Mika beraten lassen und eine lange Kette mit sicheren, sparsamen, warmgelben LED-Lämpchen beschafft, die als kleine Sterne herunterhingen. An dieser Lichterkette befestigte sie mit weihnachtlich roten Bändern kleine Tannenzweige. Zu guter Letzt rückte sie bei den Tischen von der Idee ab, alles mit winterlichen Glasbausteinen zu schmücken, und beauftragte Mika damit, auf dem Rückweg Weihnachtssterne in farblich passenden Tontöpfen mitzubringen.

Schließlich blieb Jule nichts mehr übrig, als ihr Werk zu bewundern, vom Hexenhaus zu naschen und sich darauf zu freuen, dass bald wieder wunderbarer Plätzchenduft durch ihr kleines Café ziehen würde.

Mit einer tiefen Zufriedenheit ging sie hinaus in ihre Wohnung, um sich die E-Mails an ihre Mutter und Großmutter noch einmal gründlich durchzulesen.

Und dann drückte sie »senden«.

Wie jede Woche vergingen Jules freie Tage wie im Flug. Schon war es wieder Zeit, die Schankstube herzurichten und auf die Frühstücksgäste zu warten.

»Wo steckt eigentlich Milla?« Jule warf den frisch gewaschenen Läufer über die Tischdecke und zog ihn gerade. Es war ganz erstaunlich, wie weich das anfangs recht steife Baumwolle-Leinen-Gemisch nach einem Dutzend Mal Waschen und Bügeln geworden war.

»Ich habe keine Ahnung«, antwortete Gerta. »Bei mir hat sie sich jedenfalls seit Tagen nicht gemeldet.«

»Wenn ich bloß wüsste, ob sie heute überhaupt zur Arbeit kommt. Ich glaube nicht, dass uns die Gäste die Bude einrennen, aber in einer halben Stunde kommt Kati, und ich würde gerne in Ruhe mit ihr reden.«

»Kati?«

»Die Schülerin, die ab und an beim Bedienen einspringen wird. Jean kann ja keine sechs Tage die Woche arbeiten.«

»Ach, das hatte ich ganz vergessen. Ich halte dir den Rücken frei.«

»Ich fühle mich unwohl, dich jetzt schon mit Jean allein zu lassen. Ihm fehlt noch die Routine.«

Jean hatte seine Probewoche gut hinter sich gebracht, und Jule kümmerte sich um einen Arbeitsvertrag. Jule und Gerta hatten bereits eine sorgfältige und gründliche Einführung in die Lindenblüte gegeben. Er war ganz Künstler und seltsamer Kauz und hatte sich so viele Notizen gemacht, dass sein Block nicht mehr ausreichte. Jule wusste nicht so recht, wann er das alles nachlesen wollte. In einem nächtlichen Alptraum hatte sie ihn bereits mit dem Block in der Hand vor den Gästen stehen und blättern sehen. Momentan saß er allerdings auf einer Eckbank und las die Zeitung, die er bügeln und für die Gäste auslegen sollte.

»Mach dir keine Gedanken. Wir kommen schon zurecht, er lernt schnell, und mit der Routine wird er auch nicht mehr so viel tagträumen – oder nicht mehr so auffällig.«

»Das ist sehr lieb von dir, Gerta, und ich habe da Vertrauen in dich. Ich bin nur so fürchterlich angespannt, ob alles auch klappt. Er ist echt ein talentierter Koch, aber ob er im Service mithelfen kann? Und so ganz fair ist es ja auch nicht, ihn gleich ins kalte Wasser zu werfen.«

Gerta legte die letzten Bestecke auf und verteilte die zwei Reserviert-Schilder. »Da muss er durch. Und bis Milena aufhört, hast du ihn und das Mädel gut angelernt.«

»Langsam habe ich Bammel, dass es doch etwas optimistisch ist, schon im Januar fast die ganze Woche zu öffnen.«

»Wie hast du's dir jetzt eigentlich gedacht? Montag Ruhetag und dann jeden Tag Frühstück? Lohnen sich die Frühstücksgäste unter der Woche?«

Müde ließ Jule die Schultern sinken. »Es geht so. Im Sommer war das viel besser. Vielleicht ist es aber nur ein Tief vor Weihnachten. Da sind ja immer alle im Stress; Weihnachtsfeiern im Verein, auf der Arbeit und wer weiß nicht, wo. Momentan grüble und grüble und recherchiere ich. Vom Gefühl her wird die Lindenblüte im Dorf akzeptiert. Aber sie scheint mir noch nicht fest verankert zu sein. Und da muss ich jetzt natürlich zusehen, dass ich mich etabliere.«

Sie legte einen weiteren Läufer auf und spähte zu Jean hinüber. Der stand mit dem Bügeleisen in der Hand da und schien wieder in einen Artikel vertieft zu sein.

Gerta folgte ihrem Blick und schüttelte den Kopf. »Hast du nicht erzählt, in Frankfurt treffen sich vormittags viele ältere Menschen und Mütter mit ihren Kindern zum gemeinsamen Frühstück?«

»Und genau da bin ich nicht sicher, ob ich nicht doch einen kleinen Fehler in meiner Planung gemacht habe: Müggebach ist einfach nicht Frankfurt. Kann sein, dass ich mehr Werbung machen muss. Beim Frühstück sieht man fast keine Mütter mit Kindern. Wenn ich so nach meinem Gefühl und nach den Zahlen gehe, dann schätzen viele Gäste es mehr, am Nachmittag in der Linde zu sein. Ich hatte schon mit Jean darüber geredet, ob wir nicht ein paar herzhafte Kleinigkeiten auf die Hand anbieten sollen und vielleicht ein oder zwei schlichte Suppen oder Eintöpfe für die Mittagszeit.«

Gerta legte Handtücher zusammen und hatte den Blick in die Ferne gerichtet. »Da ist etwas dran. Am Nachmittag kommen ja auch die Schüler und Studenten zum Lernen, bestellen dann nur etwas zu trinken, und dann gehen sie raus, um in ihr Brot zu beißen.«

»Ich kann und will natürlich keine große Gastronomie anbieten – dafür ist das Einhorn da. Aber womöglich ist es an der Zeit, vom reinen Kaffee und Kuchen wegzugehen.«

»Willst du ein Testessen machen?«

Jule schüttelte den Kopf. »Nur für gute Freunde. Dann biete ich jede Woche drei Kleinigkeiten auf der Tageskarte an, und bis zum Frühjahr weiß ich, was gut ankommt.«

»Dafür gibt's dann weniger Kuchen?«

»Genau. Weniger, dafür ein häufiger Wechsel. Außer Schwarzwälder. Schwarzwälder wird es immer geben. Sag mal, Jean«, rief sie durch den Schankraum, »liest du Zeitung, oder hilfst du uns?«

»Ich lese die Zeitung«, sagte er, ohne den Blick zu heben.

Na, wenigstens ist er ehrlich ...

Jule beschloss, dass es Zeit war, ihn aus seinen Tagträumen zu holen. Als sie neben ihm angekommen war, zeigte er auf ein großes Foto der Handarbeiterinnen, wie sie in der Linde werkelten. »Da ist ein Artikel über dich!«

»Über die Veranstaltung? Wie schön. Den lese ich später. Bitte arbeite jetzt weiter, wir müssen fertig werden.« Mit dem Fingernagel klopfte sie auf ihre Uhr.

»Nein«, entgegnete er. »Der Artikel ist wirklich vor allem über dich und die Lindenblüte.«

»Tatsächlich?« Neugierig beugte sie sich vor.

»Tut mir echt leid, ich wollte sehen, ob schon etwas über meine kleine Ausstellung drinsteht.«

»Ah«, machte Jule, die leider keine Ahnung hatte, von welcher Ausstellung er sprach, aber dafür umso interessierter an diesem Artikel über sich war.

»Dem Redakteur haben meine Bilder sehr gut gefallen.«

»Das freut mich«, murmelte sie und rückte näher an ihn heran. Er bemerkte es wohl nicht und blieb stehen.

Sie verrenkte sich halb den Hals. »Was steht denn da jetzt?«

»Ein kleiner Tipp, sich jetzt meine Werke zu sichern, solange die Preise noch niedrig sind. Aber keine Angst, ich laufe der Lindenblüte nicht weg. Ach so, du meinst, über dich.« Er beeilte sich, den Stecker des Bügeleisens zu ziehen, und trat endlich zur Seite.

»Weihnachtsgefühle in der Lindenblüte«, lautete die Überschrift. Gleich zu Beginn betonte der Artikel, wie wichtig Jule das kulturelle Leben vor Ort sei und wie gerne sie diesen kulturellen Austausch fördere.

Wusste gar nicht, dass ich das gesagt habe. Eigentlich habe ich doch kein einziges Wort mit dieser freien Schreiberin gesprochen – ich habe sie ja erst gesehen, als sie schon gehen wollte.

»Aha. ›Die Alte Linde, ein Ort, an dem sich Menschen betranken, mausert sich stetig zu einem Treffpunkt für kulturell interessierte Bürger. Hier werden alte Handwerkstraditionen gepflegt, es wird gegessen und gelacht. Der neuen Lindenwirtin ist hier etwas ganz Besonderes gelungen: eine Art Dorfstube zu schaffen, wie sie für die moderne Zeit angemessen ist, denn nun treffen sich endlich nicht mehr nur Männer nach der Arbeit auf ein Bier, sondern es kommen ganze Familien zusammen.‹ Wow, da schwingt ja jemand die Keule gegen die Alte Linde, auch wenn ich es natürlich schmeichelhaft finde, was sie da über mich schreibt.«

»Glückwunsch, Jule. Du weißt ja, dass die Leute für bare Münze nehmen, was sie im Lokalteil lesen – das ist gut für dein Image.«

Ist das wirklich wahr? Ihr wurde warm. *Ist mir wirklich schon gelungen, was Milena von mir erwartet hat?* »Ein Herz für Müggebach« schaffen.

Jean stupste sie mit dem Ellbogen an. »Was lächelst du so selig vor dich hin, Jule? Lass uns feiern!«

»Und wie! Leute, ich bekomme weiche Knie. Irgendwo im Kühlschrank stehen zwei Flaschen Grauburgunder. Kommt, die holen wir, und jeder, der zum Frühstück reinkommt, kriegt auch ein Gläschen.«

Im Nu war der Wein entkorkt, und sie konnten anstoßen.

»Auf die Lindenblüte!« Gerta hob ihr Glas. »Und auf Jule, die das Herz am rechten Fleck hat.«

Die ersten Gäste trudelten ein und ließen sich von der guten Laune anstecken. Kati kam etwas zu früh, und Jule drückte auch ihr ein Glas Wein in die Hand.

»Gibt es was zu feiern?«, wollte die Schülerin wissen. Ihre weiche, sympathische Stimme hatte Jule bereits am Telefon beeindruckt.

»Wir feiern, dass die Lindenblüte so einen guten Start hingelegt hat. Aber sag mal: Müsstest du nicht gerade in der Schule sein?«

»Die fällt heute wegen einer Fortbildung aus. Unsere Lehrer gehen zu irgendeiner Konferenz, und ich wollte zum Lernen in die Bibliothek. Hoffentlich ist da ein Tisch frei. Da wird gerade mächtig umgeräumt.«

Jule schmunzelte. »Ja, da wird modernisiert. Du sagtest, dass du häufig bei Festen bedienst?«

»Das Übliche: Geflügelzuchtverein, Schützenverein, Fasching. Aber nach dem Abi will ich erst mal reisen und muss die Feste sausenlassen.«

»Und vorher natürlich etwas Geld verdienen«, ergänzte Jule. »Wohin zieht es dich?«

»Südamerika.« Kati grinste verlegen.

»Das klingt gut. Wie sieht es denn rund ums Abitur aus? Schaffst du dann die Arbeit noch?«

Kati nippte am Wein und sah Jule direkt in die Augen.

»Ich bin eine gute Lernerin und habe schon angefangen. Wenn ich um die Prüfungen herum freihaben kann, haut das hin.«

Jule stellte ihr Glas auf dem Mosaiktischchen neben dem Basteltisch ab. »Also, ich stelle mir das so vor: Samstags brauche ich auf jeden Fall eine helfende Hand und unter der Woche wohl noch Dienstag und Freitag am Nachmittag.«

»Das passt in meinen Stundenplan.«

»Gut. Wie gerne bastelst du?«

»Oh, sehr gerne! Ich habe mir gerade Ordner und Boxen aus Pappe gemacht, um meine Lernsachen zu sortieren.«

»Sehr gut. Es wird im neuen Jahr mehr Kreativnachmittage geben, mit verschiedenen Projekten. Dafür brauche ich auch Hilfe. Wenn du dir das vorstellen kannst, freue ich mich, dich ab Dezember im Team willkommen zu heißen.«

Sie hielt ihr die Hand hin und Kati schlug, ohne zu zögern, ein.

Eine halbe Stunde später trudelte endlich Milena ein.

»Entschuldige, Jule. Mir ist leider etwas übel geworden, und ich kam nicht an mein Handy ran. Aber jetzt bin ich wieder fit wie eh und je.«

»Bist du ganz sicher?«

»Ganz sicher. Sag mal, Gerta, was macht dein Mann da im Schuppen? Baut der um?«

»Schhht, der hat ein paar Tage frei und drechselt. Er muss zwar dringend noch ein paar Larven schnitzen, aber jetzt meint er, er müsse mal wieder die Drechselmaschine anschmeißen und Handspindeln machen.«

»Klingt nach viel Programm. Was sind Larven?«, wollte Jule wissen.

»Masken für die schwäbisch-alemannische Fastnacht.«

»Sind das diese gruseligen Monster mit den riesigen Hörnern?«

Gerta lachte. »Die gibt es eher im Süden. Im Karlsruher Raum findest du viele Tanzgarden und Hexen. Und die Hexen, die tragen hier noch Holzmasken, die Larven, und dazu sehr große und laute Ratschen, um den Winter auszutreiben.«

»Ich glaube, ich schaue mir mal ein paar YouTube-Videos dazu an.«

Da fällt mir ein, dass ich den YouTube-Zeitfresser-Zettel mal in den Sack stecken kann. Ich weiß schon gar nicht mehr, wann ich das letzte Mal ein paar Koch- und Back-Kanäle angeschaut habe.

»Jetzt ist ja auch erst mal Weihnachten. Milla, kann ich dir die Bestellung für die Küche weiterreichen? Zwei Latte mit Haselnuss, einmal vegan-englisch mit Rührei und einmal das Paläo-Frühstück.«

»Das mache ich doch gern. Wenn Jean noch einen Arm frei hat, nehme ich auch ein paar Würstchen. Ich bin so hungrig, ich merke, dass mir schwindlig wird.«

»Liebe Güte, dann setz dich hin!« Hastig zog Jule einen Stuhl heran.

»Das ist sehr lieb, Jule, aber ich bin schwanger und nicht krank. Derzeit merke ich halt stärker, wie hungrig ich bin und was mein Körper jetzt genau braucht. Gib mir ordentlich zu essen, und ich komme gut klar.« Ihr Grinsen wurde breiter. Mit ihren großen Augen wirkte Milla wie ein elfenhafter, aber gefährlicher Wolf, der dringend gefüttert werden musste.

»Du bist die erste Schwangere, die ich so hautnah mitbekomme. Sollte ich mal ein Buch lesen? Also, mehr als die Vorschriften, die ich als Arbeitgeber einhalten muss?«

An der Theke gab Gerta die Bestellung an Jean weiter, und Milena orderte ein deftiges Frühstück für sich dazu.

»Wenn du möchtest, kann ich dir ein oder zwei Bücher ausleihen. Ich kann dir aber nicht sagen, ob die etwas taugen. Waren Geschenke. Solche Sachen lese ich nicht, schon gar nicht beim dritten Kind. Von diesen Büchern wird man als Schwangere ja wahnsinnig! Beim ersten Kind habe ich natürlich noch darauf geachtet, was ich essen darf und was nicht und welche Nährstoffe ich jetzt brauche. Aber da ändert sich ja nichts daran, und ich bin viel entspannter und genieße einfach nur.«

In Gertas Augen blitzte es. »Machst du Schwangerschaftsyoga?«

»Selbstverständlich.«

»Hast du schon eine Hebamme für die Nachsorge?«

»Sie macht auch die Vorsorge.«

»Und die Hausgeburt?«

Milla nickte.

»Wie steht es mit dem Rückbildungskurs.«

»Pilates.«

»Akupunktur zur Vorbereitung?«

»Schon alle Stunden gebucht.«

»Babyschwimmen?«

Allmählich wurde es Milena zu bunt. »Da habe ich noch kein Kursprogramm für das neue Jahr, aber natürlich machen wir das. Und ich frische die Erste Hilfe auf, wickle mit Stoffwindeln und werde selbstverständlich im ersten Lebensjahr so viel wie nur möglich stillen. Worauf willst du hinaus?«

»Ach, nichts. Du bist so durchorganisiert. Wir haben beide sehr unterschiedliche Vorstellungen, wie eine entspannte Schwangerschaft aussieht, nicht wahr?«

»Hmpf.« Milena verschränkte die Arme. »Reize eine Schwangere nicht, wenn sie auf ihr Essen wartet.«

Unerwartet legte Gerta ihr die Hand auf den Arm und schlug

versöhnlichere Töne an: »Ich hatte ja nie die Gelegenheit, zu beweisen, wie locker ich gewesen wäre, und es liegt mir fern, dich kritisieren zu wollen. Ich mag nur nicht, dass du dir zu viel zumutest oder dir Stress machst, weil du denkst, alles muss immer perfekt sein.«

»Also ich muss immer auf den Beinen bleiben.«

»Zur Ruhe kommen bedeutet ja nicht Nichtstun und den ganzen Tag nur das Bäuchlein streicheln.«

»Hauptsache, meine liebe Gerta, du bleibst uns als Aushilfs-Oma erhalten.«

Die beiden lächelten sich an. Jule wusste zwar, dass Gerta ab und an auf Milenas Mädchen aufpasste, aber wie innig das Verhältnis mittlerweile war, hatte sie nicht mitbekommen. Ein leichter Anflug von Eifersucht holte sie ein. Vor lauter Arbeit und eigenen Problemen kümmerte sie sich offenbar zu wenig darum, aus ihrer eigenen kleinen Welt herauszukommen und mehr Zeit mit ihren Freundinnen zu verbringen.

»Ich werde als Oma für die Kinder da sein, solange sie mich brauchen und haben wollen. Aber jetzt brauchen mich erst mal unsere Gäste.«

Jean tauchte am Kücheneingang auf. Galant servierte er Milena einen Teller: »Bratwürstchen, garniert mit Avocado und Brokkoliröschen – keine Petersilie, kein Zimt.«

Sofort leuchteten Millas Augen auf. Er verbeugte sich, überreichte ihr Messer und Gabel und zog sich zurück. Jean, das musste Jule neidvoll anerkennen, beherrschte offensichtlich die wichtigsten Codes, die es bei der Ernährung von Schwangeren einzuhalten galt.

»Sagt mal: Ab welchem Alter klingt man eigentlich wie seine Mutter?«

Milena sortierte die Würstchen, bis sie nebeneinanderlagen. »Wie kommst du jetzt darauf?«

»Vorhin hat Kati sich vorgestellt, eine Abiturientin, die hier in Zukunft aushelfen wird.«

»Freut mich. Sie ist die Tochter einer guten Freundin, die sehr früh Mutter geworden ist. Wäre ja nichts für mich. Kati ist so ein tüchtiges Mädchen, ich musste ihr deinen Aushang einfach weitergeben.«

»Ah. Danke. Warum hast du nichts gesagt?«

Milla wedelte mit einem Brokkoliröschen. »Kein Vitamin-B-Bonus! Ich war mir absolut sicher, dass Kati dich auch so überzeugen wird. Was war das jetzt, mit der Mutter?«

»Mir wurde da richtig bewusst, dass meine Teenagerzeit ein halbes Leben her ist. Und dann frage ich sie auch noch, ob sie nicht in der Schule sein müsste …«

Zwischen zwei Bissen fand Milena Zeit, um auf Jules rhetorische Frage zu antworten: »Wie *deine* Mutter klingst *du* bestimmt nicht so bald.«

»Danke, aber ich habe mehr und mehr das Gefühl, dass ich an einem Zeitpunkt meines Lebens stehen geblieben bin, und alles, was danach kommt, ist schlecht. Verstehst du, was ich meine? Die Mode und Musik meiner Jugend verkläre ich, aber alles, was die Jugendlichen heute hören, finde ich oberflächlichen Mist. Das macht mich wirklich traurig, aber ich schaffe es auch nicht, daran etwas zu ändern.«

»Das ist doch völlig natürlich! Man erarbeitet sich seinen Status quo, richtet sein Leben auf Dinge aus, die für einen selbst funktionieren, und legt für sich fest, was einem gefällt. Von diesen Dingen abzuweichen, bedeutet dann ja nicht nur, dass man seine eigene Einstellung hinterfragen, sondern womöglich sein Leben und all die kleinen Gewohnheitsbausteine ändern muss. Nach einem Jahr als Veganerin beiße ich auch nicht so einfach in diese Wurst und bin glücklich.«

Sie spießte ein Bratwürstchen auf und hielt es Jule unter die

Nase. Dann verschwand es schneller, als man »Fleischfresser« sagen konnte, und entgegen ihrer Aussage sah Milla nicht aus, als würde sie innerlich mit sich ringen.

»›Gewohnheitsbausteine‹? Das Wort hat was.« Sofort zückte Jule ihr Notizbuch. »Manchmal weiß ich gar nicht mehr, was ich denken und wie ich handeln soll.«

»Das Problem unserer Generationen, Jule. Sieh mich an. Ich bin nur vier Jahre älter als du, aber ich habe in meinem Leben fast nie mit den Fragen gerungen, die dich beschäftigen.«

»Ja, aber weshalb nicht?«

»Ich bin einfach nicht so. Für mich war schon immer klar, dass ich mich für einen Weg entscheiden muss, und den bin ich dann gegangen – ab und an eine kleine Kurskorrektur, aber ich weiß, was ich will. Mein Fell, um mit Konsequenzen und Kommentaren zu leben, ist dicker als deins.«

Um ein wenig Zeit zum Nachdenken zu haben, löste Jule ihren durcheinandergeratenen Pferdeschwanz, kämmte die Strähnen sorgfältig mit den Fingern und band ihn dann neu. Milenas Offenheit und plötzliche Weichheit vergrößerte ihre Unsicherheit eher, als ihr weiterzuhelfen.

»Ich glaube«, sagte sie schließlich vorsichtig, »dass sehr viele Menschen sich gerne eine Scheibe von dieser Selbstsicherheit abschneiden würden. Es ist so schwierig, heute zurechtzukommen und nicht ständig an sich zu zweifeln.«

»Wenn du mich fragst, ist es auch nicht schwieriger als vor zehn oder zwanzig Jahren. Jeder Mensch hat andere Antennen, andere Bedürfnisse und eine andere Erziehung genossen. An dir bewundere ich diese bedingungslose Herzlichkeit und diese Leidenschaft für alles, was du tust. Mir sagt man nach, ich ginge zum Lachen in den Keller. Ich bin eher ein rationaler Mensch und finde es gerade beispielsweise sehr aufregend, die unterschiedlichen Gewürze dieser Bratwurst herauszuschmecken.

Das liebe ich so an Schwangerschaften! Dieser Geruchs- und Geschmackssinn! Endlich kann ich den Majoran in der Wurst so richtig auf mich wirken lassen. Zu schade, dass Wein tabu ist. Ich wüsste doch zu gerne, ob ich jetzt all die angepriesenen Schieferlagen, Johannisbeeren und Zitrusfrüchte herausschmecken könnte. Oder die Torfschichten beim Whisky ...« Ihr Blick schweifte in die Ferne.

»Es gibt so viele Dinge, über die ich noch nie in meinem Leben nachgedacht habe«, resümierte Jule, schüttelte den Kopf und stürzte sich in die anfallende Arbeit.

HIER IST PLATZ FÜR IHRE IDEEN:

Kapitel 11

Von: Jolanda Moller <jule@jules_linde.de
An: Wilhelmine Arbt <Wilhelmine@mailmail.de>
Betreff: :-)

Liebste Oma,

du kennst mich wirklich gut. Danke für dein Geburtstagspäckchen! So kuschelige Bettwäsche hatte ich noch nie. Wo hast du die denn aufgetrieben? Und keine Sorge, mir gefallen die Ornamente und die knalligen Farben sehr gut. So orientalisch finde ich das gar nicht. Endlich mal etwas anderes als immer diese Weihnachtsmotive oder langweiligen Standard-Muster.
Wie schade, dass du an Weihnachten nicht kommen kannst, aber diese Reise wird wirklich etwas Besonderes, und ich freue mich, dass du deine alte Schulfreundin wiedergefunden hast. Das ist wie im Märchen!
Pass auf dich auf, ja? Ach, Mensch, ich wünschte, ich könnte mich zu dir in den Flieger setzen!
Weißt du, dass Mama mir eine Geburtstagskarte geschickt hat? Ich weiß nicht, ob deine Reise nach Kanada sie so aus der Bahn geworfen hat, aber sie kommt mir so verändert vor. Ich bin fast so weit, dass ich mich traue, sie anzurufen.
Wir müssen uns unbedingt im neuen Jahr treffen und Lebkuchen backen und viel reden.

Oh. Und ich höre, dass ich eine neue Kaffeekanne brauche. Mika will mir unbedingt ein Geburtstagsfrühstück machen, aber das klingt gerade sehr nach »Scherben bringen Glück«.
Kommst du mit den Fotos in der Cloud eigentlich zurecht? Dann achte ich in nächster Zeit mal darauf, mehr zu knipsen, und stecke da noch mehr Bilder rein, damit du einen besseren Eindruck davon bekommst, wie sich hier alles entwickelt. Und auf den Weihnachtsmarkt bist du bestimmt auch schon neugierig.
Ich wünsche dir eine wunderschöne Adventszeit, entspannte Reisevorbereitungen und vor allem eine schöne und nicht zu anstrengende Reise.

Ich küsse und umarme dich, je t'embrasse
Deine Jolanda

T ja«, sagte Mika. »Dann führe ich dich zum Frühstück wohl mal besser in dein eigenes Café aus.«

Er saß auf dem Küchenboden und fegte die Scherben zusammen. Aus dem Toaster roch es verdächtig verbrannt, und in der Butter auf dem Tisch steckte ein Messer – die hatte Mika wohl nicht rechtzeitig aus dem Kühlschrank geholt.

»Ich habe dir gesagt, dass du mir kein Frühstück zu machen brauchst. Also, keins, das über Tee und Müsli hinausgeht.«

»Ja, aber komm, ich kann mich doch nicht hinsetzen und sagen: Ich bin ein Mann, ich kann nicht kochen und rühre nur mal hin und wieder Punsch um.«

»Ganz so schlimm ist es jetzt auch nicht. Du machst gute Soßen und Nudeln.«

»Wenigstens kann ich gut putzen.« Ächzend kam er hoch. Er leerte die Scherben in den Abfalleimer und stellte das Kehrblech weg.

»Alla gut, das ist jetzt nicht so romantisch abgelaufen, wie ich mir das vorgestellt hatte. Dann also Tee und Müsli?«

»Lass uns runtergehen und Kopf hoch. Komm, es ist Samstag, da sind Croissants in der Bäckertüte. Die versöhnen mich mit allem und dich hoffentlich auch.«

»Croissants? Immer!«

Jule schlang ihren Arm um seine Hüfte und zog ihn zu sich. »Wir erklären jetzt einfach beide, dass niemand dem anderen irgendwie böse oder beleidigt ist. Wir sind beide zufrieden und hungrig, und ich bin lediglich zum Platzen gespannt darauf, was du mir schenken willst. Du heckst doch seit Wochen etwas aus!«

»Das stimmt«, meinte Mika nur trocken. Er küsste sie auf die Nase. »Bis zum Frühstück verrate ich nur so viel: Es hat etwas mit Tieren zu tun. Geh schon mal runter, ich entsorge noch das verbrannte Toastbrot.«

Jule war bester Laune. Hatte sie ihren dreißigsten Geburtstag im vergangenen Jahr noch mit einem leichten Bauchgrummeln begangen, freute sie sich heute über alles, was sie in diesem Jahr zustande gebracht hatte.

Unter ihren Händen fühlte sich das hölzerne Treppengeländer warm an und sehr fest. Sie erinnerte sich noch genau, wie sie sich hier festgeklammert hatte, als im Juni die Eröffnung anstand. Und auch heute versprach das Wetter einen wundervoll sonnigen Tag, wenn auch mit kahlen Bäumen und nicht ganz so frühlingshaft warm wie vor einem halben Jahr.

Jules Laune schlug erst um, als sie in den Schankraum kam. Einen Moment lang glaubte sie, Berthe wäre irgendwie hereingekommen, denn vor ihren Füßen huschte ein hühnerbraunes Wesen von einem Stuhl zum anderen.

Dann sah sie noch eins und noch eins und noch eins. Zwei saßen im Adventskranz, und eins scharrte unter dem Basteltisch an einem Strohstern herum. Sie sahen aus wie eine Kreuzung aus Huhn und Kaninchen, wuselten überall herum und wichen geschickt Gerta aus, die mit einem gelb-roten Küchentuch versuchte, die Schar zusammenzutreiben. Milena sprach wild gestikulierend mit einer robust aussehenden Frau in grauen Latzhosen.

»Was machen denn die ganzen Muppets hier drin?«, rief Jule entsetzt.

Eins wuselte gerade an ihren Beinen entlang. Vorsichtig schnappte sie es und schaute ihm in die Augen. Es war ganz still und kuschelig und fühlte sich in ihrer Hand augenblicklich wohl.

Oh wie nied... was sind das für Viecher? Das ist doch wohl nicht Mikas tierische Geburtstagsüberraschung?

»Wenn Sie die nicht hier haben wollen«, sagte die Latzhosenfrau gerade zu Milla, »dann setze ich die halt bei Ihnen vor die Tür. Aber mitnehmen tu ich die nicht mehr.«

»Ausgemacht war Januar! Sie können Jule doch nicht einfach so die Hühner vorbeibringen. Darauf muss man sich doch vorbereiten, einen großen Stall bauen, Futter besorgen.«

»Ich hab zwei Säcke Futter und den mobilen Stall dabei. Das Zeug stelle ich gleich in die Einfahrt, und damit hat es sich. Sie sagten zu mir, Frau Moller könne die Hühner jederzeit übernehmen. Heilig's Blechle, das sind halt alte Leute, da geht es gesundheitlich manchmal schneller bergab, als einem lieb ist! Sie wollten die Viecher nicht im Topf, also kümmern Sie sich auch darum!«

Ohne ein weiteres Wort drehte sie sich um und verließ die Lindenblüte.

»Sie können nicht einfach gehen!«, schrie Milena ihr hinterher. Aber ganz offensichtlich konnte die Frau.

Jule setzte das Huhn wieder ab und ging zu Milena. Zum ersten Mal, seit sie sich kannten, raunzte sie ihre Freundin an: »Sag mal, warum sind die Viecher hier drin? Wie soll ich das denn wieder hygienisch sauber putzen, bis wir öffnen? Und wann habe ich gesagt, dass ich die Hühner haben möchte?«

»Wirklich *nein* hast du nicht gesagt. Da die arme Berthe allein ist, hättest du sicherlich ein paar übernommen.« Milena war wieder ganz die Alte und strahlte jene Selbstgewissheit aus, der man nur schwer widersprechen konnte. »Ich wollte dich in den nächsten Tagen noch einmal fragen, aber da ich selbst nicht wusste, wie eigentlich der Stand der Dinge ist, konnte ich dazu schlecht etwas sagen. Und vor einer halben Stunde kam dann der Anruf, dass die Hühner sofort gebracht werden oder heute noch zum Schlachter gehen. Das habe ich nun wirklich nicht übers Herz gebracht.«

»Aber du hättest mich fragen können! Vorher! Und warum sind die nicht draußen im Gehege? Was soll ich hier drin mit … wie viele sind es eigentlich?«

»Zwölf Zwerg-Seidenhühner und ein Hahn. Herzlichen Glückwunsch zum Geburtstag!«

»Danke schön«, stöhnte Jule. »Und jetzt mach die Terrassentür auf und raus mit denen! Ich öffne das Gehege. Das sind eindeutig ein paar Hühner mehr, als ich mir so vorgestellt habe. Davon nimmst du welche mit zum Dennighof, falls du den wirklich bekommst!«

Zitternd vor Wut, öffnete Jule die Tür und stellte die Gartenmöbel so auf die Terrasse, dass ein schmaler Gang entstand, durch den sie und Gerta die Hühner ins Gehege treiben konnten. Sie hielten gerade jede ein Geschirrtuch in der Hand, als Mika herunterkam.

»Was macht ihr denn mit den ganzen Osterhasen?«

»Schau mal genau hin, Mika.«

Er nahm ein Huhn auf den Arm und betrachtete es. »Verstehe.«

Unter Lachen half er dabei, die Hühnerbande durch die Schankstube und hinaus in den Garten zu scheuchen. Anschließend packte er wortlos den Staubsauger aus und wischte noch ordentlich durch.

Ja, putzen kann er ...

Jule, Gerta und Milena ruhten sich kurz aus und kümmerten sich dann weiter um die Frühstücksvorbereitungen. Jean würde erst am Mittag kommen, wenn der Bauernladen schloss.

Eine Minute vor der offiziellen Öffnung hielt Gerta Jule am Ärmel fest. »Ganz herzlichen Glückwunsch zum Geburtstag.« Sie zog Jule in eine feste Umarmung. »Bitte nimm dir noch kurz die Zeit, mein Geschenk zu öffnen. Das entschädigt dich hoffentlich ein wenig für das Chaos, das wir hier angerichtet haben.«

»Oh, Gerta! Du hast damit doch wirklich nichts zu tun.«

»Jedenfalls habe ich zu langsam reagiert, um es zu verhindern.

Hier.« Sie schob Jule ein großes Paket zu, schlicht, sparsam und umweltfreundlich eingebunden in Zeitungspapier, aber umwickelt mit einem wunderschönen selbstgesponnenen, bunten Garn. Mit einem Kopfnicken bedeutete sie Jule, es auszupacken, und ging, um die Tür aufzuschließen und die ersten Gäste hereinzulassen.

Zum Glück war die Schleife schnell und mühelos zu öffnen, und Jule kam gar nicht erst in die Verlegenheit, zu überlegen, ob sie ewig daran herumziehen oder eine Schere holen sollte – ein Dilemma, das sie seit ihrer Kindheit regelmäßig beim Geschenkeauspacken überfiel.

In der schlichten Verpackung befand sich nichts anderes als Gertas alter Briefkasten, in den Jule sich am Jahresanfang sofort verliebt hatte. Es war ihr deshalb unmöglich, ein kleines Kreischen zu unterdrücken. »Oh, Gerta! Das ist eins der schönsten Geschenke, die ich je bekommen habe!«

Ungeachtet der Tatsache, dass Gerta gerade eine Bestellung aufnahm, stürzte Jule auf sie zu und umarmte sie. Den Gästen nickte und lächelte sie zu. Es waren die zwei alten Damen, die häufig am Brunnen saßen, und sie zeigten ihr Verständnis mit wohlwollendem Lächeln. »Ja, haben Sie heute Geburtstag?«

Jule nickte.

»Wir gratulieren. Feiern Sie schön, und gehen Sie raus. Das Wetter meint es gut mit Ihnen.«

»Ich danke Ihnen. Ein bisschen arbeiten muss ich noch, und dann geht es hoffentlich an die frische Luft.«

Gerta stupste sie mit dem Ellbogen an. Über ihren Armen lag eine kuschelweiche Decke aus Alpakawolle in allen Naturtönen. »Mein Mann ist wirklich froh, dass wir uns endlich einen neuen Briefkasten kaufen. Ihm hat der alte nie besonders gut gefallen.« Sie überreichte Jule die Decke. »Das hier ist von uns allen, von

Herzen. Jetzt geh endlich frühstücken, bevor Mika und du verhungern. Und anschließend schmeißen wir den Laden, und ihr zwei seid unterwegs.«

»Du weißt etwas, das ich nicht weiß?«

»Sieht so aus, gell?« Gerta zwinkerte und grinste übers ganze Gesicht.

Wahrscheinlich hätte Gerta nur zu gerne Jules Gesicht gesehen, als sie einige Stunden später sah, dass »Etwas mit Tieren« eine sehr kleine Beschreibung für zwei so große Tiere war.

Sie hatte sich alles Mögliche ausgemalt, vom Zoobesuch bis zum Hamster, aber nie im Leben wäre sie auf die Idee gekommen, dass Mika sie an ihrem Geburtstag zu einem Ausritt einladen könnte. Er aber hatte mit einer ehemaligen Klassenkameradin gesprochen, die einen kleinen Reiterhof besaß, und sich zwei Islandponys ausgeliehen.

Bei unserer ersten Begegnung dachte ich noch, der sieht aus wie einer, der jeden Morgen einen Baum fällt, dann mit dem Pferd durch die Wälder prescht und anschließend zur Abkühlung eine Runde durch einen See schwimmt – bis auf den See hat er jetzt alle Punkte abgehakt.

Wie es sich für einen echten Helden gehörte, striegelte und sattelte Mika die beiden dick mit Winterfell ausgestatteten Isländer selbst. Er erklärte Jule, wie sie ein Pferd führte, dass sie ruhig bleiben sollte, egal was passierte, und ehe sie sichs versah, standen sie am Waldrand, und sie sollte aufsitzen.

»Habe ich eigentlich schon gesagt, dass ich noch nie im Leben auf einem Pferd gesessen habe?«

»Ja, hast du. Das macht nichts.«

»Mir schon!« Das falbfarbene Pony streckte seine Nüstern zu ihr herüber und schnaubte ihr warmen Pferdeatem auf die Wange. »Iih! Nicht jedes Mädchen ist ein Pferdemädchen!«

»Hast du Angst?«, fragte er, als würde ihm diese Frage tatsächlich erst jetzt in den Sinn kommen.

»Weil ich mich so anstelle?«

Mika nickte.

»Ich weiß nicht. Es ist nur so ein seltsames Gefühl, wenn ich mir vorstelle, dass ich gleich auf ein paar hundert Kilo Pferd sitze und versuche, dieses Kraftpaket mit einem kleinen Zügel zu lenken.«

»Stell es dir einfach nicht vor, sondern mach es. Du hast das fetteste und lammfrommste Reittier weit und breit. Es läuft nur freiwillig, wenn ein anderes Pony vorausläuft. Und ich habe dich am Führstrick.«

Kann ich jetzt noch abhauen? Ich würde ja gerne mal reiten, aber vielleicht doch zuerst auf einem Holzpferd. Ach, Mist, ich habe wirklich Schiss!

Mika band sein Pony an einen Ast, woraufhin es sofort damit begann, den spärlichen Grasresten am Wegesrand den Garaus zu machen. Er umarmte sie sanft. »Jolanda, wenn du wirklich Angst hast, dann zwing dich nicht. Ich dachte, ein Ausritt wäre eine schöne Idee, und mir ist nicht im Traum eingefallen, dass es für dich mehr eine Qual als ein Vergnügen ist. Da habe ich heute wohl zum zweiten Mal eine Überraschung vermasselt. Es wäre besser gewesen, wenn ich dir Zeichenstifte geschenkt hätte, stimmt's?«

Jule dachte an die wuselnden Hühner und grinste schief. »Du hast mir zumindest kein Dutzend Hühner in die Lindenblüte gesetzt.« Vorsichtig hielt sie die Hand unter die Pferdenüstern und ließ sich beschnuppern. »Ich wollte schon immer zumindest mal ausprobieren, wie es sich anfühlt, auf einem Pferd zu sitzen. Nur habe ich so einen Heidenrespekt, jetzt wo ich neben einem stehe. Ich glaube, ich will gleich nur gaaaanz langsam reiten. Auf keinen Fall so rasant wie in einem Western.«

Mika ließ ein heiteres Lachen hören. »Keine Sorge! Ich würde nie von dir verlangen, von Anfang an wie ein Profi zu reiten. Lass uns ein Stück mit den beiden gehen, damit du dich an das Pferd gewöhnst. Und dahinten, an der Kreuzung, da steigen wir dann auf und machen einen gemütlichen Spazierritt.«

»Wie lange können wir denn reiten?« Jule bemühte sich, den Führstrick so zu halten, wie Mika es ihr erklärt hatte.

»So lange oder so kurz wir wollen.«

»Okay, dann schauen wir mal, wie lange ich mich traue oder wann ich vom Pferd runterfriere.«

In gemächlichem Tempo gingen sie den Waldweg entlang, begleitet einzig vom Knirschen des Schotters unter Hufen und Füßen. Hier war Platz genug für Autos und Forstfahrzeuge. Jule hatte diese gut ausgebauten Wege schätzen gelernt, die ein engmaschiges Netz aus Wirtschafts- und Wanderwegen bildeten. Besonders im Sommer fand man immer eine Strecke, auf der man mit dem Fahrrad seine Ruhe vor Joggern, Hundebesitzern oder Wanderern hatte und einfach für sich die Stille des Waldes genießen konnte.

Als sie die besagte Kreuzung erreichten, fühlte Jule sich neben dem Pony fast wohl.

»Ich halte dir jetzt Pony und Sattel. Eigentlich musst du nur im Steigbügel stehen und das andere Bein rüberschwingen. Pass nur ein bisschen auf, dass du ihm nicht deine Schuhspitze in den Bauch bohrst.«

Jule atmete tief durch und versuchte, die plötzliche Verkrampfung mit einem Scherz zu lösen: »Der ist so dick, da kann ich den Rücken ja gar nicht verfehlen!«

»Umso besser: Dann fällst du auf der anderen Seite auch nicht wieder runter. Auf dem sitzt du gleich drauf wie auf einem Stuhl.«

»Na, ich weiß nicht.«

Eins, zwei, drei und: Hopp! Mit Schwung hievte Jule sich auf den Ponyrücken. »Hey, das war wirklich leicht! Ich wollte schon lästern, dass ich bestimmt im Spagat sitzen muss und dann einfach einmal um das Fass herumrutsche.«

»Wenn du mal wirklich breitbeinig auf einem Pferd sitzen willst: Ich kenne jemanden, der hat noch Rückepferde. Also, so richtig robuste Schwarzwälder Kaltblüter, mit denen man sehr schonend Bäume aus dem Wald holt. Die sind natürlich etwas wendiger und nicht ganz so stämmig wie ein Brauereipferd, aber davon gibt es hier in der Gegend meines Wissens keine mehr. Na, jedenfalls haben die ein wirklich breites Kreuz.«

»Also mir reicht diese Anfängergröße.« Sie tätschelte dem Pony sachte den Hals. Wahrscheinlich spürte es ihre Hand durch das dicke Fell nicht einmal. »Bist ein ganz Braver.«

»Dann sitze ich jetzt auch auf, und wir gehen langsam los, ja?«

Jule nickte. Bewundernd schaute sie zu, mit welcher Sicherheit und Eleganz Mika sich auf den Pferderücken schwang. »Also, ich war vielleicht kein Pferdemädchen, aber du machst das nicht zum ersten Mal!«

»Ich? Nein, ich habe tatsächlich einen Teil meiner Kindheit und Jugend auf dem Pferderücken verbracht – damals habe ich in den Sommerferien auf den Höfen ausgeholfen und gar nicht mal schlecht verdient. Sitzt du gut? Kannst du den Ausflug etwas genießen?«

»Ja, doch. Es schwankt, fühlt sich aber ganz gut an.«

»Zurück können wir ein Stück tölten. Das ist ein besonderer, sehr weicher Gang, den außer den Isländern nur sehr wenige Rassen beherrschen. Man spürt fast nicht, dass das Tier sich bewegt.«

Jule reichte ihm die Hand. Für einige Meter berührte sie seine warmen Fingerspitzen. Ihr einunddreißigster Geburtstag würde in ihrer Erinnerung ewig nach Pferd und Nadelwald riechen.

»Es fühlt sich so anders an als mit dem Fahrrad. So friedlich und so lebendig.«

Er nickte nur und drückte sachte ihre Hand.

»Wenn du möchtest, können wir öfter reiten. Irgendwie kommen wir so selten raus, und bei meinem neuen Job wird es bestimmt noch schwieriger für uns, Zeit füreinander zu finden.«

Ich glaube, ich muss den Adventskalender noch einmal ändern, bevor er ihn morgen bekommt. Verstohlen sah sie zu ihm hinüber. Er schien ganz in Gedanken versunken zu sein, sein ausgeprägter Kiefer wirkte leicht angespannt, und über der Nasenwurzel hatten sich zwei kleine Falten gebildet. *Ja, ich sollte noch ein paar Zettel für gemeinsame Spaziergänge und Kochen dazutun.*

»Wir können«, begann er, »den Montag als unseren Tag festlegen. Da werde ich wohl meine Überstunden abfeiern, wenn wir die Samstage wieder öffnen. Ab und an bin ich dann am Vormittag in der Bibliothek, weil wir den Schließungstag zum Aufräumen brauchen, aber im Großen und Ganzen sollte das unser Tag werden. Was meinst du?«

Er strahlte übers ganze Gesicht, und seine grünen Augen blitzten zu Jule herüber.

»Das klingt gut. Das klingt sehr gut.«

Wochentipp: Der besondere Dekofaden

Geschenke liebevoll einpacken macht mindestens so große Freude wie Geschenke erhalten. Und es ist gar nicht mal schwierig, ein eigenes Design mit persönlicher Note zu entwickeln.

Sehr schön ist ein Blatt schlichtes, weißes Zeichenpapier, das mit Tannenbäumen in zwei verschiedenen Grüntönen bestempelt wird. Wer es etwas aufwendiger mag, tupft mit einem Schwämmchen ockerfarbene Tinte auf, stempelt die Tannenbäumchen darüber und malt mit einem Gelstift ein paar rote Kerzen zwischen die Zweige.

Den letzten Pfiff gibt ein handgesponnener Faden. Für wenige Meter Garn braucht es nicht einmal eine Spindel, zum Aufwickeln reicht ein fingerlanger Zweig, Löffelstiel oder Ähnliches.

Sehr gut geeignet ist Märchenwolle. Es gibt sie oft im sogenannten »Kammzug«, also so gekämmt, dass alle Wollfasern in eine Richtung zeigen und sich leicht auseinanderziehen lassen. Aus diesem Kammzug werden vorsichtig einige Härchen ein Stück weit herausgezogen, auf den Oberschenkel gelegt und mit dem Handballen gerollt, dabei immer auf Spannung achten! Das Rollen so lange wiederholen, bis man einen stabilen Faden hat. Der wird weiter unter Spannung gehalten und um den Zweig gewickelt. Jetzt die nächsten Härchen ausziehen, rollen, aufwickeln. Man muss ein wenig üben, aber das Feine am Spinnen ist: Gerade die Unregelmäßigkeit der Anfängergarne sieht zauberhaft aus.

Wenn ein paar Meter Garn zusammengekommen sind, muss noch eine Kordel gedreht werden, damit der Faden sich nicht wieder auflöst. Dafür wird der Faden durch einen leichten Schlüsselbund oder einen anderen Ring mit Gewicht gezogen. Unter Spannung wird der Faden jetzt abgerollt und doppelt genommen, so dass das Gewicht in der Mitte baumelt und die zwei Hälften des Fadens sich umeinander verdrehen. Jetzt nur noch das Gewicht abschneiden und das Geschenk mit dem eigenen Garn verschnüren.

Ich wünsche allzeit ein offenes Auge für die schönen Dinge des Lebens.
Jolanda

Kapitel 12

Die Ruhe und den Frieden nach dem Geburtstagsausritt nahm Jule mit in die neue Woche. Und das war gut so, schließlich musste sie sich um die überraschende Hühnerschar kümmern, das Wohnzimmer komplett leer räumen, den weihnachtlichen Kunsthandwerkermarkt planen und die nächste Bastelstunde in der Lindenblüte vorbereiten.

Bei all der Arbeit stand der dreizehnte Dezember schneller vor der Tür als erwartet. Das letzte Treffen der Handarbeiterinnen fand am Freitagvormittag statt und beschäftigte sich mit dem Aufbau von Ständen und der Anfertigung von allerletzten Kleinigkeiten. Bis zur feierlichen Eröffnung des Weihnachtsmarkts durch den Bürgermeister am frühen Abend war noch eine Menge zu tun.

Jule trank so viel Kaffee wie selten zuvor und war völlig aufgekratzt. Sie liebte den Trubel von Weihnachtsmärkten, wünschte sich aber gerade nichts sehnlicher, als einfach ins Bett zu fallen und ein gutes Buch zu lesen. Wegen jeder Kleinigkeit wurde sie gefragt, obwohl Jean mit dem Klemmbrett dastand und mit Scherzen und deutlichen Worten jeden Tisch an den richtigen Platz wies.

Einige Leute gesellten sich nur deshalb zu Jule, um über etwas zu meckern, wieder andere überschütteten sie mit Dank oder wollten ausgerechnet im unpassendsten Moment ein Gespräch über die Lindenblüte führen.

»Jetzt nicht!«, war gefühlt die am meisten von Jule gebrauchte Phrase, dicht gefolgt von einem entschiedenen »Später!« und »Nein, ich fühle mich nicht gestört, aber …«.

Als endlich für eine Minute niemand etwas von ihr wollte, fiel ihr die Schriftstellerin auf, die völlig aufgelöst zwischen den Tischen herumirrte.

Die ist wohl der einzige Mensch im Dorf, der nicht mitbekommen hat, dass die Lindenblüte geschlossen ist.

Es war faszinierend, diese Frau zu beobachten. Beharrlich versuchte sie, ihren speziellen Tisch zu finden und in den Wintergarten zu rücken. Dort bauten jedoch gerade die Landfrauen ihre lange Kuchentheke auf und hatten so gar kein Verständnis dafür, dass ihnen ständig jemand einen Tisch in den Weg schieben wollte. Wäre nicht Ole gewesen, dem es irgendwann gelang, die beharrliche Kreative zu schnappen und zur Mitarbeit an seinem Stand zu überreden, hätte sie sich sicherlich mitten in die Kuchen der Landfrauen gesetzt.

An Oles Stand im Garten war ausreichend Platz, um die Produkte der lokalen Bauern und allerlei Dinge aus Alpakawolle zu präsentieren. Frecherweise hatte er gleich noch einen Teil des Gartens abgesperrt, ohne Jule zu fragen. Aber als sie sah, dass ihr Cousin dort seinen kinderlieben Esel und die Alpakas Karlchen, Kirsche und Jakobe abstellte, damit jeder sehen konnte, woher die weichen Stulpen eigentlich kamen, konnte sie ihm nicht böse sein.

In dieser Atmosphäre aus Plätzchenduft, dem Geruch von Tannenzweigen, Gelächter, Gefluche und Anpacken fühlte Jule sich schon fast selbst wie ein aufgescheuchtes Huhn, das überall herumwuselte und alle angackerte: »Mensch, Leute! Nicht da rüber! Das kommt in den Garten!« Sie scheuchte zwei Männer wieder hinaus, die drauf und dran waren, zwei große, nadelnde Tannenbäume mitten durch die Stube zu schleppen. »Und bitte außen herum. Ja, durch die Einfahrt! Nein, es ist nicht egal, dass hier drin schon alles dreckig ist! Da müssen nicht noch klebriges Harz und Tannennadeln drauf.«

Fröstelnd kroch Jule tiefer in ihre Strickweste. In der Lindenblüte war es eisig kalt, weil sämtliche Türen sperrangelweit offen standen, damit all das Material herumgetragen werden konnte. Dazu kam der Schlafmangel. Jule fror seit Tagen erbärmlich und freute sich bereits jetzt auf das Ausschlafen am Montag. Wenn das jetzt bloß keine Erkältung wurde, die sie über Tage flachlegte!

»Du siehst ja fürchterlich aus!« Gerta eilte auf sie zu und legte ihr etwas um die Schultern, bei dem Jule nicht genau sagen konnte, ob es einer ihrer exotischen Strickschals oder eine richtige Decke war. »Mir geht's gut«, krächzte Jule. Ihre Hand fuhr an ihre Lippen. Allerdings hielt sie gar keinen Kaffeebecher mehr umklammert.

»Soll ich dir Nachschub holen?«, fragte Gerta mitfühlend. »Bitte, Jule, ruh dich ein paar Minuten aus!«

»Danke, geht schon. Ich muss erst noch zusehen, dass die Verkabelung nicht mitten im Weg verlegt wird. Danach versuche ich es wohl besser mal mit einem Pfefferminztee. Mein Kaffeepegel scheint zu hoch zu sein.«

»Nein, du gehst jetzt nach oben und setzt dich ein paar Minuten hin!«, bestimmte Gerta. Mit liebevollem Nachdruck schob sie Jule in Richtung Treppe. »Ich sage Oles Cousin Bescheid. Der soll sich um die Leitungen kümmern. Du hast hier alles organisiert und so viel getan, jetzt können mal andere ran. Und wenn dir langweilig wird, kannst du mitbacken.«

Einen theatralischen Seufzer gönnte Jule sich noch, dann gab sie nach. »Na gut. Jonas kann übernehmen. Bin ich froh, dass ich euch habe. Hoffentlich reichen die Plätzchen dann, mit dem Schwung, den wir heute noch fertigbekommen.«

Zufrieden tätschelte Gerta ihr den Arm und ging auf die Suche nach Jonas. Jule stand mit einem Fuß auf der Treppe und schaute dem Aufbau zu, bis Gerta zurückkam und sie sanft die Stufen hinaufscheuchte.

»Wahnsinn.« Jule schüttelte den Kopf. »Wie sich alle reinknien, oder? Jetzt haben wir es endlich geschafft, und keiner kann uns mehr unseren Weihnachtsmarkt wegnehmen.«

»Wenn man unseren Bürgermeister anschaut, könnte man meinen, er wäre nie dagegen gewesen. Jetzt ist er wieder ganz der Alte und Feuer und Flamme.«

»Ich wäre ja nie auf die Idee gekommen, die Hauptstraße zu sperren und den Verkehr umzuleiten, damit der Weihnachtsmarkt möglichst komfortabel und sicher stattfinden kann.«

»Tja.« Gerta verschränkte die Arme. »Wenn man den Bürgermeister auf seiner Seite hat, geht so einiges, wie du siehst.«

Eigentlich müsste ich mich jetzt aufregen, schätze ich. Oder zumindest ein bisschen die Augen verdrehen oder so.

Mensch, ich brauche dringend mal ein paar Stunden Schlaf und einen langen, einsamen Spaziergang.

Wirklich zum Entspannen kam Jule nicht, aber immerhin gelang es ihr, ein halbes Stündchen zu schlafen. Sie war sehr überrascht davon, wie erholt sie sich danach fühlte. Gähnend folgte sie den Stimmen, die aus ihrer Küche kamen. Mika und Milena standen um den Tisch herum und bewunderten eine große Decke in verschiedenen Naturtönen.

Milena streichelte sie wie ein großes Tier. »Die ist wirklich herrlich weich und warm.«

Jule staunte nicht schlecht. »Ist das die Decke für Maikes Baby?«

»Gerade fertig geworden«, erklärte Gerta stolz. »Ich habe sie Anfang der Woche vom Webstuhl genommen und vorgestern gewalkt. Leider hat alles etwas länger gedauert. Aber die Decke ist so groß und wegen der Wolle etwas dicker – ich schätze mal, der Kleine wird sie sein Leben lang behalten können.«

»Wow, ist die genial!« Jule betastete eine Ecke. Gerta hatte es hinbekommen, die Farben so zu mischen und zu walken, dass die Decke wie eine schottische Highlandlandschaft aussah, auf der winzige, weiße Schäfchen grasten. Außerdem war sie für eine reine Schurwolldecke wirklich sehr weich.

Selbst Mika konnte kaum die Finger von ihr lassen. »So eine musst du auch für mich machen. Damit friert man auch im Zelt nicht. Das weckt den Cowboy in mir.«

Gerta lächelte und rollte die Decke zusammen. »Jule, ich habe ein neues Wort für deine Sammlung: Be-wundern.«

»Klingt irgendwie weihnachtlich, wenn man es so ausspricht.«

»Oder als würde man ein Wunder einpacken. Wie Be-stücken.«

Mika griff zur Kreide. »Dann werde ich mal die Tafel Be-schreiben, auch wenn sie für andere Dinge gedacht ist. Wir haben noch eine ganze Menge Arbeit vor uns.«

»Genau«, sagte Gerta. »Wie steht's denn jetzt mit dem Ofen? Ist der endlich heiß? Wir brauchen schließlich für das Adventsfenster noch Plätzchen, Plätzchen, Plätzchen. Milena, kannst du ein Blech mit Springerle nehmen? Die können jetzt langsam mal in den Ofen.«

»Ihr habt euch ja mächtig ins Zeug gelegt!« Bewundernd verfolgte Mika die Backblechparade, die aus Jules Küche in Richtung der Lindenblüten-Küche marschierte. »Ach ja, Jolanda, falls du die Karte schon fertig hast, kann ich die Decke schon zur Post bringen.«

»Gehst du noch einkaufen?«

»Nur Kleinigkeiten, die noch fehlen. Und ich habe Anja versprochen, sie in Karlsruhe abzuholen, damit sie schon ein paar Sachen in ihre neue Wohnung bringen kann.«

»Aha. Sie hat kein eigenes Auto?« Jule verschränkte die Arme vor der Brust und reckte das Kinn vor. An ebendem streichelte Mika sie sanft und schaute ihr in die Augen. Sein Lächeln war warm und ansteckend. »Mach dir keine Sorgen, ich helfe nur einer Kollegin. Denk lieber daran, was für ein Opfer ich dafür bringe, weil sie sicherlich die ganze Zeit mit mir über Doctor Huch reden möchte.« Er küsste sie sanft und erstickte damit fast ihr Lachen.

»Doctor Huch? Sicher, dass du nicht Doctor Who meinst?«

»Ja, was weiß ich, wie diese ganzen Serien heißen! Wir sind ein wirklich tolles Team, wenn es darum geht, in der Bibliothek für Ordnung zu sorgen, aber ganz ehrlich: Fantasy-Serien schauen ist einfach nicht mein Ding.«

Jule konnte den Stein förmlich spüren, der ihr vom Herzen plumpste. »Warum sagst du ihr das denn nicht?«

Mika dagegen wirkte regelrecht verzweifelt. »Wie oft denn noch? Das ist wie mit den Zeugen Jehovas: Sie halten ihre Meinung für eine so gute Idee, dass sie nicht lockerlassen, bis sie dich bekehrt oder in den Wahnsinn getrieben haben.«

»Sollen wir mal eine Folge zusammen schauen? Matt Smith ist ein ganz sympathischer Doktor.«

»Lieber schaue ich zweimal die Woche die Fallers an!«

»Das ist diese badische Lindenstraße, nicht?«

Mika verdrehte die Augen. »Meine Eltern wollten das immer schauen, wirklich immer! Ich weiß nicht, ob das für mich eine Kindheitserinnerung ist oder ein Trauma.«

»Alla gut, ich glaube, ich verstehe, was du mir sagen möchtest.«

Wieder küsste er sie. »Du bist der erste Mensch, der behauptet, er würde mich verstehen.«

Sie hielt seinen Blick fest. »Du bist der erste Mensch, der mich versteht. Kannst du mir ein paar Orangen mitbringen? Ich möchte noch Scheiben trocknen.«

»Klar, mache ich. Und ich schaue mal, was wir am Wochenende so kochen.«

»Gar nichts! Da futtern wir uns auf dem Weihnachtsmarkt durch!«

Lachend trennten sie sich. Aufgewärmt und mit deutlich besserer Laune ging Jule in die Lindenblüten-Küche hinunter. Dort legte Milena gerade die Oblaten für die Makronen auf Backpapier aus.

»Bleib lieber draußen, Jule. Diese Backerei ist so was von gefährlich für die Figur! Ich weiß schon, warum ich in der Weihnachtszeit nicht selbst backe.«

»Danke, dass du für uns so tapfer bist, Milla!« Jule klopfte ihr auf die Schulter.

»Das ist mein voller Ernst!«

»Meiner auch. Wo kann ich anpacken?«

Gerta hielt ihr eine volle Schüssel hin. »Schnapp dir einen Löffel und mach auf jede Oblate einen Klecks.«

»Sieht das mit der Spritztülle nicht schöner aus?«

»Die Makronen? Ach, Unsinn!«

»Okay, das schaffe ich. Was sind da für Krümel mit drin? Das sieht aber nach sehr verbrannten Kokosraspeln aus!«

»Das sind gemahlene Haselnüsse. Die Kokosmakronen sind schon im Ofen.«

Sie tat, was Gerta ihr aufgetragen hatte. »Und was jetzt?«

»Jetzt nimmst du dir die große Schüssel da drüben. Da ist noch ein Springerleteig drin. Kannst du den bitte auswallen und mit den Modeln drübergehen?«

»Muss der dann nicht über Nacht ruhen?«

»Müsste. Aber das wird auch so gehen. Die werden heute bestimmt noch alle gegessen.« Gerta fuhr sich mit dem Unterarm über die Stirn. Sie hatte die Ärmel hochgekrempelt, und zum ersten Mal fielen Jule ihre starken Arme auf. Wehmütig dachte sie an ihre Großmutter Wilhelmine und überhaupt an all die alten Frauen, die noch dem Großmutter-Typ entsprachen, den Jule aus ihrer Kindheit kannte. Das waren alles kleine, ein wenig kastenförmige Frauen mit streng zurückgekämmten, ungefärbten Haaren, Wetterfalten im Gesicht und muskulösen Armen. Die meisten von ihnen besaßen Schrebergärten und bauten ihr eigenes Gemüse an. Und selbst wenn sie keine schweren körperlichen Arbeiten mehr verrichteten, wurden sie von der Ruhe nicht auf einen Schlag schlank und jugendlich, sondern behielten ihre zähe und ausdauernde Figur bei. Jule hatte stets Hochachtung vor diesen Frauen verspürt und hoffte darauf, im Alter ebenso robust zu sein.

Und selbst Großmutter. Das war doch immer, wie ich mir das Leben vorgestellt hatte: Schule, Studium, Beruf, ein kleines Häuschen kaufen, einen netten Mann kennenlernen, Kinder, Enkel, den Lebensabend im eigenen Garten verbringen und die Sommerabende mit der Familie auf der Gartenbank sitzen.

Wenn sie die Augen schloss, dann sah sie ihr älteres Ich vor sich, wie es auf einer grüngestrichenen Bank saß, die Hände auf einen einfachen Spazierstock gestützt und gewärmt von der Abendsonne. Aber wahrscheinlich gab es solche alten Frauen nicht mehr, wenn Jule selbst alt war. Sie staunte ja heute schon über die lebenshungrige Generation ihrer Mutter, wie jung und fit die Leute aussahen, wie modern sie sich kleideten. Ein paar von ihnen arbeiteten noch im Garten, aber die wirklich schweren Arbeiten übernahmen Waschmaschinen und Co., die Nähmaschinen waren elektrisch, und Nutztiere hielt kaum noch jemand. Kastenförmig wollte heutzutage auch keine ältere Frau mehr sein, Jule eingeschlossen. Insgeheim hoffte sie bis zum Lebensende auf eine schlanke und sportliche Figur. So ein wenig wie die vielen Radfahrer, die im Sommer in der Lindenblüte eingekehrt waren – vielen sah man an der gebräunten Haut und den starken Gliedmaßen an, dass sie häufig lange Radwanderungen unternahmen.

Jule musste sich eingestehen, dass sie das Aussterben der klassischen Omas ein klein wenig traurig stimmte.

Mit den Fingern schnipste Gerta vor ihren Augen. »Bist du so übermüdet, dass du mit dem Wellholz in der Hand träumst?«

»War früher alles besser, Gerta?«

»Früher war früher. Meine Knie waren damals besser.«

»Meine auch.« Sie zwinkerten sich zu. Schwungvoll klatschte Jule das Wellholz auf den Teig. Milena fuhr erschrocken hoch. »Was wird denn das?«

»Ich plätte den Teig.«

»Du prügelst ihn!«

»Sagen wir: Ich lasse ein wenig Energie ab und schaue zu, dass ich wach bleibe.«

»Von mir aus können wir uns beide gleich zu einem Nickerchen hinlegen. Schwangerschaftsmüdigkeit ist das Schlimmste an der Sache. Da ist man von einem Moment auf den nächsten völlig hinüber! Man kann auch nicht so einfach ›Nein‹ zu seinem Körper sagen wie sonst.«

»Ah.« Jule beobachtete sie aus dem Augenwinkel. Wahrscheinlich hatte Milena nicht unrecht, aber Zeit für eine Pause gab es nicht, jedenfalls nicht für Jule. Stattdessen rollte sie wie eine Wilde den Teig aus und verteilte dann die drei alten Holzmodeln darauf, die Gerta ihr geliehen hatte. Gerade diese traditionellen, leicht altbackenen Motive wie Kerzen an Tannenzweigen, Tannenzapfen und Bischofs-Nikoläuse liebte Jule sehr. »Darf ich da jetzt eigentlich draufhauen?«

»Roll lieber vorsichtig und mit ordentlichem Druck drüber.«

Unter Gertas gestrengem Blick presste Jule die Model leicht in den Teig, versetzte sie ein Stück und drückte wieder zu, bis der gesamte Teig mit Motiven bedeckt war. Dann nahm sie die Teigkarte und schnitt die einzelnen Quadrate aus.

»Das hast du schön gemacht«, lobte Gerta. »Endspurt, meine Lieben! Noch fünf Plätzchensorten, dann haben wir es geschafft.«

Es wurden dann doch sechs Plätzchensorten, und bis fünf Minuten vor Beginn des Weihnachtsmarktes glaubte Jule nicht daran, dass sie die Vorbereitungen noch rechtzeitig zu einem Abschluss bringen würden. Aber als der große Moment gekommen war, an dem Adventsfenster und Weihnachtsmarkt eröffnet werden sollten, da passte plötzlich alles, und von der Hektik und der Unordnung des Tages war nichts mehr zu sehen – sie wollte allerdings nicht wissen, welches Kuddelmuddel sich unter den langen Tischdecken der Stände vor dem Blick der Besucher verbarg.

Es ist erstaunlich, was man alles ein paar Minuten vor dem Ende schafft, wenn man einfach fertig werden muss.

Durch die Sperrung der Hauptstraße konnten die Müggebacher beide Adventsfenster gut im Blick behalten, das am Einhorn und das bei Jule. Noch waren beide verhüllt, aber der Bürgermeister brachte sich schon in Position.

»Meine lieben Mitbürgerinnen und Mitbürger.« Er räusperte sich. Der Scheinwerfer, den die Feuerwehr vom Rathausplatz aus auf ihn gerichtet hatte, schwankte. »Es ist mir heute eine ganz besondere Ehre und Freude, den Weihnachtsmarkt zu eröffnen und gleichzeitig diese ganz außergewöhnlichen Adventsfenster. Wir haben es im Rathaus kaum glauben können, als Frau Moller und Herr Einhorn uns vorschlugen, gemeinsam ein Adventsfenster auszurichten. Viele von uns erinnern sich noch allzu gut an so manche Fehde, die zwischen der Alten Linde und der Einhornbrauerei ausgetragen wurde. Wie gut, dass jetzt eine neue Generation das Ruder übernommen hat.

Wir werden in den nächsten Jahren noch viel Wandel erfahren, in unserer kleinen Gemeinde, denn die Zeit und das Leben stehen nicht still, so mancher Stab wird – völlig zu Recht – an die nächste Generation weitergereicht. Wie erfreulich, dass diese Veränderungen mit einem Handschlag beginnen. Es ist an der Zeit, alte Wunden zu heilen und Gräben zu schließen.

Ich bedanke mich hiermit bei all denen, die diese Fenster und diesen Weihnachtsmarkt möglich gemacht haben. Ohne ihr ehrenamtliches Engagement wäre dieses Dorf um so vieles ärmer. Und ich danke denjenigen, die in den turbulenten Wochen im November einen kühlen Kopf bewahrt und in einem vernünftigen Tonfall mit mir geredet haben.

Und damit Sie alle nicht allzu lange in der Kälte auf Ihren Glühwein warten müssen, eröffne ich hiermit den Weihnachtsmarkt, wünsche eine gesegnete Weihnachtszeit und übergebe an Jolanda Moller und Carsten Einhorn.«

Es wurde geklatscht und gemurmelt. Die Stimmung war gelöst, und die Rede des Bürgermeisters kurz genug gewesen, um niemanden ungeduldig werden zu lassen.

Mit einem verlegenen Grinsen im Gesicht stellte Jule sich ins Scheinwerferlicht. Es blendete, so dass sie Carsten kaum ansehen konnte, der jetzt neben ihr stand und die Zuhörer begrüßte: »Liebe Weihnachtsmarktbesucher. Ich muss euch noch einmal kurz für eine Rede verhaften.« Verhaltenes Lachen. Ein wenig Redezeit gestand man ihnen wohl zu, zudem die Leute sicherlich neugierig auf die großen Jutesäcke waren, die zwischen ihnen standen. »Wir haben heute das große Glück, dass Adventsfenster und Weihnachtsmarkt an einem Ort stattfinden. Das ist eine wunderschöne Gelegenheit, gemeinsam die Vergangenheit zu begraben und etwas Neues anzufangen. Jule und ich haben uns deshalb bemüht, gleich zwei Adventsfenster an einem Tag zeigen zu können – mein herzlicher Dank an das Organisationskomitee für die Ausnahme! Wie immer gibt es bei jedem Fenster Plätzchen und Glühwein, solange der Vorrat reicht. Hier bedanke ich mich bei meiner wundervollen neuen Nachbarin, die mit ihrem Team unglaubliche Mengen gebacken und nebenbei noch die Organisation des Künstlermarktes in der Lindenblüte gestemmt hat.« Die Leute applaudierten. »Ich werde jetzt zur Einhorn-Brauerei gehen und mein Fenster enthüllen, während Mika Raupp an der Lindenblüte dasselbe tun wird. Die Söhne reichen sich die Hand, wo es die Väter nicht geschafft haben. Ich wünsche euch ein grandioses drittes Adventswochenende. Und keine Sorge: Jule wird euch gleich erzählen, was es mit den Säcken auf sich hat.«

Er grinste breit und machte sich auf den Weg zum Einhorn.

Auf beiden Seiten wurden die Bettlaken nun mit kräftigem Ruck heruntergelassen. In den Fenstern waren jetzt Winterlandschaften aus Karton zu sehen, die mit LEDs stimmungsvoll erleuchtet wurden. Die Müggebacher klatschten.

»Ach, das ist doch unser Bahnhof, nicht?«, hörte Jule jemanden rufen. Es wurde rasch unruhig, denn jeder entdeckte nun die Silhouette des ein oder anderen bekannten Gebäudes.

Nach einer Minute griff Jule zu einem Glöckchen und sorgte damit wieder für Aufmerksamkeit.

»Wie ich sehe, haben wir gut ausgeschnitten, man erkennt die Sehenswürdigkeiten unseres Dorfes. Wenn Sie alle Gebäude erraten haben, dann greifen Sie einmal in einen der Nikolaussäcke. Wir haben das eine oder andere Dekorationsstück aus der Alten Linde in die Kaffeesäcke getan, und in den Hopfensäcken stecken ein paar Fundstücke aus dem Einhorn. Wer sich eine Erinnerung mitnehmen möchte, darf das gerne tun. Bitte greifen Sie auch bei den Plätzchen und beim alkoholfreien Glühpunsch zu, solange etwas da ist. Ich wünsche Ihnen und uns einen wundervollen Abend und ein weihnachtliches Wochenende!«

Es wurde geklatscht, und Jule reichte die Säcke verlegen an Jean weiter, der sich bereit erklärt hatte, ein wenig aufzupassen, dass die Leute sich nicht um den Inhalt prügelten.

Sie wollte sich schon aus dem Scheinwerferlicht stehlen, als Carsten wieder neben ihr stand, um sich mit ihr von der Presse ablichten zu lassen.

Auch er schien nicht wirklich begeistert davon zu sein, im Mittelpunkt zu stehen, aber das gehörte nun mal dazu. Jule hatte ihn in den vergangenen Monaten als einen stillen, ernsten und sehr fleißigen Menschen kennengelernt, der lieber seine Erzeugnisse und seine Taten für sich sprechen ließ, als selbst zu reden.

Wahrscheinlich hat er deshalb auch zugelassen, dass sein Vater so lange den Betrieb führte. Personalgespräche sind sicherlich nicht seins. Es ist doch immer diese Krux, leidenschaftlich bei der Sache zu sein und dann fünfzig Prozent seiner Zeit nicht mit seinem Steckenpferd zu verbringen, sondern mit Verwaltung und Verantwortung.

Carsten legte Jule den Arm um die Schulter und hielt seinen Daumen nach oben. »Zu gestellt, oder?«

Der Fotograf nickte mit ernster Miene. »Versuch es doch mal mit Lächeln, Carsten.«

Jule stupste ihn an. »Sag doch mal ›Hopfendolde‹!«

Das funktionierte. Carsten grinste, die beiden sagten um die Wette »Hopfendolde« und »Kaffeeeee«, und die Pressevertreter nickten zufrieden. Das darauffolgende Interview war schnell vorbei, und die Aufmerksamkeit widmete sich wieder dem Bürgermeister, der unter den neugierigen Blicken der Dorfbewohner als Erster in den Nikolaussack griff.

»Kann ich dir und Mika ein Bier anbieten?«, fragte Carsten.

Ihr Gesichtsausdruck sagte wohl »Ja«, denn im Nu hatte er vom Stand vor dem Einhorn zwei Flaschen geholt und drückte sie ihr in die Hand. »Und wenn ihr was Warmes in den Magen braucht, könnt ihr euch jederzeit was bei uns holen.«

Johlen und Klatschen. Stolz präsentierte der Bürgermeister ein uraltes Sitzkissen. Jule grinste vor sich hin. Sie hatte es sich nicht nehmen lassen, auch eine ganze Menge weniger nützliche Erinnerungsstücke in den Sack zu packen, und der Plan ging offenbar auf. Besonders auf die geblümten Sitzkissen war sie stolz, denn die hatte sie so geschickt gewickelt, dass niemand durch Tasten erraten konnte, was es war.

Ach, ist das schön, in die Gesichter der Bürgerinitiative zu schauen. Die haben wohl wirklich geglaubt, ich hätte alles aus der Linde in den Sperrmüllcontainer geschmissen.

Jule erinnerte sich noch genau daran, wann ihr die Idee für diese Nikolausüberraschung gekommen war: an dem Abend, an dem sie ebenjene Vertreter der Bürgerinitiative dabei erwischt hatte, wie sie in ihrem Container wühlen wollten, um zu beweisen, dass Jule das kulturelle Erbe des Dorfes auf den Müll warf. Umso mehr freute es sie, diese Lösung gefunden zu haben, wie sie einige ungeliebte Gegenstände loswerden konnte, ohne diejenigen zu provozieren, die der Linde nachtrauerten.

Als Nächstes wagte sich Herr Mürle an den Sack. Aus dem Schatten heraus beobachtete Jule, wie er seinen Arm hineinstreckte und so lange herumwühlte, dass Jean ihn irgendwann höflich bat, sich zu entscheiden. Tatsächlich hatte er sich eins der kleineren Pakete ausgesucht. Heraus kam dann allerdings kein Besteck, sondern ein sehr altmodisches Benzinfeuerzeug. Anerkennendes Raunen im Publikum.

»Hiermit eröffne ich den Tauschmarkt!«, gab Herr Mürle lautstark bekannt.

»Das will ich!«, brüllte jemand. »Damit hat der alte Raupp mir immer Feuer gegeben.«

»Hepp!«, rief Herr Mürle und warf es dem Mann zu. »Zieh doch mal und schau, was du mir zum Tausch anbieten kannst.«

Trotz der frühen Stunde schien der Mann bereits einen sitzen zu haben. Da er das Trikot der Heimmannschaft trug, ging Jule davon aus, dass er ordnungsgemäß am Vereinsstand den Glühwein getestet hatte, bevor der in den Verkauf ging.

Stolz hielt er das Feuerzeug hoch. »Einhorn oder Linde?«

»Linde«, bestimmte Herr Mürle.

Der Fußballer versenkte den freien Arm im Sack. »Milchkännchen!«, rief er und drückte ebenjenes Herrn Mürle in die Hände.

Der hob es prompt hoch. »Ich tausche noch immer!«

Die Leute lachten. Allmählich löste sich die Menge auf und verteilte sich über den Weihnachtsmarkt.

Das klappt ja besser, als ich mir das so vorgestellt habe.

Mit einem Lächeln auf den Lippen trat sie kurz noch einmal ins Scheinwerferlicht. »Ich danke der Feuerwehr für die Beleuchtung und beende hiermit den offiziellen Teil. Jungs und Mädels, schaltet doch bitte gleich den Scheinwerfer aus, damit all die schönen Lichter zu sehen sind und wir in Weihnachtsstimmung kommen – die Ziehung wird dann noch spannender! Genießen Sie den Weihnachtsmarkt, essen Sie etwas, und kommen Sie in aller Ruhe vorbei. Gleich spielt auf der Bühne der Posaunenchor, das darf man sich nicht entgehen lassen.«

Wenn Maike und Cora mich jetzt hören könnten ... ich kündige tatsächlich einen Posaunenchor an und freue mich sogar drauf, weil die wirklich gut sind.

Die Feuerwehr tat wie geheißen. Nur die Straßenlaternen, die Adventsfenster und die vielen Lichter der Marktstände erhellten nun die hereinbrechende Nacht. Der Posaunenchor stimmte »Stille Nacht« an, und der eigentliche Marktzauber begann. Es war so dunkel, dass Jule bereits nach kurzer Zeit zwei Sterne am Himmel sehen konnte.

»Willst du nicht rein ins Warme?« Mika öffnete seinen Mantel und legte ihn um sie beide.

Ohne seine Frage hätte Jule wohl nicht gemerkt, dass sie nur ihre leichte Strickjacke trug. Sie war völlig durchgeschwitzt, und ihr Puls hämmerte wie wahnsinnig. Sie zitterte wie Espenlaub. Erschöpft ließ sie sich gegen seine Brust fallen. »Gleich.«

»Sicher?«

»Riechst du den Frost im Wind? Und das Grillfeuer der Fußballer? Siehst du die Sterne funkeln? Hörst du die Musik? Ich höre sie mit dem Herzen. Jetzt wird es wirklich Weihnachten.«

Er schmiegte sich enger an sie. »Und wirklich Winter.«

»Es hatte schon Schnee.«

»Anderen Schnee. Vorwinter-Schnee. Ach! Frag mich doch nicht! Jetzt fühlt es sich einfach richtig an.«

»Die nächsten Wochen sollen frostig werden. Ob es an Weihnachten wohl schneit?«

»Hauptsache, es gibt nicht dieses graue, nasse Herumgematsche.«

»Sag mal, würdest du für Montag wieder einen Ausritt organisieren?«

»Dann können wir den Winter so richtig begrüßen.«

Jule grub die Nase tiefer in sein Shirt. »Wenn es dich nicht gäbe, Mika, jemand müsste dich erfinden. Und da es dich gibt, erfinde ich dich demnächst mit Pullover. Mich friert es, wenn ich nur daran denke, so herumzulaufen wie du!«

»Ich glaube nicht, dass jemand für mich ein Patent anmelden würde.« Er küsste sie auf den Scheitel.

»Tja. Menschen sind seltsame Wesen.«

»Du meinst, jemand wäre seltsam genug, mich zu patentieren?«

»Vor fünfzehn Jahren wollte ich mal Psychologie studieren.«

»Und? Warum hast du es nicht getan?«

»Meine Noten waren zu schlecht«, sagte Jule ehrlich. »Deshalb dachte ich, ich eröffne ein Café oder werde Barkeeper. Das ist doch gar nicht so weit weg vom Psychotherapeuten, oder?«

»Bibliothekar auch nicht. Wahrscheinlich bringt jeder Beruf, bei dem man mit Menschen zu tun hat, es mit sich, dass man zwischen den Menschen auch vermitteln und sie akzeptieren muss. Mir ist im Praktikum aufgefallen, dass es gar nicht nötig ist, Psychologie zu studieren, um sich mit den kleinen und großen Sorgen der Menschen auseinanderzusetzen.«

»Ja, da hast du recht. Das sind diese Erkenntnisse, bei denen ich merke, dass ich keine neunzehn mehr bin. Die Perspektive aufs Leben verschiebt sich so sehr.«

»Lass uns das Gespräch ein andermal fortsetzen, Jolanda.« Vorsichtig strich er ihr eine ausgebüxte Strähne hinter die Ohren. »Du zitterst noch immer. Wir gehen jetzt zum Einhorn rüber und lassen uns am Stand einen heißen Eintopf geben.«

Jule grinste schief. »Das liebe ich auch so am Winter: Man kann endlich wieder ein würziges Gulasch essen! Endlich wieder Zeit für Eintöpfe, die einem den Bauch wärmen.«

Eine halbe Stunde später kehrten sie satt und aufgewärmt in die Lindenblüte zurück.

»Sag mal, Jolanda«, Mika kratzte sich ratlos am Kopf, »wie viele Milchkännchen hast du da eigentlich reingepackt?«

»Zehn? Fünfzehn? Ich weiß es nicht mehr. Wer von euch hat die eigentlich alle gesammelt?«

»Ich wusste nicht mal, dass jemand in der Familie die Dinger gehortet hat! Ich erinnere mich an genau zwei, und die habe ich beim Auszug mitgenommen. Mit denen haben wir damals noch Milch beim Bauern geholt.«

»Ehrlich?« Jule schaute auf all die Kinder, die Milchkännchen schwenkend durch die Lindenblüte wuselten. Viele Henkel quietschten leicht, ab und an fiel ein Deckel herunter, es war eine merkwürdige Geräuschkulisse, die dennoch ausgezeichnet zu der gelösten Atmosphäre passte. Hier drinnen hatten sich die Handarbeiterinnen und die Landfrauen eingerichtet. Die Landfrauen verkauften Kuchen und Kräuterlikör. Bei den Handarbeiterinnen gingen gerade die letzten Adventsfensterplätzchen weg. Der alkoholfreie Glühwein war längst getrunken. Auch die handgefertigten Waren fanden reißenden Absatz. Der Schankraum war nur spärlich von der Lichterkette und einer Unzahl an Windlichtern beleuchtet. Allmählich fiel die Anspannung der letzten Wochen von Jule ab, und die Zuversicht gewann wieder die Oberhand.

Erstaunlich, wie ein gutes Essen sich auf die Stimmung auswirkt. Hat da nicht jemand einen neuen Ausdruck gefunden? »Hangry« für hungrig und schlecht drauf?

Mika konnte den Blick nicht von den quietschenden Blechkannen abwenden. »Wir müssen mal Milch direkt vom Hof holen. Das ist noch mal etwas ganz anderes als die Rohmilch aus der Lieferkiste. Hast du schon einmal ganz frische Milch getrunken?«

»Dürfen Bauern die Milch denn direkt von der Kuh verkaufen?«

»Keine Ahnung. Unter Nachbarn ist man da etwas lockerer. Zwei Häuser von meiner Wohnung weg stehen ein paar Kühe. Die Leute füllen mir sicher ein wenig ab, wenn ich nett frage.«

»Ich glaube, diese unbestimmte Sehnsucht nach früher, das sind solche Sachen: das Leben einfach mal wieder unkompliziert haben.«

»Meine Oma hätte sicher alles dafür gegeben, Obst und Gemüse im Supermarkt tiefgekühlt oder sogar im Winter frisch zu kaufen, statt alles milchsauer einzulegen und dann im März die letzten Vorräte zu verbrauchen.«

»Manchmal bist du ein schrecklich humorloser Anti-Romantiker.«

»Ich finde, ich bin ein guter Nicht-Verklärer der Wirklichkeit.«

»Magst du denn meinen neuen Briefkasten?«

»Na gut: Manche Sachen waren tatsächlich früher besser. Das Ding ist zuverlässig und unzerstörbar. Das überlebt bei guter

Pflege einige Jahrzehnte mehr als der Plastikmist, der da vorher hing.«

»Apropos früher: Was habt ihr eigentlich mit dem Zettelkatalog vor, wenn endlich alle Bibliotheksbücher digital erfasst sind?«

»Du hast es doch nicht etwa auf diese ollen Schränke abgesehen?« Mika war ehrlich entsetzt.

»Manchmal ist dein Sinn für nostalgische Möbel beklagenswert! Einen besseren Bastelschrank gibt es doch gar nicht, als so einen alten Zettelkatalog mit Dutzenden kleinen, langen Schubladen. Da kann ich endlich alles richtig sortieren!«

»Ich weiß nicht. In meinen Augen gibt es nostalgische Möbel und …«

»… alten Kram. Tu dich mit Gerta zusammen!« Jule verriet ihm lieber nicht, dass sie die Zettelkataloge bereits fest in die Einrichtung der Lindenblüte eingeplant hatte und dass sie zumindest die Schubladen weiß streichen wollte. Schließlich hatte Mika absolut keinen Sinn für die Vintage-Ästhetik weißer Möbel.

»Wir werden die Katalogschränke sicherlich bald ausmustern. Ich mag Mobiliar aus den Siebzigern nicht so gerne. Milenas Küche ist eher nach meinem Geschmack.«

»Also dreißiger und vierziger Jahre?«

»Oder diese ganz alten Bauernmöbel. Aber dafür braucht man das passende Haus. Die sind teilweise zu wuchtig. In der kleinen Wohnung oben ginge das nicht.«

»Ach, die Wohnung …«

»Du kannst dich nicht entscheiden, ob du die Wand einreißen sollst oder nicht?«

»Ich finde, das ist aber auch keine Entscheidung, die man einfach mal so nebenher fällt.« Sie nahm einen Schluck aus der Bierflasche. Grundsätzlich war sie Feuer und Flamme dafür, die

Wand zwischen Küche und Wohnzimmer wegzuklopfen und einen großzügigen Wohn- und Essbereich zu schaffen. Allerdings waren vermutlich Teile der Wand tragend, selbst wenn diese aus Holz waren. In diesem Fall mussten Stützbalken her, und das wiederum gefiel ihr weniger gut.

»Erst mal lassen wir uns was einfallen, wie wir das Wohnzimmer bis Weihnachten wieder bewohnbar machen und uns die Option mit der Wand offenhalten.«

»Wir?« Jule lächelte ihn an. »Möchtest du im neuen Jahr bei mir einziehen?«

Mikas Blick wurde sehr weich. Er stellte die Bierflasche ab und nahm auch Jule ihre aus der Hand. Dann umschlangen seine Finger ihre. »Ja, das möchte ich, und ich hoffe, du möchtest das auch. Und ich will, dass du mir ehrlich sagst, wenn ich mich zu sehr in deine Planungen einmische. Es ist deine Wohnung, also auch deine Entscheidung.«

Seine grünen Augen funkelten im Zwielicht der Schankstube. Jule konnte nicht anders, als ihn zärtlich zu küssen.

Irgendwann lösten sie sich wieder voneinander und schlenderten Arm in Arm in den Garten hinaus. Der Wind trieb einen sanften Frost vor sich her, gerade kalt genug, um sich richtig in einen warmen Mantel einzukuscheln, aber noch nicht beißend. Das würde sich in den nächsten Stunden ändern. Für den Moment ließ es sich gut im Freien aushalten.

Der Geruch nach Winter sorgte auch dafür, dass Oles Alpakawolle und die Decken reißenden Absatz fanden.

Der schien diesen Erfolg allerdings kaum zu bemerken, denn er unterhielt sich angeregt mit Anja, die einen schwarzen Kutschermantel trug, der sie im Dunkeln beinahe unsichtbar machte. »Bei Gelegenheit musst du unbedingt das Essay ›Wahnsinn und Tod der Bibliothekare‹ lesen.«

»Das klingt ja fürchterlich! Schnauze weg, Karlchen!« Energisch stemmte er sich gegen das wuschelige Alpaka, das den Hals lang machte, um Oles Taschen nach Essbarem abzusuchen.

»Ach, keine Sorge! Heute bekommt man in der Bibliothek nicht mehr so leicht das Nervenfieber.«

»Lassen wir es drauf ankommen!«, mischte Mika sich ein. Er und Anja lachten, während Ole mit dem Zeigefinger eine Kurbel am Ohr beschrieb und sich zu seiner Cousine hinüberbeugte. »Die in der Bibliothek, die haben einen Schatten ab, kann das sein?«

Wie um das zu bestätigen, sagte Mika: »Kennst du eigentlich ›Ontology is overrated‹?«

Anja kicherte: »›There is no shelf‹!«

»Scheint dich ja nicht zu stören«, flüsterte Jule Ole zu.

»Dich ja wohl auch nicht!« Selbst im wenigen Licht seines Standes waren seine hellen Augen gut zu erkennen. Er rückte seine Brille gerade und zwinkerte. »Die werden schon noch mitbekommen, dass wir in unserer Familie auch nicht gerade normal im Kopf sind.«

»Aha!« Jule schob ihn ein wenig zur Seite. »Erzähl. Alles!«

»Es begann anno dazumal damit, dass ich meine Mutter dazu überreden konnte, ein paar Alpakas …« Sie knuffte ihn mit dem Ellbogen zwischen die Rippen. »Hey! Die Alpakas sind wichtig! Ohne die hätte Anja mich nie angesprochen! Wusstest du, dass Alpakas momentan die absoluten Trend-Tiere sind?«

Jule schaute ihn verdattert an. »Nein, aber ich bin bereit, dazuzulernen.«

»Wir trinken morgen übrigens einen Kaffee zusammen.«

»Ich kenne da ein Café, das an diesem Wochenende zwar nicht geöffnet hat, aber für erlesene Gäste ein Frühstück anbietet.«

»Ach ja, stimmt!« Er nahm seine Brille ab und putzte sie hektisch. »Und übrigens hilft Anja mir das ganze Wochenende über am Stand.«

»Das ist gut. Ich traue mich ja schon gar nicht mehr zu fragen, wie du das alles alleine schaffen willst.«

»Ach, du.« Er setzte die Brille auf und grinste.

»Liegt wohl in der Familie, dass wir nicht ›Nein‹ sagen können und meinen, wir müssten jede noch so kleine Chance ergreifen.«

»Wenn ich für jede Sache, die ich neu anfange, eine alte abgeben könnte, hätte ich schon viel gewonnen.«

»Pass auf dich auf, Ole, ja?« Sie hielt seine Arme fest. Er nickte und knuffte sie freundschaftlich auf den Arm.

»Mach dir ja nicht so einen Stress, ich will unseren lustigen Ole noch lange behalten!«

»Im neuen Jahr lege ich eine kleine Pause ein, versprochen.«

»Hm. Mach das. Ich werde mich jetzt in meinen wärmsten Mantel hüllen und mir dann all die schönen Buden ansehen.«

Und anschließend gehe ich noch kurz zusammen mit Mika auf die Felder raus, und wir sagen den Sternen gute Nacht.

Kapitel 13

Normalerweise standen auf den Stufen vor Jules Tür keine Dinge herum. Deshalb stolperte sie an diesem Samstagmorgen beim Holen der Post auch über das Hindernis, das ihr jemand dort hinterlassen hatte. Als sie hinuntersah, stellte sie fest, dass es sich um einen Eierkarton handelte.

Misstrauisch hob sie ihn auf und spähte vorsichtig hinein. Zu ihrem Erstaunen enthielt der Karton zehn buntgefärbte Eier. Die eine Hälfte davon war eher bräunlich und gelblich, wie mit Zwiebelschalen und anderen natürlichen Farbstoffen eingefärbt, die andere Hälfte bunt, als hätten Kinder sie bemalt. Zwischen den Eiern steckte ein Zettel, auf dem in Milenas unverkennbarer, exakter Handschrift stand: »Kommen nachher in Familienstärke zum Frühstück. Hätten gerne Eier von den Zwergseidenhühnern, wenn welche da sind. Fröhliche Wintersonnenwende!«

Mika staunte ebenfalls nicht schlecht, als sie den Karton in der Küche abstellte. Er hantierte gerade hinter der Theke mit den frisch angelieferten Brötchen und verschlang nebenher ein Croissant. »Hat der Osterhase nicht in den Kalender geschaut, oder was ist das?«

»Das darfst du mich nicht fragen. Milla hat es nicht für nötig befunden, dazu etwas auf den Zettel zu schreiben.«

»Zeig mal. Was soll denn das?«

»Manchmal verstehe ich sie wirklich nicht.«

»Da bist du weiter als ich, ich verstehe sie nie.«
»Stört es dich, wenn ich das Radio anmache?«
»Nee.«

Jule schaltete es an. Es lief »If you're going to San Francisco«. Sie grinste breit. »Stört es dich, wenn ich singe?«

Er musste lachen. »Das wollte ich gerade fragen.«

Sie fingen zeitgleich an zu singen. Draußen vor dem Fenster verblassten die letzten Sterne. Drinnen in der Küche herrschte eine so ausgelassene Stimmung, dass sie Jeans Kommen erst bemerkten, als er beim nächsten Lied mit einstimmte.

»Gibt's was zu feiern?«, wollte er zwischen zwei Liedern wissen, während er sich die Schürze umband.

»Du bist heute ja schnell mit den Regiokisten fertig geworden. Wenn du was feiern willst: Es ist Wintersonnenwende.«

»Yeah!«, brüllte Jean. »Das habe ich ja ganz vergessen! Endlich wird es wieder heller!«

Er warf die Schürze von sich und stürzte hinaus.

Ratlos sahen Mika und Jule sich an. »Sag mal, Jolanda, läuft hier irgendwo die Versteckte Kamera?«

»Könnte man meinen.«

Mika spähte aus dem Fenster. Er musste die Augen leicht beschatten, um im dämmrigen Garten etwas zu sehen. »Er sitzt zwischen den Hühnern. Ich glaube, er malt, mit Blick in Richtung Osten.«

»Der soll reinkommen und sich die Sachen bereitlegen!« Jule stemmte die Hände in die Hüften, als könnte diese Geste etwas ändern. »In einer Viertelstunde kommen die ersten Gäste und wollen ihr Rührei haben.«

»Künstler halt.«

»Na und? Ich weiß auch, wie das ist, wenn man total inspiriert ist und nicht sofort aufspringen und zwei Tage lang am Stück zeichnen oder stempeln kann!«

In Jule arbeitete es. Wann hatte sie sich zuletzt einfach so spontan ihren künstlerischen Neigungen hingegeben?

Manchmal denke ich, man kann nur Großes erschaffen, wenn man sich völlig hingibt und es einem schnurz ist, was für andere Verpflichtungen auf einen warten.

Sie seufzte. Um sich ein wenig zu beruhigen, riss sie eins der Notizblätter ab, die neben dem Glas mit Achtsamkeit lagen, und schrieb: »Nimm dir Zeit für etwas Kreatives.«

Nach kurzer Zeit kam Jean in die Küche gestürmt, in der Jule und Mika gerade die letzten Vorbereitungen trafen. Seine Wangen glühten rot, seine Haare standen wild aus der sonst so gepflegten Frisur ab, und das Tweedsakko saß sehr schräg an ihm. Die leuchtenden Augen verrieten, dass er noch ganz in seinem künstlerischen Schaffen gefangen war.

»Hier!«, sagte er atemlos.

Er hielt Jule eine kleine Leinwand hin. Das Gemälde war sehr abstrakt, die Aquarellstifte nahmen die Farbstimmung des Sonnenaufgangs auf, und irgendwie war es ihm gelungen, dass man die Hühner sofort erkannte, obwohl er sie nur als hingeworfene Schatten darstellte.

»Wow. Das sieht wirklich gut aus.«

»Hast du Ölfarben im Haus?« Der fiebrige Glanz wollte nicht aus seinen Augen weichen.

»Nein, leider nicht. Vielleicht kannst du heute Abend ja den Sonnenuntergang malen?«

»Ich … ffff.« Seine Arme ruderten durch die Luft. Er war noch völlig weggetreten.

»Ich mache dir einen Tee, hm?«

»Und das Bild, das hängen wir im Schankraum auf.« Vorsichtig nahm Mika es ihm aus der Hand. »Dann kannst du gleich drunterschreiben, wie viel du dafür haben willst, und wie es heißt. Vielleicht fühlt sich ja heute noch jemand von der Wintersonnenwende inspiriert.«

»Ich kann jetzt nicht an den Herd.« Jean sah Jule flehend an.

»Tut mir leid, aber Gerta und Milla haben heute frei, und Kati fängt erst im neuen Jahr an. Zu zweit schaffen wir das bei den ganzen Reservierungen nicht.«

»Ich kann doch nicht, ich muss doch.« Er trat von einem Fuß auf den anderen. Sehnsüchtig schaute er aus dem Fenster. Draußen wurde es heller und heller. Ein klarer Wintertag brach an.

»Das Glitzern des Rauhreifs! Dieses sanfte Rot auf der einsamen Wolke! Und seht ihr das samtige Blau, das sich in den Tag schleicht?«

»Du kannst es nicht mit diesen Stiften festhalten«, sagte Jule sanft. Sie konnte selbst den Blick kaum vom Fenster lösen.

»Mich kribbelt es überall, es trotzdem zu versuchen.« Seine Schultern fielen herunter. Plötzlich legte er den Kopf in den Nacken und summte. »Ich sehe ein Raumschiff aus Lebkuchen, überzogen mit leuchtendem Rauhreif. Nein, überzogen mit Sonnenlicht. Das Bild muss noch etwas reifen.«

Eilig machte er sich an die Arbeit. Der Radiosender wurde umgestellt, und fetzige Rock-'n'-Roll-Stücke sorgten für gute Laune.

Endlich konnte Jule in Ruhe aufschließen. Zwar war es noch ein paar Minuten zu früh, aber so preußisch wollte sie nicht sein, zumal sie bereits Stimmen vor der Tür hörte. Tatsächlich stand Familie Kiening bereit. Die Mädchen stürzten sich sofort auf einen Vierertisch im Wintergarten. Milena legte Jule den Arm auf die Schulter und zog sie zu einer ungelenken Umarmung zu sich heran. »Eine wundervolle Wintersonnenwende wünsche ich dir.«

»Ich dir auch.«

»Wunder dich nicht über die Eier!« Milena streifte ihren Wollmantel ab. »Die Mädchen haben es etwas zu genau genommen mit dem Spruch ›Neues Leben aus der Tiefe dringt‹. Sie waren nicht davon abzubringen, Eier zu bemalen. Ist ja immer schwer, in einer Diskussion gegen sie anzukommen, und mir gefiel ihr Argument, dass die Eier im Frühjahr ja auch Neuanfang und Leben bedeuten. Jedenfalls wollten sie dir unbedingt diese Eier schenken. Eigentlich hatten wir auf dem Weihnachtsmarkt extra für dich eine Kerze beim Imker gezogen. Aber da du ja die Eier bekommst, haben sie argumentiert, können sie die schöne Kerze behalten.«

»Kinder! Ihr seid toll, wisst ihr das eigentlich?«

»Wir vermuten es.« Milena strahlte über das ganze Gesicht. »Für uns ist das heute der höchste Feiertag des Jahres. Wir feiern aus Überzeugung kein Weihnachten. Aber so ganz ohne Geschenke kann ich meine Kinder ja nicht lassen. Es ist nicht einfach, mit diesen gesellschaftlichen Zwängen. Unser Adventskalender startet deshalb auch drei Tage früher.«

»Bis ich dich kannte, dachte ich immer, es wäre einfach, mit Kindern so zu leben, wie man sich das vorstellt.«

»Hah!« Mit Schwung entledigte Milena sich ihres Schals. »Und dann tragen sie im Kindergarten alle Prinzessinnenkleider, und deine schöne, ›alle Geschlechter sind gleich‹-Erziehung geht mit rosafarbenen Rüschen den Bach runter!«

»Das klingt furchtbar deprimierend.«

»Man übersteht es besser, als man denkt. Das Leben mit Kindern ist entspannter als all die Gedanken, die ich mir vorher dazu gemacht habe.«

»Wow! Das kannst du bitte bei Gelegenheit an meine Wand schreiben.«

»Apropos Kinder: Habt ihr denn heute Zwergseidenhuhneier da? Haben wir Glück?«

»Mika ist gerade draußen und schaut nach. Wollt ihr dann die kleinsten Spiegeleier der Welt haben, oder sollen wir sie kochen?«

»Das fragen wir gleich die Mädchen.«

»Darf ich *dich* etwas fragen?«

»Alles, was du willst.«

Jule räusperte sich. Zum Glück konnte Milena keine Gedanken lesen, sonst hätte sie bestimmt anders geantwortet. »Ist in Sachen Dennighof schon eine Entscheidung gefallen?«

Tatsächlich huschte ein Strahlen über Milenas Gesicht. »Ja, wir haben den Zuschlag und einen Vorvertrag. Heute feiern wir!«

»Oh, ich gratuliere euch!« Vorsichtig umarmte Jule ihre Freundin.

»Ich bin kein rohes Ei.«

»Okay. Sag mal, wo wird denn dann das Kulturzentrum gegründet?«

»Das weiß niemand. Die sind sich doch ohnehin nicht einig, was sie eigentlich wollen: Veranstaltungsraum mit Ausschank, Platz für Ausstellungen heimischer Künstler, Kinderbastelwerkstatt.«

»Klingt nach einer zweiten Lindenblüte.«

»Oder nach einer größeren.«

»Bring mich nicht auf Ideen!«, lachte sie.

Milla wirkte aufrichtig irritiert. »Was für Ideen?«

»Na, wenn ich in der Wohnung oben die Hälfte der Wände raushaue, wäre da viel Platz für Webstühle und andere Sachen.«

»Dann müsste aber unsere neu gegründete Kulturinitiative die Räume anmieten, die hantieren schließlich mit den Fördergeldern. Willst du das wirklich?«

»Und für Kaffee und Kuchen baue ich noch einen winzigen Küchenaufzug ein.« Jule zwinkerte.

»Ach so.« Milena wirkte ein wenig pikiert. »Du meinst das gar nicht ernst.«

»Na ja …« Sie sah Mika aus dem Garten zurückkommen. »Keine Ahnung. War nur so ein spontaner Gedanke.«

»Eier!«, rief Mika und schwenkte ein kleines Körbchen. »Die Mädels werden sich riesig freuen!«

»Wenn ihr mit der Renovierung durch seid, kriegst du von mir zum Einzug ein paar der Seidenhühner.«

Milena rümpfte die Nase. »Dann nehme ich alle. Platzmangel werden wir keinen haben, und schließlich habe ich dir das ja eingebrockt.«

Einen Tag später waren Seidenhühner Jules geringstes Problem.

Da sitzt sie also.

Unbehaglich rutschte Jule auf ihrem Stuhl herum. Ihre Mutter, eine kleine, kompakte Frau mit schwarzgetönter, moderner Kurzhaarfrisur, saß ihr gegenüber. Sie hatte die Nase in die Karte gesteckt, um sich für ein Getränk zu entscheiden – und um das Angebot ihrer Tochter genau unter die Lupe zu nehmen. Neben ihr sortierte Jules Vater unablässig seine Finger. Wie seine Frau war auch er vor seinem Besuch bei ihr noch einmal beim Friseur gewesen, der seine eisengrauen Locken gebändigt hatte.

Das erinnerte Jule daran, dass sie es mal wieder nicht geschafft hatte, ihre Haare schneiden zu lassen. Da sie sie jedoch seit einigen Monaten ohnehin wachsen ließ, fiel es zum Glück nicht wirklich auf. Ihr jedenfalls nicht.

Sie konnte förmlich hören, wie ihre Mutter Striche auf ihrer imaginären Liste machte:

– Frisur Jule: grenzwertig
– Sauberkeit Café: annehmbar, aber diese Farben!
– Speisekarte: nicht optimiert

»Meinst du nicht, Schatz, dass diese Karte eher in ein Großstadtcafé gehört? Auf dem Land ist die Welt noch in Ordnung, dachte ich. Hier gibt es doch gar nicht so viele Veganer, Laktoseintolerante, Steinzeitesser und was gerade noch so alles Trend ist. Ach. Und dieses Glutengedöns.«

»Glutensensitivität.«

»Wenn du meine Meinung hören möchtest« – *will ich nicht* –, »rate ich dir dazu, mehr über Controlling zu lernen als über diese ganzen Ernährungshypes. Das gibt sich doch in den nächsten Jahren alles wieder.«

»Da sind wir unterschiedlicher Meinung.« Jule stützte die Ellbogen auf den Tisch und legte die Hände übereinander. »Ich sehe sowohl viele junge Zugezogene, die sich auch auf dem Dorf ein wenig Stadtflair wünschen, als auch eine Zunahme von Nahrungssensibilitäten. Ob das nun eingebildet ist, wie du behauptest, oder nicht, spielt für mich keine Rolle – ich respektiere die Wünsche meiner Gäste. Und wenn es den Leuten mit Hafermilch bessergeht als mit Kuhmilch: Ja, und? Dann freue ich mich doch, dass sie für sich den richtigen Weg gefunden haben.«

»Das hat doch keine Zukunft! Das ist, als würdest du hier einen plastikfreien Supermarkt eröffnen: Verschwendung von Zeit, Energie und Geld.«

Trotzig verschränkte Jule die Arme. »Möglicherweise wäre so ein Supermarkt genau hier ein Erfolg, wenn man es dem Dorf anpasst. In Oles Laden kann man beispielsweise fast alles lose kaufen oder sich mit der Regiokiste liefern lassen. Auf die Verpackungen zahlt man ein Pfand, und Plastiktüten gibt es nicht.«

Fast unmerklich hob Jules Mutter die Augenbraue, tat dann aber wieder ganz unbeeindruckt: »Solange du diese Konzepte und diese Freude auch in ein vernünftiges Einkommen umwandeln kannst, meinetwegen. Behalte aber die zahlungskräftige Generation über fünfzig im Auge. Uns schmeckt es mit Sahne und einer Scheibe Wurst besser als mit Ei-Ersatz und Chiasamen.«

Jule lag ein ganzer Vortrag über ihr Konzept auf der Zunge. Den hätte sie ihrer Mutter gerne gehalten und sie über Regionalität und den starken Verbund der Bauern aufgeklärt. Doch ihre Mutter hatte sich schon dem nächsten Thema zugewandt: »Weshalb hast du eigentlich keine Homepage? Ich konnte deine Karte nicht von zu Hause aus herunterladen.«

Sofort ging Jule in jene Abwehrhaltung, in der sie sich ihrer Mutter gegenüber so unwohl fühlte. »Die Lindenblüte ist klein und regional.«

»Ja, und? Die Leute am anderen Ende des Dorfes wollen schließlich wissen, was es hier gibt. Wer steigt schon extra aus, um sich das an deiner Tür durchzulesen? Oder die Radwanderer. Die planen ihre Tour und schauen sich vorher gut an, ob sie zu dir oder ins Einhorn gehen. Und da muss ich doch sagen, die Konkurrenz hat die Nase vorn, Schatz.«

»Das Einhorn ist nicht meine Konkurrenz.« Der Satz rutschte ihr über die Lippen, bevor sie sich auf die Zunge beißen konnte.

Warum werde ich nur immer gleich so patzig, wenn ich mit ihr rede? Ich bin doch kein kleines Kind mehr.

Genau genommen kannte Jule die Antwort nur zu gut: Unter anderem, weil ihre Mutter manchmal sogar recht hatte. Vor allem mit der Homepage. Aber auch, weil ihre Mutter sie bei diesen Vorträgen behandelte wie ein kleines Kind.

»Darf ich denn einmal deine Bilanzen sehen?«

»Darüber haben wir doch schon gesprochen.«

Jules Mutter seufzte, als würde sie einem besonders hartnäckigen und begriffsstutzigen Fall gegenübersitzen.

»Dann zeig uns deinen neuen Freund.«

»Mika ist kein Kaninchen, das ich aus dem Hut zaubern kann! Er hat noch einiges zu erledigen und kommt nach dem Mittagessen.«

»Ach, Schatz, weshalb so aggressiv? Ich habe nun mal Interesse am Leben meiner Tochter. Und ich will dir doch nur helfen.«

Diese magischen Worte! Man möchte sofort an die Decke springen!

Sie knirschte mit den Zähnen und verkniff sich eine Antwort darauf.

»Ich bin dafür, dass wir jetzt einen Kaffee oder Tee trinken. Ihr habt ja noch nicht mal eure Jacken ausgezogen, Mama!« Jule streckte ihr den Arm hin, um ihr den Mantel abzunehmen. Und tatsächlich kam ihre Mutter der Aufforderung nach. Ihr Vater dagegen sprang auf: »Ich würde meine gerne anbehalten und mich im Garten umsehen.«

Die zwei Frauen schauten ihn verwundert an.

»Mach das«, antwortete Jules Mutter schließlich. »Du kannst besser als ich beurteilen, was da alles an Grünzeug wegmuss.«

»Mama!«, knurrte Jule, während ihr Vater sich eilig aus dem Staub machte. »Ihr seid nicht gekommen, um mein Haus und meinen Garten so zu gestalten, wie euch das gefällt!«

»Wir sind hier, um mit dir Weihnachten zu feiern und um über viele Dinge zu sprechen, die übers Jahr angefallen sind. Und wir möchten uns diese wunderschöne Gegend ansehen.«

»Dann lass uns das doch auch tun: gemeinsam Weihnachten feiern.«

Ihre Mutter zuckte mit den Schultern. »Du wolltest ja über die Feiertage nicht zu uns kommen. Was ich übrigens sehr schade finde. Weihnachten gehört die Familie an einen Tisch.«

»Sehr gerne an meinen, wo ich jetzt einen eigenen habe.«

Jules Mutter strich ihren blauen Kaschmirpullover glatt und stand nun ebenfalls auf. »Zeig mir mal deinen Kaffeeautomaten. Von dort aus können wir doch sicher einen Blick in den Garten werfen.«

»Dann sag du mir bitte, was du trinken möchtest.«

»Ein Wasser, bitte.«

Jule konnte nicht anders, als sie wütend anzufunkeln. »Da kann ich ja all mein Können zeigen und mein bestes Porzellan!«

»Jetzt werd nicht sarkastisch, Schatz! Wir haben eine lange Fahrt hinter uns, da trinke ich lieber erst mal etwas Wasser. Und gerade das Wasser aus dem Hahn sagt so viel über den Ort aus.«

Dem konnte Jule schlecht widersprechen. Zum Glück hatte Müggebach ganz ausgezeichnetes und weiches Wasser.

Sogar Jules Mutter zeigte sich zufrieden. »Ich habe es übrigens ernst gemeint, als ich sagte, dass dein Vater und ich uns allmählich nach einem Altersruhesitz umsehen. Das Immobiliengeschäft ist nicht mehr das, was es einmal war. Da sind zu viele Aasgeier auf den Markt gekommen, die bloß schnell Geld verdienen wollen und nichts mehr für den Kunden tun. Die haben keine Ahnung von Häusern, die kennen die Viertel nicht und können keine Handwerker empfehlen.«

Wieder seufzte sie schwer. Ihr Blick wanderte über die Durchreiche hinaus in den Garten und dann in die Ferne. Es war ein nebelverhangener später Vormittag, und man konnte kaum bis zur Grundstücksgrenze sehen. »Es ist wirklich entsetzlich, Schatz. Die beraten einfach nicht mehr. Ja, die sind noch nicht einmal besonders höflich, wenn sie Auskunft geben. Und schöne Fotos oder sorgfältige Beschreibungen machen sie auch nicht. Es ist deprimierend. Es wird Zeit für mich, mir etwas anderes zu suchen.«

»Oh«, sagte Jule und musterte ihre Mutter von der Seite. Sie wusste, wie gut sie mit Kunden umgehen konnte. Definitiv machte sie einen guten Job und war das Geld wert, das sie als Provision verlangte.

»Und was hast du vor?«

Es erstaunte sie, dass jemand mit einundsechzig Jahren nicht sofort »Rente« sagte. Zwar konnte sie sich ihre Mutter nicht ohne Beschäftigung vorstellen, aber da sie ihr ganzes Leben lang Maklerin gewesen war, kam Jule keine Arbeit in den Sinn, die zu ihrer Mutter passte.

Ganz unerwartet lächelte ihre Mutter. »Ich mache seit dem Sommer eine Weiterbildung zur Mediatorin.«

»Du?« Jule fiel die sprichwörtliche Kinnlade herunter.

Die Verstimmung war natürlich vorprogrammiert. »Ich wüsste nicht, weshalb ich das nicht können sollte. In meinem Leben bin ich so vielen unterschiedlichen Menschen mit unterschiedlichen Bedürfnissen, Finanzen und Wohnungen begegnet, ich denke schon, dass ich verstehe, was in anderen vor sich geht. Und ich kann gut vermitteln. Beim Verkaufen von Immobilien geht es um Emotionen – und darum, das richtige Objekt für die richtigen Leute zu finden. Das kann ich gut: vermitteln, überzeugen, verstehen, schlichten.«

Nur bei deiner eigenen Tochter schaffst du es nicht.

Sie maßen sich mit Blicken. Ein Kampf, den Jule bald verlor. Was hätte sie auch sagen sollen? Lieber machte sie sich eine Latte macchiato.

»Und zu einem Berufswechsel gehört für dich auch ein Ortswechsel?«

»Wir denken darüber nach. Dein Vater muss noch bis Oktober arbeiten und will sich dann Haus und Garten widmen. Aber an unserem Haus ist so viel zu machen, das wird uns wahrscheinlich zu viel.«

»Das verstehe ich. Wenn du die Wohnung oben siehst, dann weißt du, weshalb ich euch das Hotel gesucht habe.«

»Ich bedauere, dass du dich nicht früher reingekniet und das Haus komplett in einem Gang saniert hast. Hättest du bloß nach meinem Rat gefragt!«

»Wenn ich das getan hätte, hättest du mir das Projekt doch aus der Hand genommen!«

Ihre Mutter spitzte die Lippen und ignorierte Jules Einwand, indem sie das Thema wechselte. »Es geht ja nicht nur darum, ob es uns zu aufwendig ist, das Haus zu renovieren und Stück für Stück barrierefrei zu gestalten. Für uns zwei ist es auch zu groß. Eigentlich war es immer schon zu groß. Du weißt ja, wie gerne ich noch zwei Geschwister für dich gehabt hätte. Aber es hat nicht sein sollen. Nur wussten wir das beim Kauf natürlich noch nicht.«

»Deshalb seht ihr euch jetzt nach Neubauprojekten um?«

»Ja. Bei uns in der Gegend ist es fast unmöglich, eine Lage zu finden, die keine Einflugschneise für den Frankfurter Flughafen ist. Außer natürlich, man verzichtet auf jede Infrastruktur. Und eine geeignete Wohnung zu finden, ist fast schwieriger, als ein Haus aufzutreiben. Wenn möglich, wollen wir nicht mit zu vielen anderen Leuten zusammengepfercht sein. Und einen Zugang zu einem Garten sollte es auch geben, es muss barrierefrei sein und modern, am besten mit einem Pflegedienst an der Hand oder einem Hausnotruf. Man wird ja vielleicht schneller alt, als einem das so lieb ist.«

»Wenn ich mir Oma so ansehe, brauchst du noch sehr lange keine Hilfe.«

»Wir wissen es nicht. Väterlicherseits sind die Leute nicht alt geworden.«

»Falls du hier in die Gegend ziehst: …«

»Das ziehen wir durchaus in Betracht.«

Erbost funkelte Jule sie an. »Lass mich doch einfach mal ausreden!«

»Weshalb? Schatz, du wirst mir jetzt zum fünften Mal erklären, dass du deine Lindenblüte nicht verkaufen möchtest. Und ich sage dir wieder: Nimm das Geld, mach etwas Schönes damit, aber verkauf! Diese Lage ist wunderschön und einzigartig.«

»Und genau deshalb wohne ich hier.«

»Machst du dir Sorgen, er könnte das Haus abreißen oder völlig entkernen?«

»Was bekommst du an Provision, wenn du mich überreden kannst?«

Erstaunlicherweise war ihre Mutter sogar ehrlich: »Drei Prozent. Aber das Geld ist mir nicht wichtig. Mir geht es darum, dass du mit einem blauen Auge aus der Sache herauskommst.«

»Wovon redest du? Ich nage nicht am Hungertuch und werde die Lindenblüte weiterhin so führen, wie ich mir das vorstelle.«

»Der Herr Besmer hat mir übrigens erste grobe Planungsunterlagen für das Bauvorhaben am Bahnhof zukommen lassen. Das ist so ziemlich genau das, was ich mir vorstelle.«

»Er hat dir also ein Vorkaufsrecht auf eine Seniorenwohnung angeboten?«

Ihre Mutter zeigte mit dem sorgfältig manikürten Fingernagel auf sie. »Besser! Auf einen Bungalow.«

»Was da am Bahnhof geplant ist, passt wirklich gut hierher. Es geht um ein Generationenwohnen mit angeschlossenem Heim für Demenzkranke. Es soll einen kleinen Bauernhof oder Streichelzoo geben, in dem sich die Leute so lange wie möglich gemeinsam um die Tiere kümmern können.«

»Ich weiß. Das ist dann wohl eher für Rentner vom Land interessant. Mich reizt die Ruhe. Das Grundstück ist sehr exklusiv, liegt am Rand des Neubaugebiets und wird auf zwei Seiten von Wald und Landschaftsschutzgebiet umgeben sein. Ein echtes Filetstück.«

Empört verschränkte Jule die Arme. »Was du mir eigentlich sagen möchtest, ist, dass du diesen Bungalow nur kaufen kannst, wenn ich meinen Besitz verkaufe. Sollte ich mich weigern, bin ich die Schuldige, wenn du das Grundstück nicht bekommst. Richtig so?«

»Es würde nicht nur für mich ein Vorkaufsrecht geben, sondern auch für dich. Am Bahnhof entstehen ein paar wirklich schöne Wohnungen. So wie der Vorplatz gerade saniert wird und wenn man sich die gepflegten Fachwerkhäuser in der Nachbarschaft ansieht, steht nicht zu befürchten, dass Müggebach jemals eine verlotterte Bahnhofsgegend haben wird. Du kannst die Lindenblüte quasi eins zu eins gegen ein wundervolles Penthouse auf dem neusten Stand eintauschen. Das ist eine Geldanlage, der Wert steigt in den nächsten Jahren noch.«

»Du verkaufst meine Träume, Mama.« Jule wollte losstürmen, wollte raus und so richtig schön die Tür knallen lassen.

Ruhig, Jule! Vergiss nicht die Sehnsüchte der Menschen. Mama will eine neue Heimat finden, einen neuen Beruf. Sie bekommt es nur verflixt noch mal nicht hin, anständig mit mir darüber zu reden.

Mit einer Stinkwut im Bauch ging Jule in den Wintergarten, öffnete die Tür und nahm einen tiefen Atemzug. Aus dem Garten winkte ihr Vater. »Schön hast du es hier. Ist eine ganze Menge Arbeit, aber schön.«

»Danke.«

»Das Huhn, das läuft mir hinterher. Ist das normal?«

»Für Berthe schon, ja.«

»Was hast du in Sachen Essen geplant? Ich habe einen Riesenhunger!«

Froh darüber, das Thema wechseln zu können, deutete Jule nach oben. »Für das Mittagessen habe ich einen leckeren Kartoffelsalat gemacht.«

»Ich komme gleich«, rief er und wuselte zu den Hochbeeten.

Lächelnd beobachtete Jule ihn dabei, wie er sich von Minute zu Minute mehr in den Garten verliebte.

Erwartungsgemäß begeisterten weder die Wohnung noch der Kartoffelsalat Jules Mutter.

»Mit diesem ganzen Gerümpel hätte ich das Haus nicht übernommen! Der Vorbesitzer muss ausräumen, wenn du es verlangst«, merkte sie an, als Jule ihre Eltern nach dem Essen durch die Wohnung führte.

»Dann ist das Wohnzimmer was für dich«, empfahl Jule, die sich einen sarkastischen Unterton nicht verkneifen konnte. »Du wirst diesen alten Heizkörper lieben! Und falls ich es dir nicht schon ein Dutzend Mal erklärt habe: Der Vorbesitzer ist ein alter, gebrochener Mann, der sein Haus verloren hat, das seit Generationen im Familienbesitz ist. Und es war ein gutes Angebot.«

»Qualität gibt es nicht zum Schnäppchenpreis.«

Was habe ich mir eigentlich dabei gedacht, sie einzuladen? Habe ich mir wirklich eingebildet, ich könnte den Rubik-Würfel »Mutter« lösen? Dann wird alles gut, und sie lebten glücklich bis ans Ende ihrer Tage?

Jule öffnete die Tür zum Wohnzimmer. Die Veränderung, die der Raum durchlaufen hatte, verwunderte sie selbst am meisten. Der alte Teppich war herausgerissen, sie hatte Tage auf den Knien damit verbracht, den Kleber und die Gummireste mit einem Spachtel abzukratzen. Zur Belohnung war unter dem Teppich ein wunderschöner alter Dielenboden zutage getreten, ähnlich dem in der Schankstube. Noch war er unaufgearbeitet, aber man erahnte bereits, wie wundervoll er nach einem Schleifgang und einer fachgerechten Versiegelung aussehen würde. Für die Zwischenzeit hatte Jule in einer nahe gelegenen Teppichfabrik ein großes Reststück mit zwei unscheinbaren Produktionsfehlern besorgt und ausgelegt. An der Wand hatte sie mit Mika und Ole aus einigen Brettern der Wohnwand ein Bücherregal gebaut und es sich nicht nehmen lassen, es in Hellblau und Weiß zu streichen. Es war aus kleineren Modulen zusammengesetzt und konnte leicht demontiert werden. Als besonderen Clou hatte sie die alten Schranktüren gekürzt, mit antiken Möbelknöpfen aus Keramik versehen und ein kleines Hängeschränkchen für ihre Malsachen daraus gebaut. Darunter hatte sie die alte Schütte aus der Küche montiert. Für Mehl und Zucker war die Emaille zu abgeplatzt, für Kleinkram eigneten sich die kleinen Schubladen jedoch perfekt.

Dass die Kargheit des entrümpelten Raums ihre Mutter nicht begeisterte, war vorhersehbar.

»Du hast ja keinen Weihnachtsbaum!«, rief sie entsetzt. »Sollen wir uns denn nachher in den Wintergarten setzen, oder wie hast du dir das vorgestellt?«

»Also, zum einen sind diese dekorativen Äste mein Ersatz für einen Weihnachtsbaum.« Jule wies auf einige Linden- und Weidenäste, die sie an der Wand aufgehängt hatte, damit sie mit roten Weihnachtsbaumkugeln, LED-Kerzen und kleinen Holzanhängern weihnachtliche Stimmung verbreiteten.

»Und zweitens: Ja, ich dachte daran, dass wir es uns zum Essen in der Schankstube gemütlich machen. Die Wohnung wird renoviert. Es dauert noch, bis sie wirklich ein heimeliger Ort ist, an dem man gerne mit der Familie feiert.«

»Ach, hättest du uns doch im Sommer Bescheid gesagt! Wir hätten beide mit angepackt!«

Innerlich begann Jule nun ihrerseits damit, eine imaginäre Liste mit zu oft gehörten Phrasen zu erstellen. Dabei lullte sie sich in die sanften Klänge von »Für Elise« ein. Das milderte die Spitzen etwas, die ihre Mutter in jeden Satz einfließen ließ.

»Denkst du, du wirst mit dieser Wohnung jemals fertig werden?«

»Warte doch einfach ab, wie sich alles entwickelt.«

»Aber das habe ich doch immer getan, Schatz! Seit du ein kleines Mädchen warst, warte ich darauf, dass sich schon alles entwickeln wird. Und dann frage ich mich, ob ich vielleicht weniger hätte arbeiten sollen.«

Jule starrte sie an, völlig verblüfft über dieses Eingeständnis.

»Wäre ich doch mehr für dich da gewesen, dann hätten wir an deiner Disziplin arbeiten können. Mit blutet das Herz, wenn ich sehe, dass du auf einer Baustelle lebst, umgeben vom Gerümpel anderer Leute.«

Die Erstarrung wich Trotz. Jule konnte nur den Kopf darüber schütteln, wie es ihre Mutter immer wieder schaffte, versöhnlich zu klingen, um dann doppelt für den nächsten Schlag auszuholen.

Sie macht's nicht absichtlich, Jule. Schau sie dir an. Es geht ihr wirklich nah. In aller Ruhe holte Jule einen Lappen aus der Küche und putzte die Fenster. *Oder sie schafft es einfach nicht, ihre Gefühle auszudrücken. Stattdessen haut sie mir lieber etwas um die Ohren.*

»Schatz? Muss das jetzt sein?«

»Ja, muss es.«

»Mich stört es doch nicht, wenn deine Fenster ein wenig …«, sie schaute die Fenster an und verzog den Mund. »Nein, diese Patina auf dem Rahmen ist so dick, es stört mich doch. Sag doch deiner Putzfrau, sie soll auch hier sauber machen.«

»Mama, es reicht! Bitte, lass uns den Tag genießen, und bitte mach mir mein Leben nicht madig, nur weil es nicht deinen Vorstellungen entspricht.«

»Eltern wünschen sich, dass es ihren Kindern einmal bessergeht als ihnen selbst.«

Allmählich erreichte Jule ein Stresslevel, auf dem sie nur noch gereizt reagierte: »Ihr habt euch ein wundervolles Leben aufgebaut und gelebt. Ihr habt mir eine Kindheit geboten, in der ich behütet war, auf Bäume klettern und später studieren konnte. Wie viel besser soll ich es denn noch haben?«

»Nach oben kann man sich immer verbessern. Du könntest einen Chefarzt heiraten oder eine Weiterbildung machen und doch noch Lehrerin werden. Oder beides!«

In Jules Hals wuchs ein Kloß. »Warum machst du immer alles kaputt, Mama? Warum können wir nicht miteinander reden wie normale Menschen?«

»Aber das können wir doch, Schatz! Wir sind immer für dich da, wenn du uns brauchst, das weißt du doch. Wir unterstützen dich.«

»Ach ja?« Der Kloß drückte ihr gegen die Kehle und machte das Sprechen schwer. »Und wie wäre es, mich dann einfach darin zu unterstützen, dass ich bin, wie ich bin?«

Ihre Mutter überlegte tatsächlich kurz. »Wir unterstützen dich selbstverständlich darin, dein Potential zu erkennen und zu nutzen.«

»Du verstehst überhaupt nicht, was ich dir sagen möchte! Du willst es nicht verstehen!« Die erste dicke Träne rann Jule über die Wange und zerplatzte auf den Dielen.

»Ich bin erwachsen, Mama. Ich muss meine eigenen Erfahrungen machen, mein eigenes Leben leben können. Ich bin dankbar, dass ihr immer für mich da seid und dass du immer einen Rat weißt, aber du engst mich ein. Ich würde gerne von dir lernen, aber ich habe das Gefühl, dass du meine Ideen und Vorstellungen gar nicht zulässt, sondern immer selbst die Zügel in der Hand halten möchtest. Wenn ich mit dir telefoniere, fühle ich mich schwach und unfähig, als wäre ich noch ein kleines Kind!«, platzte es aus Jule heraus.

Für einen Moment starrte sie in die entgeisterten Gesichter ihrer Eltern, dann machte sie kehrt und rannte die Treppe hinunter und in den Garten hinaus.

Auf einem Stuhl vor dem Hühnerstall sah sie Mika sitzen, der eine ganze Handvoll Mehlwürmer unters gackernde Volk brachte. Er war wohl gerade erst gekommen und hatte sich noch um die Hühner kümmern wollen, bevor er ins Haus kam. Ohne etwas zu erklären, umarmte sie ihn von hinten, schmiegte ihr Gesicht in die warme, nach Mika duftende Kuhle zwischen Hals und Schulter und ließ ihren Tränen freien Lauf.

Jule schluchzte und schluchzte, bis sie vor Kälte und Erschöpfung zitterte. Irgendwann nahm Mika sie in den Arm und reichte ihr eine Packung mit Taschentüchern.

»Weshalb bin ich so blöd!«, krächzte sie. »Mit Ansage Weihnachten in die Tonne gekickt. Kann das nicht einfach ein schlechter Traum sein?«

»Nach dem, was du nach dem letzten Telefonat erzählt hast, klang es doch ganz so, als wäre deine Mutter auf Versöhnungskurs.«

Lautstark putzte sie sich die Nase. »Ist bestimmt nur ein letzter Schwung Menopause gewesen, eine kleine Hormonwallung oder so. Sie hackt wieder auf mich ein wie ein Schwarm Krähen.«

Mikas Gesichtsausdruck wurde ernst. Er starrte in die Ferne, während er grübelte. Als er schließlich zu einem Schluss gekommen war, sah er Jule direkt in die Augen. »Weshalb habt ihr denn sofort nach dem Ankommen so sensible Themen angesprochen? Ich kenne deine Mutter nicht. Aber nach dem, was du von ihr erzählst, stelle ich mir eine Frau vor, die ihre gewohnte Umgebung selten verlässt. Bei dem, was sie tut, ist sie immer in ihrem Revier, immer in Sicherheit, immer die Überlegene. Sie sitzt stundenlang im Auto und hat Zeit nachzudenken, ihre Erwartungshaltung an Weihnachten ist bestimmt so groß wie deine.«

»Du meinst also, sie ist nur deshalb so harsch, weil sie ihren eigenen Druck loswerden will?«

Mika nickte. Sein Gesicht blieb weiterhin sehr ernst. »Viele Menschen sind so. Sie geraten in eine Situation, die nicht so abläuft, wie sie sich das vorgestellt haben, und reagieren mit Konfrontation, anstatt sich ganz langsam heranzutasten.«

»Das kann aber auch ein fürchterlicher Eiertanz werden, bei dem sich irgendwann niemand mehr traut, einen Schritt vor oder zurück zu machen.«

»Kann sein. Jedenfalls sollten wir jetzt gemeinsam hinaufgehen. Gibt es etwas, das deine Mutter versöhnlicher stimmt?«

»Hm.« Jule rieb ihre Nasenspitze. »Normalerweise kocht mein Vater. Aber früher haben wir oft gemeinsam am Herd gestanden, wenn ich aus der Schule kam. Das war dann immer unsere Stunde.«

»Das klingt doch gut.« Er klatschte in die Hände und wandte sich zum Gehen.

»Aber ich habe ein vegetarisches Weihnachtsessen vorbereitet.«

»Einfach so?«

»Nein. Um ehrlich zu sein, weiß ich, dass ihr viele moderne Ernährungsstile suspekt sind. Deshalb will ich ihr heute beweisen, dass vegetarisches Essen nicht bedeutet, zwei Mohrrüben auf einen Teller zu legen. Und dass man auch nicht zweihundert Sonderzutaten und exotische Samen braucht.«

»Ach, Jolanda.« Mika legte ihr den Arm um die Schultern. »Du erwartest zu viel von diesem Tag. Langsam angehen lassen. Mit diesem Menü spottest du geradezu über sie und ihre Meinung.«

»Aber ich kann doch nicht jetzt noch loslaufen und zusehen, woher ich einen Gänsebraten bekomme!«

»Schauen wir doch mal, wie die Stimmung so ist, und entscheiden dann, was wir machen.«

Hand in Hand gingen sie die schmale Wendeltreppe aus Aluminium hinauf, bis zur Tür in der Küchenwand. Das war nicht wirklich einfach, weil die Treppe nicht genug Platz für zwei Menschen nebeneinander bot, aber Jule war noch nicht bereit, Mikas feste, sichere Hand loslassen.

»Also gut.« Jule drückte die Klinke. Ihr Herz pochte laut. Die Szene erinnerte sie an Jäger, die in die Höhle eines Raubtiers eindrangen.

Sofort sprangen Jules Eltern vom Küchentisch hoch und setzten ihre herzlichsten Gesichter auf. Jule dachte an ihr Gespräch mit Mika und versuchte, die beiden noch einmal mit anderen Augen zu sehen. Und wirklich: Die Zeichen der inneren Anspannung waren besonders bei ihrer Mutter kaum zu übersehen. Sie knetete ihre Hände, wischte mit dem einen Schuh am anderen entlang, und die kleinen Lachfältchen um ihre Augen wirkten tiefer als sonst.

»Darf ich euch Mika vorstellen? Und, Mika, das sind meine Eltern.«

»Frau Moller.« Er schüttelte ihr die Hand. »Herr Moller. Ich freue mich sehr, Ihre Bekanntschaft zu machen.«

»Ganz meinerseits«, antwortete ihre Mutter. Wieder vertieften sich die Fältchen, aber diesmal auf eine andere Art.

Im Stillen jubelte Jule: *Sie mag ihn! Ich glaube, sie mag ihn!*

Eigentlich spielte es keine Rolle, was ihre Eltern über ihre Beziehungen dachten. Aber Akzeptanz, das spürte Jule gerade deutlich, erleichterte die Sache ungemein. Das hatte bei den meisten ihrer vergangenen Beziehungen ganz anders ausgesehen.

»Und Sie sind Bibliothekar?«

»Das hat Ihre Tochter Ihnen erzählt?«

Jules Mutter winkte ab. »Nein, das weiß ich aus der Zeitung. Sie sollen hier frischen Wind in die Bibliothek bringen.«

Es war eine der seltenen Gelegenheiten, Mika verdutzt zu erleben. »Ja, das ... stimmt. Sie lesen unseren Lokalteil?«

»Gelegentlich.«

»Ich unterbreche euch nicht gern.« Beinahe schüchtern stellte Jule sich neben ihre Mutter. »Wie wäre es, Mama, wenn wir beide uns um die Vorbereitung fürs Abendessen kümmern, und Papa und Mika schauen, ob sie gemeinsam den Schrank aus dem einen Kinderzimmer bewegen können. Da konnte ich noch nicht mit der Tapete weitermachen, weil wir zwei das verflixte Ding nicht von der Stelle bekommen.«

»Wenn ich dir zur Hand gehen kann, dann helfe ich natürlich gern.« Jules Mutter entspannte sich sichtlich. Ihr Lächeln wurde beinahe mild.

Sie gingen in die Küche, und Jule holte eine Vorratsdose nach der anderen aus dem Kühlschrank.

»Du liebe Güte, was hast du denn vor?«

»Also: Die Vorspeise ist meine Variante der südindischen Rasam-Suppe. ›Pfefferwasser‹ sagt dir vielleicht etwas.«

Ihre Mutter runzelte die Stirn und wollte etwas sagen, doch dann hielt sie kurz inne und schien sich anders zu besinnen: »Ist das die mit den Linsen drin?«

Jule nickte. »Als Vorspeise möchte ich Fenchel dünsten. Damit fangen wir als Erstes an, weil das richtig dicke Scheiben sind und wir dann mehr Zeit haben, den Knoblauch etwas auszulüften. Die braten wir von allen Seiten an, werfen ganze Knoblauchzehen dazu, löschen mit einem Grauburgunder ab und dünsten das ein bis zwei Stunden lang. Oder möchtest du das lieber mit Apfelsaft versuchen?«

Angewidert zog ihre Mutter die Nase kraus. »Eine Weinsoße ist eine Weinsoße. Der Wein bringt einfach mehr Nuancen mit rein. Das Hauptgericht?«

»Ein Braten aus Esskastanien. Den habe ich schon vorbereitet.«

»Gar kein Fleisch?«

»Nein.« Sie schüttelte ihren Kopf. »Heute mal ganz ohne Fleisch.«

»Hast du denn gar nichts, bei dem ich mithelfen kann?«

Die Hilflosigkeit stand ihrer Mutter ins Gesicht geschrieben. Es war dieser Moment, in dem Jule verstand, dass ihre Mutter immerzu beschäftigt werden musste, um ihre Unsicherheit nicht auf andere Art und Weise zu überspielen.

»Oh doch, natürlich!«, beeilte sie sich deshalb auch zu sagen. Sie wies auf Schränke und Schubladen. »Du kannst bitte die große Stahlpfanne rausholen und die Fenchelknollen in fingerdicke Scheiben schneiden. Und wenn du fertig bist, in Olivenöl anbraten. Salz und Pfeffer mache ich erst dazu, wenn beide Seiten schön gebräunt sind.«

»Da muss man schon aufpassen, dass der Pfeffer nicht verbrennt.« Tadelnd sah sie ihre Tochter an.

»Gelingt mir nicht immer.«

»Kann dein Freund denn kochen?«

»Leider eine der wenigen Sachen, für die er zwei linke Hände hat.«

»Also wirklich! In der heutigen Zeit sollte ein Mann kochen und eine Frau im Haushalt entlasten können!« In Windeseile glitt das Messer durch den Fenchel. »Den stecken wir dann einfach öfter mit deinem Vater zusammen, dann lernt er das schon.«

»Dafür putzt Mika weitaus besser als ich. Und er macht die Gartenarbeit.«

»Was für ein Dessert hast du geplant? Das müssen wir doch auch schon vorbereiten.«

»Da möchte ich ein Pomelo-Sorbet machen. Die Pomelo ist so weit vorbereitet, im Kühlschrank findest du das pürierte Fruchtfleisch und Zitronensaft. Wir müssen nur noch mischen und einfrieren.«

»Das hättest du gestern schon erledigen können! Wo ist dein Knoblauch?«

»Auf der Fensterbank. Ja, hätte ich machen können. Aber ich habe mich noch immer nicht entschieden, ob ich Ananassaft mit reinmischen soll.«

»Entscheiden war nie deine Stärke. Ohne Ananas. Das dauert sonst ja noch länger!«

»Ach, Mama!« Jule maß eine Tasse rote Linsen ab und gab sie in den großen Topf, in dem in einer selbstgemachten Gemüsebrühe seit dem Frühstück ein Säckchen mit zuvor angerösteten Gewürzen baumelte: Curryblätter, zermahlene Chilischoten, gequetschte Pfefferkörner und Kurkuma.

»Werden die Linsen denn gar, wenn du sie mit den Gewürzen kochst? Und in eine Rasam gehören Tomaten!«

»In meine nicht. So.« Jule legte den Deckel auf. »Vertrau mir, diese Suppe hat mich über den Sommer gebracht, die koche ich im Schlaf.«

Ganz überraschend fragte sie wieder nach Jules Beziehung: »Und dieser Mika, mit dem ziehst du jetzt zusammen?«

»Äh.« Jule war völlig überrumpelt und gedanklich noch bei den Senfsamen, die sie diesmal bei der Suppe vergessen hatte. »Ja, wir werden wohl zusammenziehen, sobald die Wohnung renoviert ist.«

»Du weißt, dass ein Bibliothekar nicht besonders gut verdient?«

»Dafür hat er Rücklagen.«

»Und die steckt ihr in die Wohnung?« Ihre Mutter legte das Messer weg und konzentrierte sich mit verschränkten Armen weiter auf das Verhör.

»Wahrscheinlich. Es kann aber auch sein, dass er in eine Wohnung am Bahnhof investiert.«

»Vernünftig. Aber warum baut ihr nicht gleich hier im Garten? Ein nettes, kleines Häuschen, falls ihr in zweiter Reihe bauen dürft. Das kannst du vermieten, bis euch die Wohnung zu klein wird.«

»So weit plane ich nun wirklich nicht!«

»Schatz, du bist einunddreißig.«

»Ja, und?«

»Aber sag mir mit achtunddreißig nicht, ich hätte es dir nicht gesagt!«

»Damit kann ich leben. Weißt du«, spann Jule vor sich hin. »Wenn ich Kapital hätte, würde ich vielleicht wirklich bauen. In meinem Garten oder am Bahnhof. Ich könnte die Wohnung wohl an eine Kulturinitiative vermieten und hätte dann als Einkommen sogar noch Veranstaltungen im Haus. Die Lindenblüte wäre ein Gesamtkonzept, von oben bis unten.«

Jetzt war es heraus, und so ausgesprochen, fühlte es sich richtig an. Ihr dämmerte immer mehr, was die dahingesagte Idee bedeutete. »Ein Veranstaltungsraum und Treffpunkt für das Dorf«, murmelte sie. »Ein Herz für Müggebach.«

»Wovon sprichst du?«

»Ich glaube, ich habe eine Vision.«

»Davon, ganz hinten im Garten zu bauen? Eine Oase der Ruhe! Für die Planungen stehe ich dir als Hilfe zur Verfügung, wann immer du mich brauchst! Und falls du ein kleines Doppelhaus planst, …«

»Oh nein!« Jule hob den Kochlöffel. »Ich gehöre nicht zu den Menschen, die so nah an ihrer Verwandtschaft dran wohnen wollen!«

»Schatz, überleg doch, wie praktisch das wäre, wenn erst die Enkelchen da sind.«

Jule konnte nicht vermeiden, knallrot zu werden. Sie rieb sich das Ohr, ob sie wirklich richtig gehört hatte. »Hatten wir nicht gesagt, dass ich meine Zukunft selbst plane? Und ein paar Jahre sparen muss ich auch noch.«

Mit lautem Zischen landeten die Fenchelscheiben im heißen Öl.

»Ich habe noch einen Joker«, sagte ihre Mutter unvermittelt, während sie die Pfeffermühle über die Pfanne hielt.

»Was denn? Soll ich dein Haus übernehmen, und du ziehst nach Müggebach, damit wir nicht so dicht aufeinander wohnen?«

»Wir wohnen in einer der besten Gegenden von Bad Homburg. Haus und Garten sind groß, aber nicht zu groß, es gibt keinen Renovierungsstau …«

»Danke, ich habe genug gehört!«

Der ernste Ausdruck auf dem Gesicht ihrer Mutter ließ sie dennoch weiter zuhören.

»Lass mich den Satz noch einmal anders anfangen, Jule.«

Zum ersten Mal seit Ewigkeiten sagte sie nicht »Schatz«, sondern »Jule«. Vorsichtig setzte Jule sich an den Küchentisch.

»Ich habe sehr lange nachgedacht und halte es noch immer für das Beste, wenn du verkaufst. Das nur vorneweg. Dein Vater und ich werden unser Haus auf jeden Fall verkaufen. Wir hängen daran, aber nicht so sehr, dass wir uns deshalb unglücklich machen wollen. Du wirst es ohnehin später nicht übernehmen.«

Jule nickte.

»Was sollen wir da einen Haufen Betongold herumstehen haben? Wir werden uns um ein schönes, überschaubares Häuschen am Bahnhof bewerben – notfalls eben nicht in der allerfeinsten Lage. Unser Haus wird aber mehr Geld einbringen, als wir dafür brauchen – wahrscheinlich wird dafür schon das Geld reichen, das wir erspart und angelegt haben.« Sie holte Luft. Beinahe klang es wie ein Seufzer. »Wenn du deinen Willen haben möchtest: Wir bieten dir ein ausreichendes Startkapital als Schenkung an.«

Jule stand auf. »Das muss ich jetzt erst verdauen.«

An der Tür stieß sie jedoch mit Mika zusammen. »Puh! Wie viele Vampire wollt ihr denn vertreiben?«

Jule und ihre Mutter antworteten synchron: »Das ist doch nur ein bisschen Knoblauch!«

Sie lachten und stupsten sich mit den Ellbogen an. Dann schnibbelten und rührten sie weiter.

»Was ist daran so witzig?«

Jule lächelte vor sich hin. Ihre Mutter löschte mit dem Wein ab. Eine Wolke waberte durch die Küche. Kurz trafen sich ihre Blicke.

Dieser Urlaub in Spanien ... sie denkt auch gerade an das schwarz verkohlte Knoblauchbrot.

»Alles, Mika, alles.«

Es war lange her, seit sie mit ihrer Mutter in einem Raum hatte sein können, ohne dass sie sich stritten. Vielleicht hatte ihr Gefühlsausbruch vorhin etwas in Gang gesetzt. Ein Respektieren von Grenzen. Ein Verstehen, dass es manchmal notwendig war, das, was man liebte, ein Stück weit loszulassen. Ob es nun das Elternhaus, eine Bibliothek oder die eigene Tochter war. Mit Sicherheit würden sie und ihre Mutter sich auch in Zukunft noch streiten. Menschen hatten Schichten, und diese Schichten ließen sich nicht einfach so ablegen. Aber mit etwas gegenseitigem Verständnis konnte es gelingen, den weiteren Weg wieder miteinander zu beschreiten und sich nicht gegenseitig Steine in den Weg zu legen.

Mika zog sie zu sich heran. »Na?«, raunte er in ihr Ohr. »Denkst du noch immer, es war eine schlechte Idee, deine Eltern einzuladen?«

»Ganz im Gegenteil«, sagte sie. »Mein Bauchgefühl hatte recht. Aber das hätte ich heute früh niemandem geglaubt. Wie läuft es mit meinem Vater?«

»Gut. Wir haben dieselbe Meinung zum Thema Mirabellenbäume.«

»Dann kann ja gar nichts mehr schiefgehen.«

»Nicht, wenn ich genügend von den Mirabellen abbekomme.«

Sie küssten sich. Jule schwebte ganz in diesem Augenblick.

Das ist Weihnachten. So muss es sein!

Sie saßen lange beisammen, aßen, tranken und diskutierten. Irgendwann begannen sie damit, Rommé zu spielen. Gegen fünf Uhr in der Früh waren alle müde und schon wieder hungrig, so dass sie drei Gläser mit eigenen Mirabellen aus dem Keller holten. Weil ihre Eltern um diese Uhrzeit nicht mehr zurück ins Hotel wollten, schob Jule für sich und Mika die Poufs im Wintergarten zusammen und bot ihren Eltern ihr Bett an. Alle würden leidlich bequem schlafen, aber es würde schon irgendwie gehen.

Mika lag bereits warm eingemummelt unter einer Decke, während Jule im Obergeschoss zum Bad schlich. Aus Gewohnheit warf sie einen Blick auf die Straße – und erstarrte. Da stand tatsächlich jemand vor ihrem Haus, an ihrem Briefkasten.

Sie öffnete das Fenster und schaute nach unten. Von dort starrte eine sehr überraschte ältere Dame zu ihr hinauf. Am Finger hatte sie einen Streifen Tesa, mit dem sie augenscheinlich dabei war, einen Zettel am Briefkasten zu befestigen.

»Frau Putz?«, rief Jule erstaunt.

Die Frau riss die Augen auf und stand ansonsten stocksteif da, als könne sie sich dadurch unsichtbar machen.

Wer Romane umschreibt, der versucht wohl auch, der Wirklichkeit den eigenen Willen aufzuzwängen.

In diesem Moment empfand Jule keine Wut auf die ehemalige Bibliothekarin, sondern ein klein wenig Traurigkeit. Statt wütend zu werden, strahlte sie die Zettelschreiberin an und rief: »Frohe Weihnachten!«

Dann schloss sie das Fenster und ließ der Ertappten die Chance, sich zu verdrücken.

Mika hatte sie wohl gehört und kam die Treppe heraufgeeilt. »Ist alles in Ordnung?«

»Oh ja«, sagte Jule und hakte sich bei ihm unter. »Jetzt ist wirklich alles in Ordnung.«

Und so wird's gemacht

ALLE REZEPTE UND ANLEITUNGEN

Allgemeine Hinweise   293
Glüh-Met und Orangenpunsch   295
Leinwand-Pinnwand mit Spitze   296
Notizbuch mit Washitape-Seiten   297
Lebkuchen   298
Schäfchen-Mobile   300
Türkranz-Winterversion   302
Mit alten Gläsern basteln   303
Weihnachtliche Landschaft für das Fenster   305
Springerle   307
Lippenbalsam   309
Wolle färben   311
Kartoffel-Rasam-Suppe à la Jule   313
Fenchel mit Knoblauch   315
Kastanienbraten   317
Pomelo-Sorbet   319

Allgemeine Hinweise

Heute können wir alles kaufen. Wir können uns Dinge leisten, für die unsere Eltern und Großeltern noch mehrere Monatslöhne ausgeben mussten oder die für sie unerreichbar waren. Der Überfluss hat Kehrseiten, die wir mehr und mehr zu spüren bekommen. Dinge, auf die man früher jahrelang sparte und wartete, sind heute so leicht erreichbar, dass sie ihren Wert für uns verlieren.

Das ist sicherlich einer der Gründe, weshalb altes Handwerk und moderne Upcycling-Techniken sich immer größerer Beliebtheit erfreuen. Wir möchten Gegenstände wieder erfahren, wir möchten, dass sie uns lange begleiten, vielleicht sogar ein Leben lang. Aus einem schönen Kleid wird ein Teppich, aus Getränketüten eine Tasche, aus alten Gläsern Windlichter.

Wir möchten verstehen, wie Dinge funktionieren, woher sie kommen, wie sie hergestellt wurden. Wir möchten die Geschichte hinter einem Produkt erfahren, wir wollen nicht mehr nur schnell, schnell etwas haben, sondern uns wieder Schnitt für Schnitt und Naht für Naht verlieben.

Der Wert der Dinge kehrt wieder zurück. Diese Ruhe und Beschäftigung mit den Gegenständen, das selbst Erschaffene, lässt uns selbst zur Ruhe kommen und zu uns selbst finden.

Deshalb gebe ich hier gerne einen kleinen Einblick in Jules Kladde. Vorweg einige Hinweise zur Sicherheit:

Besonders bei der Herstellung von Kosmetik und Nahrungsmitteln muss unbedingt auf Sauberkeit und Hygiene geachtet werden. Das gilt insbesondere, wenn ein Produkt nicht sofort verbraucht wird – vor allem dann, wenn keine Konservierungsmittel verwendet werden.

Arbeitsflächen sollten also sauber sein, am besten nur frisch gewaschene Handtücher zum Abtrocknen verwenden. Ausgekochte oder im Backofen sterilisierte Gefäße werden im besten Fall nicht mehr mit Händen angefasst. Am sichersten arbeitet man, wenn man Ruhe hat und sich auf das Rezept konzentrieren kann. Vorsicht mit kleinen Kindern und Haustieren.

Wer selbstgemachte Dinge verschenkt, sollte diese vorher testen und sich erkundigen, ob der Beschenkte an Allergien leidet, und im Zweifelsfall lieber sämtliche Inhaltsstoffe aufschreiben, egal wie banal sie einem vielleicht vorkommen. Das können beispielsweise Inhaltsstoffe von Parfümölen sein, aber auch ätherische Öle wie Zitrus oder Zimt (Ätherische Öle wirken pur oft reizend auf Haut und Schleimhäute!), Wolle, Kamille, Nüsse, …

Sämtliche Tipps und Anleitungen wurden nach bestem Wissen und Gewissen zusammengetragen. Da sich immer Fehler einschleichen können, übernehme ich keinerlei Haftung für das Nacharbeiten und Ausprobieren.

Glüh-Met und Orangenpunsch

Basis:
- Met nach Wahl
- Orangenscheiben (Bio)
- Zitronenscheiben (Bio)
- alkoholfreie Variante: Orangensaft statt Met – frisch gepresst oder mit Fruchtfleisch schmeckt am besten.

Gewürze (was die Küche hergibt):
- Ingwer und Kardamom im Teebeutel (nicht zu lange ziehen lassen)
- eine Prise Cayennepfeffer
- eine Prise Chili

1. Die Basis sanft erwärmen. Je nach Geschmack ca. 10 Minuten lang den Gewürzbeutel darin ziehen lassen. Mit Cayennepfeffer und Chili noch ein wenig einheizen.
2. In der weihnachtlichen Variante ersetzt man Cayennepfeffer und Chili auf einen Liter Punsch durch grob zerstoßenes Piment, zwei Nelken und eine ganze Sternanis, die ebenfalls im Beutel mitgekocht werden.

Leinwand-Pinnwand mit Spitze

- alte, unansehnlich gewordene Pinnwand
- rustikaler Stoff, z. B. Bauernleinen
- Stecknadeln
- Tacker und Tackerklammern
- Reste von Borten oder andere Stoffreste
- Holzleim
- dünnes Stück Karton
- eine große Tüte oder Folie

1. Die alte Pinnwand wird vorsichtig aus dem Rahmen gelöst.
2. Die Korkplatte mit der Vorderseite nach unten auf den Stoff legen und ihre Umrisse mit einer großzügigen Zugabe nachzeichnen. Am saubersten arbeitet man, indem man den Stoff jetzt umschlägt und mit den Stecknadeln fixiert, bis er auf der Vorderseite straff und faltenfrei liegt. Jetzt wird alles ordentlich festgetackert.
3. Auf den Rahmen kommt ein dünner Film Holzleim – so dünn, dass er quasi durchsichtig ist. Das funktioniert am besten, indem man einen Tropfen auf eine Ecke gibt und diesen vorsichtig mit dem Rand eines kleinen Kartons verteilt – Kartons von Lebensmittelverpackungen eignen sich gut dafür.
4. Den Leim ganz kurz antrocknen lassen, dann die Borten darauf festdrücken. Die Tüte oder Folie darüberlegen und mit Büchern – bspw. Atlanten und Bildbänden – beschweren, bis der Kleber gut durchgetrocknet ist. Danach kann die Korkpinnwand wieder in ihren Rahmen zurück.

Notizbuch mit Washitape-Seiten

- Notizbuch mit weißen Seiten oder breitem Rand
- Washitape in verschiedenen Farben und Mustern

1. Den kompletten Rand einer Notizbuchseite mit Washitape zu umkleben, ist eine einfache Möglichkeit, das Notizbuch übersichtlich zu machen. Außerdem lässt Washitape sich von vielen Papiersorten wieder abziehen, falls sich die Ordnung doch einmal ändert – und ganz nebenbei sorgt das bunte Unikat noch für jede Menge guter Laune.
2. Es wird einfach ein Stück Washitape in der Länge der kurzen oder langen Notizbuchseite zurechtgeschnitten und so an den Rand geklebt, dass die Hälfte davon umgeklappt werden kann. Es erfordert ein klein wenig Geschick und Übung, bis alles faltenfrei und ordentlich sitzt, aber wie gesagt: Washitape lässt sich von den meisten Untergründen wieder abziehen und in einem anderen Winkel aufkleben.

Hier einige Vorschläge, um das Notizbuch übersichtlich zu halten:
Kontrastreich: ein Regenbogen in kräftigen Farbtönen
Kontrastreich: selber Farbton, aber starke Muster wie Streifen, kleine Punkte, große Punkte, Tiersilhouetten
Thematisch: alte Landkarten für Reiseberichte, Blümchen für Gartennotizen, Noten für Liedtexte, weiße Punkte auf Gelb für gute Laune
Insel: Nicht die ganze Länge der Seite bekleben, sondern nur ein Stück: beispielsweise den ersten Block ganz oben rot, den zweiten gelb und weiter unten, usw. Das hat den Vorteil, dass man zwischendrin ein oder zwei Seiten eines Blocks einschieben kann, und es bleibt trotzdem übersichtlich. Auch ist es dann möglich, einer Seite zwei oder drei Farben zuzuordnen.

LEBKUCHEN

Für ein großes Hexenhaus
- 200 g Butter
- 500 g Honig
- 250 g Zucker
- 1 Päckchen Lebkuchengewürz
- 15 g Kakao
- 1 kg Mehl
- 1 EL Hirschhornsalz
- 1 Prise Salz
- 2 Eier

1. Butter, Honig und Zucker (der Zucker kann auch durch die gleiche Menge Honig ersetzt werden), Lebkuchengewürz und Kakao in einem Topf unter Rühren erhitzen, bis der Zucker aufgelöst und eine homogene Masse entstanden ist.
2. Mehl, Hirschhornsalz und Salz in einer Schüssel mischen, die verquirlten Eier und die Masse aus dem Topf zugeben und zu einem glatten Teig verkneten.
3. Der Teig muss mindestens über Nacht ruhen, am besten bei Zimmertemperatur. Kühler Teig wird sehr fest, und man muss warten, bis man ihn verarbeiten kann. Der Lebkuchenteig kann auch mehrere Tage und Monate ruhen, dann am besten in etwas kühlerer Umgebung.
4. Für das Lebkuchenhaus kann man die Hausteile grob ausschneiden oder einfach große Platten backen. Sie sollten nicht zu dick sein, deutlich unter einem halben Zentimeter.
5. Beim Backen ist Fingerspitzengefühl gefragt, denn Temperatur und Backdauer hängen stark von der Dicke des Lebkuchens ab und natürlich auch vom Ofen.

6. Man kann sich bei Unter-/Oberhitze mit 180 Grad, bei Umluft mit 160 Grad an die ideale Temperatur herantasten. Bei einem halben Zentimeter Dicke mit leicht höherer Temperatur backen.
7. Es dauert etwa eine Viertelstunde, bis der Teig fest und matt wird. Am besten schon vorher ab und an ein Stück am Rand abbrechen und probieren. Der Lebkuchen darf nicht zu trocken werden.

SCHÄFCHEN-MOBILE

- gebrauchte Kleidung
- gut durchgetrocknete Zweige (ungiftige Arten wie Haselnuss, Obstgehölze oder Nadelbäume verwenden. Gartenpflanzen wie Thuja, Buchs, Rhododendron und Co. meiden, da das Holz oft leicht giftig ist)
- dünner Karton, beispielsweise von Lebensmittelverpackungen
- schwarze und weiße Wollreste
- ein Stück fester Baumwollfaden oder Kordel
- spitze Schere, z.B. eine Nagelschere

Besonders bei Kinderkleidung sammelt sich immer viel an, an dem Erinnerungen hängen, das man aber beim besten Willen nicht weitergeben oder weiterhin nutzen kann, weil die Löcher am Knie sich nun wirklich nicht mehr flicken lassen, der Stoff fadenscheinig geworden oder das Motiv halb abgeblättert ist. In wenigen Schritten lässt sich daraus ein Mobile zaubern.

1. Für die Bänder etwa handbreite Stoffstreifen schneiden. Kürzere Stücke werden aneinandergelegt und mit der Nähmaschine zusammengenäht. Die Streifen rechts auf rechts legen, an den langen Seiten zusammennähen und diese Tunnel dann auf rechts krempeln. Dazu kann man ein Ende über einen Kochlöffelstiel legen und dann mit etwas Geduld und Geschick den restlichen Stoff darüberziehen. Bei längeren Stücken verwendet man eine große Sicherheitsnadel. Sie wird an einem Ende befestigt und durch den Tunnel geschoben, wobei sie den Stoff mit sich zieht. Für einen Abschluss kann man über die offenen Enden nun eine übrige Borte nähen.

2. Mit den Stoffstreifen werden die Zweige zu einem Mobile verbunden.
3. Für die Schäfchen schneidet man aus dem Karton Pappringe aus. Sehr schnell geht das mit unterschiedlich großen Gläsern als Schablone. Man benötigt zwei größere Ringe für den Körper und zwei kleinere für den Kopf.
4. Die großen Pappringe werden aufeinandergelegt und rundherum dick mit weißer Wolle umwickelt, die kleinen mit schwarzer Wolle. Wer nur große Wollknäuel zur Verfügung hat, muss sich daraus kleinere wickeln, die auch durch die Mitte der Ringe passen: Das Fadenende zwischen Daumen und Mittelfinger einklemmen und den Faden in Form einer Acht um Mittel- und Zeigefinger wickeln. Nach einigen Umschlingungen den Achter von den Fingern nehmen und dessen Mitte weiter umwickeln.
5. Für das Aufschneiden wird die Schere am Rand angesetzt. Vorsichtig einmal außen herum zwischen den beiden Ringen entlangschneiden. Das erfordert etwas Geschick, denn die nun kurzen Wollstücke um die Ringe dürfen nicht verrutschen.
6. Mit dem Baumwollfaden fährt man zwischen die Ringe und wickelt ihn fest um die Wollstückchen herum. Gut verknoten und die Pappringe abziehen. Mit den Enden des Baumwollfadens werden jetzt je ein schwarzer Kopfbommel und ein weißer Körperbommel verbunden – dabei ein gutes Stück Faden übrig lassen, an dem das Schäfchen dann am Mobile befestigt wird.
7. Noch ein wenig frisieren, und die Schäfchen sind bereit, für gute Laune zu sorgen!

TÜRKRANZ-WINTERVERSION

- Styroporring
- Papier in verschiedenen Blautönen oder weißes Papier und Wasserfarben
- scharfe Schere
- Heißklebepistole

1. Am schönsten wirkt dieser Türkranz mit Schneeflocken in verschiedenen Blautönen. Am einfachsten ist es, dafür gleich farbiges Papier zu verwenden. Man kann aber auch mit Wasserfarben großzügig blaue Quadrate auf weißes Papier malen.
2. Ob man buntes Papier verwendet oder selbst zum Pinsel greift: In jedem Fall wird auf das Papier ein Kreis von etwa 6 Zentimetern Radius gemalt, etwa mit einem Zirkel oder mit Hilfe eines Tellers. Diesen Kreis faltet man nun einmal. Der Falz wird nun wiederum in der Mitte geknickt. Der entstehende Viertelkreis wird nun noch einmal gefaltet und sieht dann aus wie eine kleine Eistüte.
3. Die »Tüte« so hinlegen, dass die Spitze von einem wegzeigt. Von den unteren Ecken aufwärts im Zickzack an den langen Seiten entlangschneiden (Natürlich kann man sich auch grob Linien vorzeichnen).
4. Das Ergebnis zeigt sich beim Auseinanderfalten des Papiers – immer dran denken: Schneeflocken sehen nie gleich aus!
5. Hat man einen Haufen Schneeflocken beisammen, werden diese mit der Heißklebepistole überlappend wie Fischschuppen auf den Kranz geklebt. Falls Schneeflocken übrig sind, kann man sie sehr gut zum Dekorieren von Geschenken nutzen oder einfach an ein Fenster kleben.
6. Als Aufhänger für den Kranz sieht eine Schnur mit kleinen, weißen Perlen besonders schön aus.

MIT ALTEN GLÄSERN BASTELN

Früher oder später sammeln sie sich in allen Ecken: Hübsche Gläser, in denen einmal Marmelade, Essiggurken oder Pesto waren. Es tut einem fast weh, sie in den Altglascontainer zu werfen. Ein paar davon muss man einfach retten.

Pinselhalter

Mit ein paar Kieselsteinen, etwas Dekokies oder Sand gefüllt, verwandelt sich fast jedes Glas in einen praktischen Halter für Pinsel. In größere Gläser kann man gut Kosmetikpinsel stecken, kleinere eignen sich für Malpinsel.

Je nach Verwendungszweck sollte das Füllmaterial ab und an in einem Sieb gereinigt und getrocknet und das Glas gut ausgewaschen werden.

Einmachglas-Laternen

- Einmachgläser (am besten die mit breitem Rand)
- Transparentpapier nach Wahl
- Tapetenkleister
- evtl. schwimmende Kerzen

Große Einmachgläser lassen sich mit wenig Aufwand in schöne Laternen verwandeln – die kann man dann zum Beispiel in den Schnee stellen, um den Weg bis zur Haustür festlich zu markieren.

1. Die Klebetechnik ist vom Pappmaché her hinlänglich bekannt: Das Transparentpapier wird in fingergroße Schnipsel

gerissen und diese mit dem Tapetenkleister in ein bis zwei Schichten etwa bis zur halben Höhe des Glases aufgeklebt.
2. In die Laterne kann jetzt ein Teelicht gestellt werden. Besonders geheimnisvoll sieht es aus, wenn man stattdessen eine schöne Schwimmkerze verwendet und das Glas zur Hälfte mit Wasser füllt.
3. Wer die Gläser lieber aufhängen möchte und Basteldraht zu Hause hat, kann schnell und einfach einen Henkel für die Laterne basteln.

Weihnachtliche Landschaft für das Fenster

- weißes Kartonpapier
- Butterbrotpapier
- Fotos, Zeichnungen, etc. als Vorlage
- ein weicher und ein harter Bleistift
- Bastelmesser oder Skalpell
- Klebestift oder Tapetenkleister
- Farbiges Transparentpapier (gelb und dunkelblau)

Zu Weihnachten oder anderen Anlässen ist es besonders schön, sich eine ganz persönliche Landschaft ins Fenster zu zaubern. Mit ein wenig Geschick blickt man dann auf einen weihnachtlichen Wald, die Skyline der Lieblingsstadt oder Sehenswürdigkeiten, die auf einem echten Foto nie so nah beieinanderstünden.

1. Für das Abpausen wird ganz klassisch Butterbrotpapier auf die Vorlage gelegt. Die Vorlage sollte deshalb auch einigermaßen kontrastreich sein, damit die Umrisse der Gebäude oder Bäume durch das Butterbrotpapier schimmern. Für ein Fensterbild reicht es aus, die groben Umrisse mit einem weichen Bleistift nachzufahren. Das erfordert etwas Zeit, ist aber eine schön entspannende Arbeit, bei der man gut die Besonderheiten von Gebäuden erspüren kann.
2. Das Butterbrotpapier wird nun umgedreht und mit der Seite, auf der die Bleistiftzeichnung ist, auf den Karton gelegt. Mit einem harten Bleistift wird jetzt das Motiv erneut nachgefahren und überträgt sich so auf den Karton.
3. Die Umrisse werden nun mit dem Bastelmesser oder Skalpell ausgeschnitten. Man kann die Fenster der Gebäude frei lassen oder gelbes Transparentpapier dahinter kleben. Be-

sonders schön sieht das Fenster aus, wenn es über den liebevoll ausgeschnittenen Silhouetten komplett mit dunkelblauem Transparentpapier beklebt wird.

4. Damit das Gesamtkunstwerk hält und sich später wieder gut ablösen lässt, sollte es nicht mit Klebeband befestigt werden, sondern mit Klebestift oder einer dünnen Schicht Tapetenkleister. Der lässt sich mit Wasser rückstandsfrei abwaschen – mit Klebeband ist es allerdings einfacher, das Fensterbild noch einmal zu verwenden.

SPRINGERLE

- 500 g Zucker (wahlweise Puderzucker, wenn man lockere Springerle haben möchte, oder eine Mischung aus beiden Zuckerarten)
- 4 Eier
- abgeriebene Schale einer Biozitrone
- 500 g feines, gesiebtes Mehl
- eine kleine Prise Hirschhornsalz
- 2 mit Backpapier ausgelegte Bleche
- Anis, um das Backpapier zu bestreuen
- Holzmodel oder Ausstechförmchen

1. Zucker und Eier mit dem Handrührgerät schaumig rühren – das dauert, nur Geduld!
2. Die Zitronenschale dazugeben und dann das gesiebte Mehl mit dem Hirschhornsalz nach und nach einrühren. Zum Schluss den Teig durchkneten und 1 cm dick ausrollen. Die Oberfläche der Teigplatte dünn mit Mehl bestäuben.
3. Die Holzmodel gut mit dem Mehl ausstäuben, damit nichts hängen bleibt – viele Modeln haben sehr feine Motive, also sorgfältig arbeiten. Die Model in den Teig drücken, eventuell einmal oder zweimal mit dem Nudelholz drüber, wenn es mit der Hand nicht fest genug klappt. Die einzelnen Motive mit der Teigkarte ausschneiden.
4. Das Mehl auf der Teigoberfläche mit einem Pinsel entfernen.
5. Die Springerle auf das mit Anis bestreute Backblech legen und über Nacht abtrocknen lassen.
6. Den Backofen auf 120 Grad (Ober/Unterhitze) vorheizen und ca. 30 Minuten backen. Die Unterseite darf ruhig goldgelb werden, das Motiv sollte aber weiß bleiben. Ganz wich-

tig ist, dass die Springerle sich auf die sogenannten »Füßchen« heben, die gleichmäßig hoch sein sollen.
7. Lieber mit 120 Grad langsam backen, als die Springerle mit einer zu hohen Temperatur zu ruinieren.

Typisch für Springerle ist, dass sie anfangs saftig sind und nach einiger Zeit härter werden. Sie schmecken dann noch immer gut und halten sich ewig. Je nach Lagerung werden sie auch wieder weicher (z. B. zusammen mit Lebkuchen in einer Dose – man kann sie dann auch nach einem halben Jahr noch essen).

Modeln aus Holz sind traditionelle Formen für die Springerle. Sie stechen nicht komplett aus, sondern prägen vor allem das Motiv. Man bekommt sie in Südwestdeutschland auf fast jedem Weihnachtsmarkt. Antiquarisch muss man Glück haben, denn die langlebigen Modeln werden normalerweise in der Familie weitergereicht.

LIPPENBALSAM

- 5 g Bienenwachs
- 10 g Kakaobutter
- 10 g Mandelöl
- wenige Tropfen Aroma nach Wahl
- kleine Tiegelchen oder Lippenstifthülsen
- Bain-Marie oder ein anderes Gefäß zum Schmelzen im Wasserbad

Einen einfachen Lippenbalsam hat man schnell selbst angerührt. Und auch wenn die Mengen winzig klingen, kommt man sehr lange damit aus. Wie immer bei Kosmetik gilt: Arbeitsplatz und Geräte penibel sauber halten, in Ruhe und mit Zeit arbeiten, Arbeitsgeräte mit hochprozentigem Alkohol auswaschen oder anders desinfizieren – vor dem Verschenken nach Allergien fragen und sämtliche Zutaten aufschreiben.

1. Zuerst wird das Bienenwachs im Wasserbad geschmolzen. Bienenwachs schmilzt bei knapp über 60 Grad und härtet sehr schnell wieder aus. Deshalb sollte die Kakaobutter bei geringer Hitze in einem Extragefäß geschmolzen werden (bei dieser winzigen Menge geht das gut in der Mikrowelle), und man erwärmt das Mandelöl und das Aroma gleich mit – sonst klumpt das Bienenwachs beim Vermischen.
2. Die erwärmten Zutaten unter ständigem Rühren zum Bienenwachs geben. Ist alles gut vermischt, zügig in die Tiegel bzw. Lippenstifthülsen gießen. Den Lipppenbalsam abkühlen lassen. Am besten nicht im Warmen lagern und wie bei jeder Kosmetik im Tiegel nur mit gewaschenen Händen entnehmen, schließlich sind keine Konservierungsstoffe enthalten. Je nach Lagerung hält der Balsam 3–6 Monate,

manchmal auch länger. Man kann sich gut auf die eigene Nase verlassen: Riecht der Balsam ranzig, sollte er entsorgt werden.

Tiegel sind am einfachsten zu handhaben. Für die Lippenstifthülsen sollte die Mischung etwas fester sein. Hier muss man sich an die idealen Mischverhältnisse herantasten. Grundsätzlich kann fast jedes Fett und Öl für einen Lippenbalsam verwendet werden, der Experimentierfreude sind kaum Grenzen gesetzt.

Wer Honig zugeben möchte, muss richtig gut rühren, damit dieser sich in der Mischung nicht absetzt.

Die vegane Alternative für das Bienenwachs ist Carnaubawachs. Dieses hat allerdings einen um ca. 20 Grad höheren Schmelzpunkt, was Schwierigkeiten bereiten kann, wenn man hitzeempfindliche Zutaten zugeben möchte.

WOLLE FÄRBEN

- 50–100 g ungesponnene, saubere, naturfarbene Schafwolle (z. B. Märchenwolle)
- Ostereierfarbe (Warmfarbe)
- Essigessenz
- Frischhaltefolie
- Haushaltshandschuhe

1. Die Wolle sollte vorsichtig für einige Stunden – besser über Nacht – in warmem Wasser mit einem Schuss Essig eingeweicht werden (wer den Geruch von Essig nicht mag, nimmt Zitronensäure). Dabei ist es wichtig, die Wolle nicht umzurühren oder zu sehr aneinanderzureiben, denn dabei kann sie filzen und ist dann nur noch schwer oder gar nicht mehr spinnbar. Man sollte sie mit Gefühl unter Wasser drücken, damit sie sich gut vollsaugen kann – bei empfindlicher Haut Handschuhe tragen!
2. In einer Schüssel ein wenig abtropfen lassen und währenddessen die Farben vorbereiten. Für eine kleine Menge Wolle (unter 100 g) reichen ein bis zwei Farbtabletten in einem Glas mit heißem Wasser. Auch graue oder hellbraune Wolle kann gefärbt werden – sie wird aber nie völlig überfärbt sein, sondern einen meist unvorhersehbaren, aber interessanten Effekt erhalten.
3. Beim Arbeiten mit der Farbe empfiehlt es sich, Handschuhe zu tragen.
4. Für ein gleichmäßig einfarbiges Ergebnis reicht es, wenn die Wolle jetzt wie ein Osterei kurz in einem großen Gefäß mit der Farbe eingelegt wird – sanft andrücken, damit die Farbe sich gut verteilt, und nicht zu nass machen.
5. Für einen mehrfarbigen Strang wird ein Backblech großzü-

gig mit Frischhaltefolie ausgelegt. Darauf wird die Wolle in Schlingen verteilt. Jetzt kann nach Herzenslust gefärbt werden. Immer eine kleine Partie mit etwas farbigem Wasser übergießen (direkt aus dem Glas oder mit einem Löffel), sanft andrücken, damit das Wasser von der Wolle aufgenommen wird und nicht einfach durchläuft, weitergießen.

6. Wie üblich beim Färben, mit der hellsten Farbe beginnen und mit der dunkelsten enden.
7. Gerade am Anfang besser wenige Farben nehmen, denn es schwappt immer ein wenig auf der Folie herum, und bei zu vielen Farben wird schnell alles braun und unansehnlich.
8. Die Farbe muss jetzt noch fixiert werden. Dazu wird der gefärbte Strang in die Frischhaltefolie eingeschlagen und bei 600 Watt für 3 Minuten in die Mikrowelle gegeben – nicht erschrecken, wenn die Folie sich aufbläht! Ein wenig ruhen lassen und noch einmal für 3 Minuten fixieren. Wer keine Mikrowelle hat, kann auch mit einem Edelstahlsieb im Topf mit Dampf fixieren.
9. Absolute Vorsicht walten lassen, denn das Päckchen und die Wolle sind sehr heiß!
10. Die Wolle anschließend mit einem milden Shampoo ausspülen – hier wird einiges an Farbe herauslaufen – und am besten liegend auf einem Handtuch trocknen lassen. Auch hier darauf achten, dass die Wolle so wenig wie nur möglich bewegt wird, damit sie nicht filzt.

Ostereierfarben sind Säurefarben. Man kann mit ihnen nur tierische Fasern einfärben, keine Baumwolle oder Synthetikgarne. Wird der Schafswolle eine andere Faser beigemischt, lassen sich so interessante Effekte erzielen.

Mit Ostereierfarbe lassen sich natürlich auch fertig gesponnene Wollgarne einfärben.

Kartoffel-Rasam-Suppe à la Jule

- Tamarindenpaste
- 3 nicht zu große Kartoffeln
- 2 Möhren
- 1 Fenchel
- ein kleines Stück Ingwerknolle
- Ghee oder Butterschmalz
- Pfeffer
- getrocknete Chilischote
- Salz
- Koriandersamen
- Senfsamen
- Frühlingszwiebeln
- Kurkuma
- evtl. Kichererbsenmehl

Rasam, »Pfefferwasser«, ist eine leichte, etwas wässrige indische Suppe, die man gut an heißen Tagen genießen kann. In eine echte Rasam gehören Tomaten und Linsen. Hier wird die Suppe etwas anders zubereitet.

1. Tamarindenpaste (gibt es fertig im Asialaden) mit heißem Wasser mindestens eine Viertelstunde ziehen lassen, gelegentlich genüsslich mit dem Löffel drin panschen und drücken, dann durch ein Sieb abgießen.
2. Kartoffeln, Möhren und Fenchel in kleine Würfel schneiden. Fenchelabfälle in einen Teebeutel stopfen, ebenso mit der kleingeschnittenen Ingwerknolle verfahren.
3. Einen dicken Klumpen Ghee in den Topf geben. Pfeffer, getrocknete Chilischoten, Salz und Koriandersamen fein mörsern, mit Senfsamen und kleingeschnittenen Frühlingszwie-

beln bei nicht zu großer Hitze kurz im Fett schwenken – sie dürfen nicht verbrennen.
4. Gemüse hinterherwerfen, wenn die Gewürze anfangen zu duften. Kurz anbraten, dann mit dem Tamarindenwasser löschen (Kopf nicht drüber halten, das Chili kann etwas die Augen reizen). Wasser nachgießen, bis das Gemüse bedeckt ist, Gewürzbeutel reinhängen.
5. Köcheln lassen.
6. Merken, dass man das Kurkuma vergessen hat. Kurkuma ergänzen.
7. Wem die Suppe zu dünn ist, der dickt mit Kichererbsenmehl an.
8. Pürieren und aufpassen, dass man sich nicht die Zunge verbrennt.

Schmeckt hervorragend zu gebackenen Auberginen, die mit Tandoori-Masala mariniert wurden.

FENCHEL MIT KNOBLAUCH

- pro Person eine Fenchelknolle
- pro Person 1–2 Knoblauchzehen
- Olivenöl
- Salz
- Pfeffer
- Grauburgunder (Alternativ: Riesling oder Gewürztraminer)

1. Den Fenchel in fingerdicke Scheiben schneiden. Theoretisch können auch die halbierten Knollen gedünstet werden. Die Garzeit verlängert sich dann erheblich, aber dafür wird der Fenchel saftiger.
2. Die Knoblauchzehen nicht ganz abschälen, sondern das Häutchen dran lassen.
3. Das Olivenöl in einer Pfanne mit schwerem Boden erhitzen und den Fenchel kurz von beiden Seiten anbraten. Die Scheiben sollten möglichst nicht zerfallen. Die Knoblauchzehen kurz mitbraten, salzen und pfeffern. Aber wirklich nur kurz, damit Knoblauch und Pfeffer nicht verbrennen. Auch der Fenchel soll nur gebräunt sein.
4. Mit etwas Grauburgunder ablöschen, runterschalten und bei geschlossenem Deckel garen.
5. Alle paar Minuten nachsehen, ob der Wein bereits verkocht ist. Solange der Fenchel noch nicht weich ist, immer wieder kleine Schlucke Wein nachgießen und den Fenchel wenden.
6. Der Wein verkocht zu einer herrlichen sirupartigen Soße, die dem Fenchel eine süß-würzige Note verleiht. Mit Apfelsaft klappt das auch, aber nicht ganz so gut wie mit Wein.
7. Wenn der Fenchel gar ist, herausnehmen und die Knoblauchzehen so lange weitergaren, bis der Inhalt ganz weich

ist. Man kann sie dann wunderbar ausquetschen oder mit dem Knoblauchmus eine Knoblauchbutter machen, indem man es mit Hilfe einer Gabel mit weicher Butter mischt.

Kastanienbraten

- 30 g Butter
- 1 kleine Zwiebel (alternativ Frühlingszwiebeln oder einfach weglassen)
- 2 mittelgroße Möhren
- ca. 800 g gekochte Esskastanien/Maroni (vakuumverpackt bekommt man sie rund ums Jahr – frische Esskastanien müssen erst gekocht und geschält werden)
- gehackte Kräuter nach Wahl (z. B. Petersilie, Koriandergrün, Rosmarin oder eine Kräutermischung)
- Saft von einer halben Zitrone
- 1 Knoblauchzehe
- Paniermehl oder zerbröselte alte Brezeln
- Salz und Pfeffer
- neutrales Pflanzenöl

1. Möhren reiben, Zwiebel fein hacken, den Knoblauch zerdrücken.
2. Butter in einer Pfanne schmelzen, Zwiebeln, Möhren und Knoblauch darin weich dünsten, aber nicht braten.
3. Alles in eine große Schüssel geben. Esskastanien dazugeben und alles mit einem Kartoffelstampfer kräftig zerdrücken – der Pürierstab wird sehr wahrscheinlich scheitern, deshalb ohne Stampfer lieber die Hände verwenden. Kräuter und Zitronensaft zugeben, weiterstampfen. Die Masse soll weich und formbar sein, ein bisschen wie Knete, und es macht gar nichts, wenn noch größere Kastanienstückchen drin sind. Das Ganze mit Salz und Pfeffer abschmecken.
4. Backofen auf 200 °C vorheizen. Etwa 4–5 EL Öl in einen Bräter geben und zum Erhitzen in den Backofen stellen.
5. Die Kastanienmasse zu einer Rolle von ca. 20 cm Länge for-

men, gut zusammendrücken und in Semmelbröseln oder Paniermehl wenden. Wenn die Masse auseinanderbröckelt, muss fester zusammengedrückt werden.

6. Die Kastanienrolle in den Bräter legen und vorsichtig wenden, bis sie ganz mit heißem Öl überzogen ist. Vorsicht, denn das Öl ist sehr heiß!
7. Ca. 45 Minuten im Ofen backen, bis der Braten von außen knusprig ist. Ab und zu ein bisschen Öl drüberträufeln.
8. In dicke Scheiben schneiden und beispielsweise mit Kroketten und dem Fenchel in Knoblauch servieren.

Pomelo-Sorbet

- eine Pomelo
- Saft einer Zitrone

1. Die Pomelo schälen. Das dauert seine Zeit, denn sämtliche weißen Häutchen müssen entfernt werden, denn sie sind sehr bitter.
2. Die Pomelo pürieren und mit dem Zitronensaft mischen.
3. Diese Mischung in einer Vorratsdose ins Eisfach stellen und alle ein bis zwei Stunden umrühren, bis das Sorbet gut durchgefroren ist.

Dieses einfache Basisrezept lässt sich natürlich leicht variieren, indem man Sekt, Mandarinensaft, Rosenwasser oder etwas anderes zugibt.

BILDNACHWEIS

Ast: Franzi Bucher mit Elementen von iStockphoto / GeorgePeters
Blumen unterer Bildrand: Creative Market / Lisa Glanz
Anhänger: Franzi Bucher mit Elementen von iStockphoto / mludzen und
   Creative Market / Angie Makes
Walnüsse (Seitenzahlen): VladisChern / Shutterstock.com
Orange (Seitenzahlen): studioworkstock / Shutterstock.com
Textiles Muster an Seitenrändern: spiral-media / Shutterstock.com
Kieferzapfen: mika48 / Shutterstock.com
Schneeflocken: secondcorner / Shutterstock.com
Block mit Stift: Natykach Nataliia / Shutterstock.com
Klebezettel: freesoulproduction / Shutterstock.com
Tannenzapfen: Kotkoa / Shutterstock.com
Staffelei: Erik Svoboda / Shutterstock.com
Gewürz-Set: Cat_arch_angel / Shutterstock.com
Gewürz-Set: Anastasia Zenina / Shutterstock.com
Strohsterne: Peter Hermes Furian / Shutterstock.com
Glühwein: Elena Medvedeva / Shutterstock.com
Nähmaschine: toriru / Shutterstock.com
Nähgarn und Schere: melazerg / Shutterstock.com
Geschenke, Christbaumkugel, Plätzchen, Schneekugel, Anhänger:
   Mariart_i / Shutterstock.com
Federn: Misao NOYA / Shutterstock.com
Pfefferkuchenhaus: Earl Wilkerson / Shutterstock.com
Teig mit Teigrolle: mariyaermolaeva / Shutterstock.com
Sessel: Akame23 / Shutterstock.com
Blaukarierter Stoff: ratselmeister / Shutterstock.com
Lebkuchengebäck: Scherbinka / Shutterstock.com
Schneeflocken: Svetlana Prikhnenko / Shutterstock.com
Herz (Seitenzahlen): mariyaermolaeva / Shutterstock.com
Kranz: Eva Bauer / Shutterstock.com